Daniëlle Bakhuis

Denkzettel

Wenn dein Albtraum wahr wird

Daniëlle Bakhuis

Denkzettel

Wenn dein Albtraum wahr wird

Aus dem Niederländischen von
Sonja Fiedler-Tresp

Arena

Die Übersetzung dieses Buches wurde gefördert von
der Stiftung für die Produktion und Übersetzung
niederländischer Literatur: Nederlands Letterenfonds.

FSC
www.fsc.org
MIX
Papier aus verantwortungsvollen Quellen
FSC® C110508

1. Auflage 2015

Die Originalausgabe erschien 2013 unter dem Titel
Wat als ... bei Uitgeverij Ploegsma, Amsterdam, Niederlande

Aus dem Niederländischen von Sonja Fiedler-Tresp
Covergestaltung: Zeichenpool, München
Gesamtherstellung: Westermann Druck Zwickau GmbH
ISBN 978-3-401-60049-9

www.arena-verlag.de
Mitreden unter forum.arena-verlag.de

What doesn't kill you makes you stronger.

1

Ich hasse erste Schultage. Ich weiß, das sagt jeder, aber ich hasse sie wirklich. Wenn ich die Wahl hätte, mir eine Wunde am Knie nähen zu lassen oder an diesem ersten Tag in die Schule zu gehen, würde ich mich für das Knie entscheiden. Ohne Witz. Ist mir übrigens tatsächlich schon passiert. In der achten Klasse bin ich auf einer Brücke so mit dem Fahrrad hingeflogen, dass ich zum Arzt musste. Eine schöne Naht, Trostschokolade von meiner Mutter und den ganzen Tag mit ausgestrecktem Bein und Teleshopping zu Hause. Ein perfekter Tag.

»Jade Verschuur! Aufwachen! Ich rufe dich zum letzten Mal!«

Vielleicht ist es mit dem ersten Schultag wie mit den ersten Metern in der Achterbahn. Zuerst ist dir richtig schlecht vor Angst, aber wenn du das Schlimmste hinter dir hast und weißt, dass es ohnehin keinen Weg zurück mehr gibt, geht der Rest der Fahrt wie von selbst.

Ich drehe mein Kissen mit der kühlen Seite nach oben und kuschele mich ein letztes Mal hinein. Es kommt mir vor, als hätte ich nur drei Stunden geschlafen. Oder von mir aus auch vier. Ich kann nicht glauben, dass die Sommerferien schon wieder vorbei sind und ich in einer guten Stunde in meinem muffigen Klassenzimmer herumhocke. Wenn ich heute noch freihätte, würde ich mit meiner besten Freundin Finn Davis an den Strand fahren. Oder shoppen gehen. Ich würde Blaubeermuffins mit Walnüssen backen. Einen eigenen Beauty- oder Bücherblog starten. Oder fünf Kilometer joggen.

Ich lege mich auf den Rücken und starre an die Decke. Wie gut ich mir etwas vormachen kann. Denn niemand weiß besser als ich, dass ich an einem freien Tag erst einmal so lange schlafen würde, bis nicht mehr Frühstücks-, sondern Mittagszeit wäre. Und mir dann einen Käse-Salami-Toast aus der Pfanne reinziehen, meine neue Sucht. Danach würde ich mir in Jogginghose irgendwelche Filmschnulzen ansehen und immer wieder wie ferngesteuert auf Facebook nachsehen, ob Wout neue Nachrichten von Mädchen gekriegt hat, die ich nicht kenne.

Wout. Beim Gedanken an ihn durchfährt mich ein Schmerz. Wenn mein Körper ein Gradmesser für meine Trauer wäre, müsste sie ihren Tiefpunkt inzwischen überschritten haben. Denn noch vor ein paar Wochen bin ich jeden Morgen mit einem Gefühl in der Brust aufgewacht, als würde sich mein Herz verkrampfen. Aber die Traurigkeit hat nicht nachgelassen. Sie hat sich lediglich einen anderen Ort gesucht, an dem sie mehr Raum hat.

Ich richte mich auf und ziehe die Klamotten an, die ich gestern über den Schreibtischstuhl gehängt habe: meine neue dunkle Skinny-Jeans (sie sitzt so eng, dass ich froh bin, heute nur vier Stunden zu haben) und ein weißes Vintage-T-Shirt, das ich letzte Woche auf dem Flohmarkt ergattert habe.

I have class steht in verwaschenen Buchstaben darauf. Welch eine Ironie.

Aus dem Schuhhaufen neben meinem Schreibtisch fische ich meine weißen Chucks. Ich hatte schon so lange keine High Heels mehr an, dass ich darauf wie ein frisch geborenes Kalb durch die Schule staksen würde. Nicht gerade so, wie ich in meinem letzten Jahr am Amstel Lyceum rüberkommen möchte.

»Ja-de!«

»Ja-ha!«

Unten sitzen schon alle am Küchentisch. Er ist neuerdings so hübsch gedeckt, dass man meinen könnte, es handelte sich um ein Sonntagsfrühstück: Das Toastbrot liegt nicht einfach in der Packung auf dem Tisch, sondern ist ordentlich in einem geflochtenen Korb mit rot-weiß karierter Serviette angerichtet. Daneben prangt die Butterdose mit dem getöpferten Deckel.

Als ich die Küche betrete, hebt meine Schwester Sofie zur Begrüßung die Augenbrauen. Mein Vater brummt hinter seiner Zeitung »Guten Morgen«. Ich murmele etwas Unverständliches zur Antwort.

»Hättest du dich nicht wenigstens kämmen können?«

Das sagt meine Mutter, die einsame Kämpferin für Dinge wie Butterdosen oder dieses geschleckte Frühstück an einem ganz normalen Tag.

»Dir auch einen guten Morgen, Mama.«

»Oder ist das der neueste Trend? Milch?«

Ohne meine Antwort abzuwarten, schenkt sie meine Tasse randvoll.

Ich verdrehe die Augen. »Der ultimative Trend, Mama.«

»Was ich eigentlich sagen will«, fährt meine Mutter fort, »ist, dass deine Haare viel zu schön sind, um sie ... na ja, einfach so runterhängen zu lassen.«

Ich betrachte den glatten, symmetrischen Schnitt meiner Mutter. Kein einziges Haar steht ab. Schnitt ist das richtige Wort für die Kurzhaarfrisur, die sie seit ein paar Monaten trägt. Sie kämmt sich die Haare nicht mehr, sie stylt sie. Mit einem echten Friseurkamm und einer Dose Haarspray, die mehr gekostet hat als alle meine Haarpflegeprodukte zusammen.

»Das hast du aber nicht gesagt, Mama, dass sie schöne

Haare hat«, sagt Sofie ironisch. »Du hast nur angemerkt, dass sich Jade die Haare kämmen soll. Weil sie aussehen wie ein Vogelnest. Oder? Das wolltest du doch eigentlich sagen.«

Ich schneide eine Grimasse in Sofies Richtung. Sie hat sich die Haare schon gewaschen, geföhnt und zu einem hohen Zopf zusammengebunden. Dass sie dazu den Nerv hat, wenn sie gerade aus dem Bett gekommen ist, werde ich nie kapieren.

»Danke, Schwesterherz.«

Zur Antwort schrammt Sofie mit den Vorderzähnen über ihr Knäckebrot mit Nutella und grinst mich an. Hätte sie den Mund voll, würde sie mir bestimmt den Inhalt präsentieren.

Ich popele einen Zwieback aus der Dose – Dose, nicht Packung – und schmiere so vorsichtig wie möglich Butter darauf. Die Kunst, einen Zwieback richtig zu bestreichen, besteht darin, ihn ganz locker in der linken Hand zu halten und mit dem Daumen leicht gegen den Rand zu drücken.

»Und, freust du dich ein bisschen auf heute?«, fragt meine Mutter.

Der Zwieback bricht in der Mitte durch und meine Handfläche ist voll Butter. »Fuck!«

»He!« Meine Mutter verschluckt sich beinahe an ihrem Tee. »Muss das sein? Ich dachte, wir hätten letzte Woche vereinbart, solche Wörter nicht mehr in den Mund zu nehmen!«

»Ähm, nicht ganz, Mama«, sagt Sofie. »Du hast das vereinbart. Wir wurden gezwungen zuzustimmen. Und wenn ich ehrlich bin, ist diese Vereinbarung der größte Scheiß.«

Ich sehe, wie mein Vater tiefer hinter seiner Zeitung verschwindet, um sein Lachen zu verbergen.

»Jetzt fang du auch noch an«, sagt meine Mutter. »Ich dachte, wir hätten uns vorgenommen, an einem Strang zu ziehen. Und was ist daraus geworden?«

Ich brauche gar nicht laut auszusprechen, was Sofie und ich jetzt beide denken. *Er fand dieses Vorhaben genauso scheiße wie wir, Mama.*

»Dann eben nicht.« Meine Mutter wirft ihre Serviette auf den Tisch und schiebt den Stuhl zurück. »Ganz offensichtlich bin ich die Einzige, der unser Familienleben am Herzen liegt.«

Ich unterdrücke ein Seufzen. Bei dieser Mutter sind mir noch nie Zweifel gekommen, ob ich adoptiert bin. Das Drama-Gen habe ich eindeutig von ihr geerbt.

Mein Vater faltet bedächtig die Zeitung zusammen und legt sie mit Nachdruck auf seinen Frühstücksteller. »Ich glaube, es ist besser, wenn ich mich da raushalte.«

»Glaube ich auch, ja.«

»Papa, Mama! Nicht streiten«, sagt Sofie in kindlichem Ton.

Ich streue Schokostreusel auf den größeren Teil meines zerbrochenen Zwiebacks und beiße ab. »Tut mir leid, Mama«, sage ich mit vollem Mund. »Ich werde dieses ... dieses Wort nicht mehr aussprechen.«

Meine Mutter lächelt mich erschöpft an. Sofort überkommt mich Mitleid. Wenn hier jemand einen echt beschissenen Sommer gehabt hat, dann war es meine Mutter. Davor stand sie im Morgenmantel und ungekämmten Haaren gähnend am Küchentresen und schmierte für uns Brote. Butterdose? Gestylte Frisur? Süße, wir sind doch nicht Familie Protz. Das war ihr Lieblingsspruch, wenn wir über irgendetwas fantasiert haben – Urlaub in der Karibik, eine Sauna im Gartenhaus, ein iPad. Aber seit mein Vater im Frühsommer gestanden hat, dass er eine kurze Affäre hatte – so seine Worte –, ist alles anders. Meine Mutter hat sich in dem krampfhaften Versuch, die Familie zusammenzuhalten, in eine Helikopterglucke verwandelt, die uns auf Teufel komm raus Normen und Werte vermitteln will. Auf einmal müssen wir anständig sprechen und ordentlich aussehen, weil sie hofft, dass wir uns dann auch entsprechend benehmen. In diesen Sommerferien hat sie mehr an mir herumerzogen als in meinem ganzen bisherigen Leben. Tu dies, lass das, sitz gerade. Als ob der Seitensprung meines Vaters dadurch rückgängig gemacht werden könnte.

Als mein Vater am Küchentisch beichtete, dass er sich in eine Frau aus dem Büro verliebt hat, habe ich mich richtig fremdgeschämt. Es war das pure Klischee. Er versicherte uns, dass »körperlich nichts gewesen« sei, eine Erklärung, die ich immer noch total widerlich finde. Was er sagen wollte, ist, dass er nicht mit ihr im Bett war. Es gibt Dinge, die man von seinen Eltern nicht wissen will, und diese Beichte gehört definitiv dazu. Ich sehe meinen Vater noch da sitzen, mit diesen großen dunklen Flecken unter den Achseln. Auf einmal wusste ich, wie er als unsicherer Zwölfjähriger ausgesehen haben muss. In diesem Augenblick hat er auch genauso geredet. Nichts an ihm erinnerte mehr an den Vater, der immer recht hat und weiß, was er tut.

Mit reichlich einleitendem Räuspern eröffnete er uns dann, dass er für drei Wochen ins Hotel ziehen würde, um nachzudenken. Unser Italienurlaub war gestrichen. Meine Mutter saß im Bademantel daneben und heulte. Da ist mir die Sicherung durchgebrannt. Weder meine Mutter noch Sofie sagten ein Wort, doch ich brüllte ihn an, dass er verschwinden soll. Mit zwei Plastiktüten voller Klamotten – auf die Schnelle fand er seine Reisetasche nicht und meine Mutter weigerte sich, ihm suchen zu helfen – zog er noch am selben Tag ins Hotel. Manchmal wünschte ich, dass er dort geblieben wäre, dann würden meine Mutter, Sofie und ich noch immer mit dem Teller auf dem Schoß zu Abend essen und uns eine komplette Staffel *X Factor* reinziehen, die britische Version. Mein Vater kommt mir vor wie ein Eindringling. Seit er wieder da ist, ist alles anders. Vor allem meine Mutter.

Ich lasse das letzte Stück Zwieback auf den Teller fallen. Mir ist der Appetit vergangen.

»Hmmm«, sagt Sofie mit vollem Mund. »Wär das schön, heute freizuhaben.«

»Frei?«, fragt mein Vater erstaunt. »Ich dachte, du wolltest heute mit dem Streichen anfangen. Oder glaubst du etwa, das mach ich heute Abend?«

Sofie hebt die Brauen. »Jetzt, wo ich dein Gesicht sehe, eigentlich nicht mehr. Keine Sorge, Papa. Ich habe sogar schon eine Schleifmaschine organisiert.«

Ich finde es ziemlich blöd, dass Sofie auszieht. Natürlich verstehe ich, dass sie von hier wegwill, aber mir graut es davor, meinen Part in der Tragikomödie *Alles in Ordnung bei Familie Verschuur* ohne Verbündete weiterspielen zu müssen. Und die Aussicht auf die doppelte Portion Erziehung, die ich vermutlich verpasst kriege, macht es auch nicht gerade besser.

»Kommst du heute Abend auch vorbei?« Sofie sieht mich an. »Du hast dir meine Hütte noch gar nie angesehen.«

»Wie auch«, sage ich. »Da passen bestimmt keine zwei Leute gleichzeitig rein!«

Eigentlich sagen wir Wörter wie »Hütte« gar nicht. Hört sich irgendwie komisch an aus dem Mund von Mädchen, die die fiesen Hochhaus-Vororte von Amsterdam nur aus dem Fernsehen kennen. Aber gerade, weil es so uncool ist, ist es irgendwie schon wieder cool.

»Sehr witzig.« Sofie lehnt sich zurück. »Machst du in einer Stunde auch noch Witze, wenn du im Matheunterricht schwitzt?«

»Du meinst in meinem Klassenzimmer, das drei Mal so groß ist wie deine Hütte?«

»Mädels, lasst es gut sein.« Mein Vater sieht mich streng an. »Musst du dich nicht beeilen? Du bist schon wieder viel zu spät dran.«

Noch bevor er ausgeredet hat, setze ich zum Konter an. »Und hättest du nicht längst gehen müssen? Seit wann frühstückst du denn mit uns?«

»Jade!« Die Stimme meiner Mutter klingt schrill.

»Was denn?« Ich nehme mir vor, bis zehn zu zählen, aber schon bei drei habe ich meine guten Vorsätze vergessen. »Stimmt doch! Oder versucht er auf einmal, die Zeit nachzuholen, die er im Sommer verpasst hat? Dass du ihn auch noch verteidigst!«

Ich setze die Tasse an die Lippen und trinke so schnell, dass mir die Milch das Kinn runterläuft. Während ich meinen Stuhl zurückschiebe, knalle ich die Tasse auf den Tisch. »Ich gehe mich kämmen.«

Oben stecke ich wahllos ein paar Bücher, mein Notizbuch und ein paar leere Hefte in die Tasche. Ich hab noch keinen einzigen ersten Schultag erlebt, an dem es richtig losgegangen wäre. Heute wird das auch nicht anders sein.

Ein Blick in den Spiegel zeigt mir, dass ich noch immer ziemlich wütend aussehe. Wout fand mich mit bösem Gesicht immer supersexy, aber ich finde, dass ich aussehe wie ein kleines Kind, das seinen Willen nicht kriegt.

Routiniert ziehe ich einen dunkelgrauen Lidstrich und tusche mir die Wimpern flüchtig mit schwarzer Mascara. Mit einer Bürste, die mir Finn geschenkt hat (sie schwört darauf, dass sie ihr die glänzenden Haare verdankt), nehme ich mir meine Haare vor. Sie sind von der Sonne ein kleines bisschen blonder geworden, aber längst nicht so hell wie letztes Jahr.

Das liegt daran, dass du diesen Sommer praktisch jeden Tag zu Hause gehockt hast, sagt eine Stimme in meinem Kopf. Auch die Sommersprossen auf Nase und Wange sind nicht ganz so zahlreich wie in den Sommern davor. Die fand Wout auch supersexy, obwohl er andauernd Witze darüber machte. Er meinte, ich würde wohl heimlich mit einem Sieb auf dem Gesicht in der Sonne liegen. Lieber, lustiger, schöner Wout. *Ewoud* eigentlich, aber so nennt ihn nur seine Mutter. Ewoud van Ravensteijn. Was für ein gestelzter Angebername – er passt so gar nicht zu ihm. Als hätten ihn seine Eltern schon bei der Geburt zum Notar verdammen wollen.

Ich versuche die leeren Stellen rund um den Spiegel zu ignorieren. Die wenigen Fotos, die jetzt noch dahinterklemmen, machen einen traurigen Eindruck, und ihre teilweise vergilbten Ränder verraten, dass ich um die zehn Fotos weggerissen habe. Fotos von Wout und mir.

Er war meine erste und einzige Liebe. Ist. War. Ich weiß es nicht mehr so genau. Seit knapp anderthalb Monaten ist Schluss, aber mir kommt es noch immer absolut unwirklich vor. Als ob wir nur eine Pause machen würden und ich einfach nur den richtigen Knopf zu drücken bräuchte, um wieder mit ihm zusammen zu sein. Ich will nicht an ihn denken, denn bestimmt hat er in den letzten sieben Wochen keinen Gedanken an mich verschwendet. Aber ich vermisse ihn so sehr, dass es körperlich wehtut.

Dieser Sommer war die reinste Aneinanderreihung von Katastrophen. Erst mein Vater, dann Wout. »Pass bloß auf«, hat Finn halb im Ernst, halb im Spaß gesagt, kurz nachdem Wout Schluss gemacht hat. »Das war Nummer zwei. Ein Unglück kommt immer im Dreierpack.« Ich mag meine beste Freundin wirklich sehr, auch wenn sie immer ehrlich sagt, was sie denkt.

»Ich bin dann weg!«

Ich hole mein Fahrrad aus dem Schuppen und stöpsele mir die Ohrhörer von meinem iPod ein. Die Wiedergabeliste enthält ausschließlich Liebeskummermusik: Adèle, Rihanna, Taylor *(I knew you were trouble when you walked in),* aber auch Whitney und – ja, lacht ruhig – Mariah und Celine. Ausschließlich weibliche Popstars, die wissen, wie sich Einsamkeit anfühlt. Ich drehe die Musik laut auf. Es beruhigt mich, dass ich nicht die Einzige mit einem Jojo im Herzen bin. In einem Moment will ich Wout anrufen und anflehen, zu mir zurückzukommen, und im nächsten wünsche ich ihm einen chronischen Juckreiz an Stellen, die nie die Sonne sehen.

Als ich in die Mauritskade einbiege, kriege ich mit einem Schlag die Flatter. Durch die dicht belaubten Bäume zu beiden Seiten des Radwegs kann ich die Schule zwar noch nicht erkennen, doch in Gedanken sehe ich das Amstel Lyceum genau vor mir, so, wie es schon seit hundert Jahren da steht. Von außen wirkt es gar nicht wie eine Schule, zumindest keine, wie man sie heute bauen würde, doch das gelbe, durch Wind und Wetter verrostete und verwitterte Schild über dem Eingang verrät, dass hier immer noch Unterricht stattfindet. *Hoogere Burgerschool* steht dort, Höhere Bürgerschule. Und zwar mit Doppel-o, wie früher vor der Rechtschreibreform. Ich bin nicht die Einzige, die bei Grammatik- und Rechtschreibtests in Niederländisch absichtlich alles mit Doppel-o schreibt, nur um eine Diskussion mit dem Lehrer anzuzetteln.

Das Beste am Amstel Lyceum ist, dass es mitten in der Innenstadt von Amsterdam liegt. In fünf Minuten ist man am Zoo, und wenn man die Schule durch den Hinterausgang verlässt, steht man direkt im Oosterpark. Touristen machen meist den Fehler, in den Vondelpark zu gehen, dabei ist der Oosterpark mit seinen gusseisernen Bänken und zahllosen Trauerweiden viel romantischer.

»Hey Girl!«

Meine beste Freundin wartet am Fahrradständer auf mich und winkt mir zu. Sie trägt eine riesige Sonnenbrille auf der Nase und ein knallrotes, bauchfreies Shirt. Wie gewohnt wirkt sie völlig gechillt und als ob sie alles im Griff hätte, eine Haltung, die sie wie eine zweite Haut trägt, ohne dass sie auch nur eine Sekunde lang arrogant rüberkommt.

Finn hat von ihrem elften bis fünfzehnten Lebensjahr in Miami gewohnt, wodurch ihr immer noch manchmal ein *»ya know«* oder *»imma like, yeah«* rausrutscht. Obwohl ihre Eltern und sie schon seit zwei Jahren wieder in den Niederlanden sind, muss Finn ab und zu noch gedanklich umschalten. Und wenn wir einen amerikanischen Film im Original anschauen wollen, haben wir jedes Mal die gleiche Diskussion: Für Finn gehen Untertitel einfach gar nicht (»Die Übersetzung ist *das Letzte!«),* aber ohne kapiere ich wiederum kein Wort.

»Hey Girl!« Ich spreche das r extrabreit und amerikanisch aus und winke ihr übertrieben zu. Das ist meine Art, cool zu tun, mit einem Hauch Ironie. Ich zeige auf ihren blanken Bauch. »Zu heiß gewaschen?«

Finn schiebt sich die Sonnenbrille ins Haar und pfeift durch die Zähne. »Ist das jetzt dein Ernst? Ein *fashion comment* ausgerechnet von einer, die ein ›lustiges‹ Shirt trägt?« Sie malt mit den Fingern Anführungszeichen in die Luft.

Ich umarme sie lachend.

»Hast du auch so viel Lust wie ich?« Finn schürzt die Lippen. »Wenn wir diesen Tag überstanden haben, lade ich dich in die Coffee Company ein, zu was immer du willst. Mit extraviel Sahne. Deal?«

Während wir die Schule betreten, hake ich mich bei ihr unter. »Falls wir diesen Tag überstehen.«

»Drama Queen«, sagt Finn lachend. »Du tust ja gerade, als ob ...«

Den Rest höre ich nicht mehr. Ich habe das Gefühl, als müsste ich mich gleich übergeben.

Es ist vier Jahre her, dass ich sie zum letzten Mal gesehen habe, und jetzt steht sie da, als wäre sie nie weg gewesen. Ganz unbekümmert. Lachend. Sie scheint sich wohlzufühlen, als ob sie schon immer hierher gehört hätte. Mein Gehirn registriert nach und nach ihre nackten braunen Beine, ihren schlichten schwarzen Rock, die langen dunklen Haare, die ihr weit über die Schulter reichen. Sie ist beneidenswert unwiderstehlich hübsch. Nichts an ihr erinnert an das Mädchen von damals. Und trotzdem bin ich mir hundertpro sicher, dass sie es ist.

Meine Beine sind auf einmal wie Pudding und mein Mund fühlt sich trocken an. Erinnerungen stürzen auf mich ein, drängen sich in den Vordergrund. *Hässliches Weibsstück! Nobody! Ich kann dich einfach nicht ertragen*!

Panisch packe ich Finns Arm.

Mit schmerzverzerrtem Gesicht reibt sie sich die Stelle. »Jade! Lass das! Was ist denn plötzlich mit dir los?«

Das Mädchen am anderen Ende des Ganges dreht den Kopf und sieht mich direkt an. Es dauert eine halbe, vielleicht eine ganze Sekunde, aber dann erkennt sie mich auch. Während sie ihre Bücher von einem Arm zum anderen wechselt, hält sie den Kopf leicht schräg und lächelt kurz, doch weder Augen noch Mundwinkel lachen mit.

Finn schüttelt mich am Arm. »Jade, was ist denn los?«

»Ich ...« Ich lasse den angefangenen Satz unbeendet in der Luft hängen. Mehr als ein zusammenhangloses Gepiepe brächte ich ohnehin nicht heraus.

In der Hoffnung, wieder wach zu werden, schließe ich die Augen. Aber es hat keinen Sinn, die Vergangenheit zu leugnen, wenn sie direkt vor einem steht.

Unglück kommt immer im Dreierpack, höre ich Finn im Kopf sagen. Unglück kommt immer im Dreierpack.

Dann öffne ich die Augen wieder.

Zoë.

2

Die ersten beiden Stunden gehen komplett an mir vorbei. Die Französischlehrerin muss mich zweimal aufrufen, bevor ich endlich mitkriege, dass ich dran bin. Ich soll erzählen, dass ich *de très bonnes vacances* verbracht habe. In Erdkunde läuft es auch nicht viel besser. Erst in der Mitte der Stunde komme ich dahinter, dass ich in meinem Buch ein völlig falsches Kapitel aufgeschlagen habe. Ich mache mir nicht einmal die Mühe, zur richtigen Seite zu blättern.

Zoë.

Zoooooooooooeeeeee.

Wie eine Fliege summt mir ihr Name durch den Kopf.

Die ganze Zeit behalte ich panisch die Klassenzimmertür im Auge, voller Angst, sie könnte auf einmal hereinspazieren. Was tut sie hier? Warum ist sie plötzlich wieder da? In den letzten vier Jahren habe ich kaum an sie gedacht. Ich könnte nicht einmal sagen, wann ich sie zum letzten Mal gesehen habe. Es muss in der siebten Klasse gewesen sein, gegen Ende des Schuljahrs. In der allerletzten Woche, als wir unseren Sporttag hatten, war sie jedenfalls nicht mehr da. Krank. Wie immer. Wenn es um Sport ging, war Zoë andauernd krank. Als sie dann nach den Sommerferien nicht mehr auftauchte, wusste keiner, wo sie abgeblieben war. Die Schule gewechselt, meinten die einen. In eine andere Stadt gezogen, die anderen. Ich war einfach nur froh, dass sie weg war. Warum nur ist sie jetzt nach all den Jahren wieder zurück? Warum in Gottes Namen ist Zoë Kramer wieder da?

Als es zur kleinen Pause klingelt, verlasse ich, so schnell ich kann, das Klassenzimmer. Ohne in der Aula auf Finn zu warten, renne ich aus der Schule. Als ich beinahe eine Gruppe kleiner Mädchen anrempele, entschuldige ich mich nicht einmal. Keine Zeit. Frische Luft, ich brauche frische Luft.

Ich haste über den Schulhof, bis ich im Oosterpark ankomme. Eigentlich dürfen wir während der Unterrichtszeit das Schulgelände nicht verlassen, aber den Lehrer möchte ich sehen, der mich jetzt aufhält. Erst als die Schule nicht mehr in Sichtweite ist, habe ich wieder das Gefühl, frei atmen zu können.

Ich setze mich auf eine Parkbank, lege den Kopf in den Nacken und atme ein paarmal tief durch. Durch die Nase ein, durch den Mund aus. Das Summen der Fliege in meinem Kopf wird leiser.

»Oh, Dear!« Plötzlich steht Finn vor mir und sieht mich mitleidig an. Sie hält den Kopf schief und schiebt die Unterlippe vor. »Ich wusste, dass du dich hierher flüchtest. Rutsch mal ein Stück.« Sie tippt mir mit ihrer Tasche gegen die Schulter.

Nachdem sie sich hingesetzt hat, schlägt sie die Beine übereinander und stupst mich mit ihren Stilettoabsätzen sanft gegen die Wade. *»Believe me,* er ist es nicht wert. So eine wie dich kriegt Wout nie mehr wieder.«

Als sie seinen Namen nennt, zucke ich zusammen. Wout. Seit ich Zoë gesehen habe, habe ich keinen Gedanken mehr an ihn verschwendet.

»Was?« Finn lacht leise. »Oder hast du gedacht, ich hätte heute Morgen nicht gemerkt, dass du in Panik geraten bist? Du dachtest, du hättest diese Amöbe gesehen, stimmt's?«

Seit Wout Schluss gemacht hat, hat Finn kein gutes Wort mehr an ihm gelassen. Seither ist er für sie eine Amöbe: ein mikroskopisch kleines Tierchen ohne Rückgrat, mit bloßem Auge kaum wahrnehmbar.

Sie wühlt in ihrer Tasche, bis sie einen abgepackten Schokokeks und eine Flasche Wasser gefunden hat. Ich bin froh, dass ich sie jetzt nicht anschauen muss. Wenn ich nichts sage, brauche ich nicht zu lügen, sondern kann in der sicheren Grauzone zwischen Schweigen und Halbwahrheit herumwabern.

Mit den Zähnen reißt Finn die Folie von ihrem Keks auf. »Darum bist du doch heute Morgen ausgeflippt, oder? Du kannst mir alles sagen, das weißt du.«

Aber das ist genau der Punkt. Ich kann es eben nicht. Es gibt Dinge, die ich nicht erzählen kann, ihr nicht, niemandem.

»Hm?«

Ich schüttele den Kopf. »Schon gut, es ist nur ...«

»Nichts ist schon gut.« Finn wirft mir einen frustrierten Blick zu. »Du immer mit deinem ›Schon gut‹. Du kannst ruhig zugeben, dass du in Panik geraten bist. Ist doch nichts dabei! Ich würde mich auch zu Tode erschrecken, wenn mir plötzlich mein Ex über den Weg liefe, nachdem ich ihn um die sechs Wochen nicht gesehen habe.«

»Sieben.«

»Okay, dann eben sieben.«

Finn bricht ihren Keks in der Mitte durch und gibt mir die größere Hälfte.

»Wenn ich du wäre, wüsste ich, was ich tun würde.«

Mit dem Daumen reibe ich so lange über ein Schokostückchen, bis es schmilzt. Ich weiß auch, was Finn an meiner Stelle tun würde. Rache üben. Einen anderen Jungen küssen. Ordentlich abfeiern und noch mehr Jungs küssen. Ihn VERGESSEN!!!, und zwar genau so geschrieben. Sie hat mir bestimmt schon hundert Mal gesagt, ich solle endlich aufhören, mich im Liebeskummer zu suhlen, und mein Leben wieder in die Hand nehmen. Sonst kommst du nie über ihn weg, hat sie erst neulich gemeint, als sie mich dabei erwischt hat, wie ich Wouts Facebook-Profil gecheckt habe. Aber vielleicht ist das genau der Punkt. Vielleicht will ich gar nicht über ihn hinwegkommen.

»Weißt du, der kriegt sein Fett schon noch. Denk an meine Worte. *Karma is a bitch, you know.*«

»Was du nicht sagst.«

»Das ist jetzt echt kein Scherz.«

Sie sagt es so überzeugt, dass ich lachen muss.

»Was?« Auf einmal wirkt sie todernst. »Du weißt doch, was Karma ist, oder?«

Ich ahme ihren verschwörerischen Ton nach und sage flüsternd: »Ja. A Bitch.« Erneut muss ich lachen. »Ach komm, Finn. Solche Sachen sagt man einfach nur, um cool zu tun. *Karma is a bitch.* Dabei ist das eigentlich nur Quatsch.«

Finn sieht mich an, als ob ich gerade etwas Unanständiges gesagt hätte. Über ihrer perfekten Nase erscheinen zwei perfekte Falten. »Wie kannst du nicht an das Karma glauben? Das ist, als würdest du nicht an ... an die Schwerkraft glauben.«

Ich runzele die Stirn. »Du glaubst also wirklich an ein Universum, das sich merkt, wer Gutes und wer Böses tut?«

»Natürlich! Wenn du etwas Schlechtes tust, kriegst du es mit gleicher Münze heimgezahlt. Tust du Gutes, kannst du auch Gutes erwarten.«

»Ja, sicher!« Ich beiße ein großes Stück von meinem Keks ab. »Ich weiß nicht, in welchem Universum du lebst, aber so funktioniert die Welt nicht.«

»Ach nein? Und warum ähnelt dann Frau van Lammeren immer mehr einer ausgepressten Zitrone?«

»Weil sie immer schlechte Laune hat?«

»Genau! Das ist ihr schlechtes Karma!«

Ich nehme Finn die Flasche aus der Hand und trinke ein paar Schluck Wasser.

Sie beugt sich ein wenig vor und sagt leise: »Das Karma ist ein Bumerang mit einem Namen darauf. Und du kannst noch so weit weglaufen, er findet immer zu dir zurück.«

»Wow«, sage ich langsam. »Und von welchem Twitter-Account hast du diese Weisheit?«

Finn pikst mich lachend seitlich ins Bein.

»Karma!«, sage ich quiekend. »Das kriegst du zurück! Karma!«

»Ja, mach dich ruhig weiter darüber lustig.« Finn schraubt den Verschluss auf die Flasche. »Aber wenn dich dein Karma einholt, heul dich nicht bei mir aus. Das Universum lässt niemanden aus, *Missy. Nobody.*«

Ein kalter Schauder kriecht mir den Rücken hinauf bis in den Nacken.

»Also noch mal ...« Finn setzt ihre Sonnenbrille wieder auf. »Wout kriegt schon noch, was er verdient. Ein Junge, der seine Freundin einfach so sitzen lässt ... *Karma is a bitch.*«

Mein Vater war noch nicht einmal eine ganze Woche ausgezogen, als Wout mit mir Schluss gemacht hat. Es war ein Freitag, wir waren im Kino gewesen und standen mit den Fahrrädern bei mir vor dem Haus. Ich wollte gerade hineingehen – nachdem er mir einen Kuss auf den Mundwinkel gegeben hatte, was ich unangenehm und merkwürdig fand, aber nicht merkwürdig genug, um eine Bemerkung zu machen –, doch er rief mich zurück.

Naiv, wie ich bin, kam ich gar nicht auf die Idee, dass er Schluss machen wollte. Ich meine: Wer verlässt denn ein

Mädchen, deren Vater keine Woche vorher einen Seitensprung eingestanden hat? Wout schon. Allerdings entschuldigte er sich erst eine Minute lang für sein schlechtes Timing, bevor er zum Punkt kam.

»Ich glaube, dass ... dass es einfach nicht mehr geht, Jade.«

»...«

»Jade?«

»...«

»Sag etwas. Bitte.«

Er schüttelte mich sanft an der Schulter. Mein Körper gab kaum nach, so steif war ich plötzlich.

»Dass es nicht mehr geht.« Ich wollte ein Fragezeichen ans Ende setzen, aber meine Stimme war plötzlich so mechanisch wie die eines Roboters.

»Wirst du ohnmächtig? Du wirst doch jetzt nicht ohnmächtig, oder?«

»Dass es nicht mehr geht.«

»Shit. Du bist kalkweiß. Willst du dich hinsetzen? Hier, setz dich doch kurz.«

Er legte die Hände auf meine Schultern und wollte mich dazu bringen, dass ich mich auf die Gartenmauer setze. Mit einem Ruck war ich wieder hellwach. »Dass es nicht mehr geht? Dass es nicht mehr geht? Was geht nicht mehr?«

Wout trat einen Schritt zurück. »Das mit uns beiden.«

»Wovon sprichst du?« Panik ergriff von meiner Stimme Besitz. »Seit wann geht es nicht mehr?«

»Ich ...« Er sprach so leise, dass ich ihn kaum verstehen konnte. »Ich bin einfach nicht mehr in dich verliebt.«

In diesem Moment wusste ich, dass der Ausdruck »Schluss machen« nicht im Geringsten das Gefühl traf, das man dabei empfindet: das Gefühl, so auseinandergerissen zu werden, dass man nie wieder geflickt werden kann. Schluss machen klingt wie das Ende einer Party, wenn alle müde, aber zufrieden nach Hause gehen. *Breaking up* hingegen drückt genau das aus, was es ist: Etwas, was ganz ist, wird mit nackter Gewalt in zwei Teile gebrochen. Ich eine Hälfte, du eine Hälfte und dazwischen jede Menge Splitter. Und genauso fühlte ich mich. Kaputt. Zerbrochen. Nichts mehr zu machen.

Wout schaffte es nicht einmal, mich anzuschauen, und seine Stimme klang matt und schwer. Er rieb sich die ganze Zeit mit Daumen und Zeigefinger über die Augen in Richtung Nase. In den zwei Jahren, die wir zusammen waren, hatte ich ihn nicht weinen sehen.

»Es ist echt nicht leicht, das zu sagen.«

»Ach, aber es zu hören, ist richtig einfach.«

Auf einmal wurde ich so wütend, dass er das Opfer spielte und mir noch dazu vorschlug, Freunde zu bleiben, dass ich ihn einfach stehen ließ. Freunde bleiben? Warum sollte ich mit jemandem befreundet bleiben, der nicht mehr mein Freund sein wollte?

Erst ein paar Tage später, als die Wut verraucht war, kam die Traurigkeit. Und noch immer liegt sie wie eine schwere Decke über mir und verdunkelt alles. Was war geschehen, dass er nicht mehr in mich verliebt war? Warum hatte er vorher nie mit mir darüber gesprochen? Ich vermisse ihn. Ich vermisse seine Witze über meine Sommersprossen, über meine Haare (meinen Pony und meinen Pferdeschwanz, hihi), über meine Limosucht und meine Ungeduld. Aber was ich am meisten vermisse, ist das unschlagbare Gefühl, jemanden zu haben, auf den ich zählen kann, und nie auf mich allein gestellt zu sein. Und dass jemand alles – wirklich alles – von mir wusste. Dieses Gefühl habe ich jetzt nicht mehr.

Während ich vor der vierten Stunde die Treppe in den obersten Stock hinauflaufe, wühle ich hektisch in meiner Tasche. Irgendwo muss doch das Blatt mit den Klasseneinteilungen sein. Ich weiß genau, dass ich es vorhin in die Tasche gesteckt habe. Ich muss es finden, bevor ich mich noch länger wegen der Vorstellung verrückt mache, dass ich irgendeinen Kurs mit Zoë zusammen haben könnte. Wie groß ist die Wahrscheinlichkeit bei sieben Abschlussklassen? Eins zu sieben mal dreißig, das ist ...

»Halloo!«

Auf einmal spüre ich, wie sich ein Arm um mich schlingt und sich ein Jungenkörper fest an mich drückt. Gleich darauf werde ich auf die Wange geküsst.

»Weißt du nicht, wo du Unterricht hast, Schönheit? Ich werde es dir verraten: mit mir zusammen.«

Quinten grinst mich mit dem verlegenen Lächeln an, das sein Markenzeichen ist. Wobei Quinten alles ist, nur nicht verlegen. Mit Quinten van Doorn habe ich schon seit der Unterstufe eine seltsame flirtig-freundschaftliche Beziehung. Von ihm aus ist sie seltsam flirtig, von mir aus freundschaftlich. Er beharrt darauf, dass wir später – wenn wir beide Ende zwanzig sind und noch nicht verheiratet – zusammen enden werden. Ich hingegen versuche schon seit einem Jahr, ihn mit Finn zu verkuppeln, aber für Jungs mit Kapuzenpullis hat sie nur ein Naserümpfen übrig. Da nützt es auch nichts, wenn sie blond sind und begnadet surfen können. *Kapuzen sind sooo was von out.*

»Du wirst von Jahr zu Jahr hübscher, hm?« Quinten zwinkert mir zu.

Ich versetze ihm einen Knuff. »Und du wirst von Jahr zu Jahr besser im Schleimen, hm?«

»Ich gebe mir die größte Mühe.«

Als wir das Klassenzimmer betreten, lasse ich den Blick blitzschnell über die Anwesenden gleiten. Keine Zoë. Dafür aber Jamie und Amber, die sich wie immer die Bank rechts hinten am Fenster gesichert haben. Jamie hockt auf der Stuhllehne und bürstet sich ihr langes, dunkles Haar. Die Spitzen sind knallrot, als hätte sie sie in einen Topf Farbe getaucht. Amber sitzt vorgebeugt da und lässt immer wieder ihre Kaugummiblase platzen, als ginge es darum, es so oft wie möglich zu schaffen. In der Bank vor ihnen schauen sich Joelle und Anne auf Annes Handy einen Film an.

Mist. Ich habe so gehofft, dass die vier mir dieses Jahr erspart bleiben.

Jamie, Amber, Joelle und Anne – die Jajas, wie sie sich selbst nennen – bilden, seit ich sie kenne, eine feste Clique. Für Außenstehende ist es unmöglich, sie auseinanderzuhalten, aber ich weiß genau, vor wem ich mich wann in Acht nehmen muss, zum Beispiel vor der, die mich am freundlichsten anlächelt, nur um kurz darauf hinter meinem Rücken über mich zu lästern.

Quinten tippt mich an. »Wollen wir uns nach hinten setzen?«

Bevor ich antworten kann, läuft er schon zum hintersten Tisch in der mittleren Reihe und zieht einen Stuhl für mich zurück. »Nach Ihnen, Schönheit.«

Neben ihm blicken Jamie und Amber auf. »Oh, hi«, sagen sie, als sie mich sehen.

Ich bringe ein Lächeln zustande. »Hi. Und, alles okay?«

Jamie nimmt ihre Haare zum Zopf zusammen, tastet ihn kurz ab und zieht das Gummiband wieder heraus. »Nicht alles. Aber so im Allgemeinen schon. Und bei dir?«

Ich knalle meine Tasche auf den Tisch. »Bestens.«

»Bestens?« Amber lässt lautstark ihre Kaugummiblase platzen. »Echt? Auch mit Wout?« Sie zieht eine perfekt epilierte Augenbraue hoch.

Der Unterton in ihrer Stimme verrät, sie weiß genau, dass mit Wout nichts mehr bestens ist. Kurz überlege ich, so zu tun, als laufe es zwischen Wout und mir fantastisch. Stattdessen zucke ich aber nur mit den Schultern.

»Was willst du hören?«

»Das spielt doch keine Rolle.« Amber rollt mit den Augen. »Als ob es mich interessieren würde, dass es zwischen euch aus ist.«

Um mich herum verstummen die Gespräche und alle werfen mir einen verstohlenen Blick zu.

»Geht es noch ein bisschen plumper?« Joelle lehnt sich auf ihrem Stuhl nach hinten und tut, als wolle sie Amber schlagen. »Das kannst du doch nicht einfach so hinausposaunen!«

»Wie soll ich es denn dann sagen?« Amber sieht mich an. »Tut mir leid, aber es weiß ohnehin schon jeder.«

»Na dann.« Ich lege mein Notizbuch vor mich auf den Tisch und blättere im Kalender zur Seite mit der aktuellen Woche. Alle Felder sind frei.

Quinten legt mir die Hand auf den Rücken und reibt etwas zu nachdrücklich über meinen BH-Verschluss.

»Er wird es schon noch bereuen.« Quinten sieht mich an. Er steht jetzt so dicht vor mir, dass ich die blonden Stoppeln an seinem Kinn zählen kann. »Ich meine, wenn er ... Wow ... Aber hallo!«

Ich sehe auf.

Auf der Türschwelle steht Zoë. Sie fährt sich mit der Hand durch das dicke glänzende Haar und zieht sich mit derselben Bewegung die Stöpsel ihres iPods aus den Ohren. Geschickt wickelt sie das Kabel um das Gerät und dreht den Kopf zu dem Mädchen, das direkt vor ihr sitzt. »Ist das hier Klasse H5C?«, fragt sie.

Das Mädchen nickt eifrig, eine instinktive Reaktion, die fast alle Menschen zeigen, wenn jemand sie anspricht, der außergewöhnlich gut aussieht. Wir können noch so sehr behaupten, auf die inneren Werte komme es an, wir entscheiden trotzdem am Aussehen, ob wir möchten, dass uns jemand mag oder nicht. Wir alle wollen, dass das schönste Mädchen »Hi« zu uns sagt, wollen, dass der bestaussehende Junge der Schule unseren Namen kennt. Es gibt nur sehr wenige Menschen, die alle als ungewöhnlich schön empfinden, und diese Seltenheit muss gewürdigt werden.

Mit der Sicherheit von jemandem, der gewohnt ist, dass alle Blicke auf ihn gerichtet sind, marschiert Zoë weiter ins Klassenzimmer hinein.

Quinten neben mir beugt sich auf seinem Stuhl nach vorn. »Zoë?«

Das Herz klopft mir auf einmal bis zum Hals. Halt den Mund, würde ich am liebsten sagen.

Zoë dreht sich um. Sie steht jetzt so dicht vor mir, dass ich nur den Arm ausstrecken müsste, um sie zu berühren.

»Du bist doch Zoë Kramer? Oder nicht?« Seine Stimme klingt beinahe ehrfurchtsvoll.

Zoë schaut ihn an, als wäre er ein Wildfremder.

»Quinten.« Er zeigt mit dem Daumen auf sich. »Wir waren mal in einer Klasse. In Bio, da hast du vor mir gesessen, aber das ist eine Ewigkeit her.«

Zoës Gesicht ist wie eine Maske. Ihr Blick bleibt ausdruckslos. »Kann sein«, sagt sie schließlich. »Solche Dinge vergesse ich schnell wieder.«

»Du meinst, du hast Quinten vergessen?«, ruft weiter vorne jemand. »Verpiss dich, Junge! Abgang!«

Die ganze Klasse lacht jetzt.

»Macht nichts.« Quinten strahlt Zoë mit seinem typischen

Lächeln an. »Ist vielleicht sogar ein Vorteil. So können wir uns ganz neu kennenlernen.«

Zoë schnalzt mit der Zunge. »Wir werden sehen, Quincy.«

»Quinten.«

»Wie auch immer.« Sie dreht sich zu Jamie und Amber um. »Ist neben euch noch Platz?«

Erst als Zoë uns den Rücken zudreht, bemerke ich, dass ich die ganze Zeit die Luft angehalten habe.

Ihre demonstrative Art, mich zu ignorieren, sagt mir, dass sie mich wiedererkannt hat.

Als Herr van Vleuten die Klasse betritt, beugt Quinten sich zu mir herüber und nickt kurz in Zoës Richtung. »Die ist ganz schön arrogant geworden, findest du nicht?«

Ich tue, als hätte ich ihn nicht gehört.

Unter dem Tisch kneift er mich ins Knie. »Ob sie mich wirklich vergessen hat?«, flüstert er. »Ich glaube ihr kein Wort. Du hast sie doch auch wiedererkannt, oder nicht?«

Ich nicke, ohne ihn anzusehen.

»Na also. Dann wird sie sich doch auch an uns erinnern. Du und Zoë, ihr wart doch auch nicht gerade ...«

Während Quinten seinen Satz beendet, beginnt es in meinen Ohren zu surren.

Ich sehe auf. Zoë starrt in unsere Richtung. Aber es ist, als würde sie durch uns hindurchschauen. Kurz darauf richtet sie ihren Blick auf einen Punkt weiter vorne in der Klasse. Aus den Augenwinkeln versuche ich, in dieselbe Richtung zu schielen. Dort sitzen zwei mausgraue Mädchen über ihre Hefte gebeugt, deren lange Pferdeschwänze bei jeder Bewegung auf dem Rücken wippen.

Langsam wandert mein Blick zu Zoë zurück. Sie hört jetzt auf einmal ganz aufmerksam Herrn van Vleuten zu, der uns mit der diesjährigen Leseliste vertraut macht.

Ich rutsche tiefer auf meinem Stuhl und zwinge mich, mich auf den Unterricht zu konzentrieren. Doch es gelingt mir nicht. Immer wieder muss ich wie ferngesteuert zu Zoë schauen, als wäre sie eine Berühmtheit, von der ich nicht glauben kann, dass ich sie in echt sehe. Es ist, als beobachtete ich mich selbst aus der Ferne: Ich versuche, mich normal zu verhalten. Was natürlich nicht klappt. Sich absichtlich normal zu verhalten, ist das Gleiche, wie krampfhaft zu versuchen, sich zu entspannen. Uninteressiert am Bleistift zu kauen, wird dann auf einmal zum Nervenspiel. Ein Blick, der lässig rüberkommen soll, verwandelt sich in ein Starren.

Ich beuge mich über mein Heft und spähe unter den Wimpern hervor zu Zoë. Sie ist dieselbe wie damals, aber es ist, als würde sie erst jetzt in ihren Körper passen. Als hätte sie sich damals in ihrem eigenen Körper unwohl und unbehaglich gefühlt und nicht gewusst, wohin mit den langen Beinen, dem kleinen Hintern, den viel zu vollen Lippen. Jetzt scheint sie sich hingegen ihrer Vorzüge bewusst, hat sich in einen engen Rock gezwängt, in den kein normaler Hintern passt, hat ihre vollen Lippen noch mit Lipgloss betont und versteckt ihre hellblauen Augen nicht mehr hinter ihren langen Haaren. Ich spüre, sie ist sich bewusst, dass ich sie ansehe, aber sie blickt unbeirrt nach vorn. Selbst ihr Profil ist perfekt. Nase, Ohren und Kinn sind zierlich und fein geschwungen, Augen, Lippen, Wimpern und Jochbein sind hingegen groß und auffällig.

Ist es wirklich möglich, dass sie Quinten nicht erkannt hat? Dass sie auch mich vergessen hat?

Jetzt dreht sich Zoë zur Seite, um etwas in ihre Tasche zu stecken. Als sie sich wieder aufrichtet, sieht sie mich für den Bruchteil einer Sekunde an. Ihr Blick bohrt sich in meinen, hart und schmerzhaft, und schafft es, in diesem winzigen Augenblick Dinge hervorzuholen, die ich jahrelang verdrängt habe. Es hat keinen Sinn, mir selbst etwas vorzumachen. Sie weiß ganz genau, wer ich bin.

Das Klingeln dröhnt laut und schrill durchs Klassenzimmer. Ich bleibe noch einen Moment sitzen, bevor ich einen spontanen Entschluss fasse. Wenn sie weiß, wer ich damals war, muss sie auch erfahren, wer ich jetzt bin.

Die meisten haben den Raum verlassen, als ich endlich aufstehe. »Kann ich kurz mit dir reden?«

Die Jajas sehen mich erstaunt an. Ambers Mund verharrt in einem perfekten runden O. Zoë tut jedoch, als hätte sie nichts gehört, und schreibt ungerührt in ihrem Notizbuch. Nur ein unterdrücktes Seufzen lässt sie vernehmen.

Der Schweiß brennt mir unter den Achseln. »Kann ich kurz mit dir reden, Zoë?«

Ruckartig hebt sie den Kopf und rümpft die Nase, als ob sie mir im nächsten Moment ins Gesicht spucken wolle.

»Nur ganz kurz«, sage ich. Meine Stimme bebt. »Es dauert nicht lange.«

Zoë wirft Jamie einen Blick zu, die sofort ihren Stuhl zurückschiebt und sich die Tasche über die Schulter wirft. Amber, Joelle und Anne tun es ihr nach.

Jamie legt Zoë kurz die Hand auf den Rücken, als ob sie seit Jahren Freundinnen wären. »Wir warten draußen auf dich, okay?«

Ein paar Sekunden später sind sie verschwunden.

Mit stoischer Ruhe packt Zoë ihre Sachen ein. Ein Moleskin-Notizbuch, ein neongelbes DIN-A5-Heft, zwei Stifte und einen rosa Textmarker. Dann steht sie auf und lehnt sich mit dem Hintern gegen den Tisch. Dabei rutscht ihr Rock noch ein Stückchen höher, sodass er noch mehr von ihren perfekt gebräunten Beinen preisgibt. Sie verschränkt die Arme und mustert mich in aller Ruhe.

Nach all den Jahren stehen wir uns zum ersten Mal wieder gegenüber. Für einen Moment ist es, als hätte sich nichts verändert. Genau wie damals schaut sie mich kaum an und schweigt. Trotzdem ist alles anders. Jetzt schaut sie mich nicht an, weil sie mich nicht anschauen will, und sie schweigt, weil sie es für Energieverschwendung hält, mit mir zu reden. Und obwohl sie absolut gar nichts tut, habe ich mich noch nie so klein und unbehaglich gefühlt. Wie soll man etwas beichten, wenn man es kaum vor sich selbst zugeben kann?

Ich räuspere mich. »Ich ...«

Zoë sieht auf. Zum ersten Mal, seit wir uns kennen, schaue ich sie direkt an. Und sie blickt zurück.

Ihr Blick ist weder wütend noch enttäuscht, auch nicht voller Hass, abschätzig oder erwartungsvoll. Er ist vollkommen leer.

»Es tut mir leid«, beginne ich dann. »Ich weiß nicht einmal mehr genau, was damals ...«

Sie macht einen Schritt auf mich zu. Ich kann den Kiwiduft ihres Shampoos und ihren Erdbeerlipgloss riechen. Ich höre ihre Armreifen klappern. Sie steht jetzt so nah vor mir, dass sich unsere Brüste beinahe berühren. Ich sehe die dunkelblauen Einsprengsel in ihren Augen und ein kaum wahrnehmbares Zucken an ihrem Mundwinkel.

»Es tut dir leid?«, platzt sie hervor. »Leid?« Es ist, als probierte sie aus, wie das Wort schmeckt. Im nächsten Moment scheint sie zu dem Schluss zu kommen, dass es das Widerlichste ist, was sie je gekostet hat. Wie Honig ums Maul. Labberiges Zeug.

In diesem Moment erkenne ich, dass ich einen Fehler gemacht habe. Mein Entschuldigungsversuch bedeutet ihr nichts. In ihren Gedanken habe ich sie schon unzählige Male um Entschuldigung angefleht: mitten in der Klasse, festgebunden an einen Stuhl, den Lauf einer Pistole an der Schläfe. Die Entschuldigung von jetzt lässt sie völlig kalt.

Kurz stockt ihre Stimme. »Du hast doch nicht geglaubt, dass ich auch nur eine einzige Sekunde vergessen hätte?«

3

Vier Jahre zuvor

Mit einem Knall reißt Nikki die Toilettentür auf.

»Hey!« Ich stecke mir die Finger in die Ohren. »Willst du, dass ich taub werde?!«

Hinter mir kichert Babet. »Typisch Nikki – immer so rücksichtslos!«

Nikki zuckt die Achseln. »Nö. Ich zeige nur Präsenz.«

»Stimmt, du zeigst rücksichtslos Präsenz«, kichert Babet.

Wie abgesprochen nimmt Nikki das linke Waschbecken, ich das mittlere und Babet das rechte.

Bevor ich meine Tasche in das Waschbecken hieve, wische ich es mit einem Papierhandtuch trocken. Beim Kauf dieser Tasche musste ich selber Geld zuschießen. Ich sehe noch das Gesicht meines Vaters vor mir, als er im Laden das Preisschild gelesen hat. »Welcher Witzbold hat denn eine Eins vor die Fünfzig geschrieben?« Er konnte einfach nicht fassen, dass eine Schultasche so teuer sein sollte. Also war er nur bereit, mir die Hälfte zu geben, die andere Hälfte sollte ich selbst bezahlen. Meine Mutter versuchte, meinen Vater umzustimmen – *nun sei doch nicht so, die Tasche ist aus echtem Leder, die hält locker fünf Jahre* –, aber er blieb bei seiner spießigen Einstellung. Wie immer. »Waren wir uns nicht einig, dass wir nicht Familie Protz sind?«

Aus dem vordersten Taschenfach fische ich eine kleine Tube Haargel heraus. Das Problem mit einem geflochtenen

Pony ist, dass immerzu widerspenstige Härchen herausspringen. Ich reibe einen Tropfen Gel zwischen meinen Fingern warm und klebe die losen Haare damit fest. Dann trete ich einen Schritt zurück, um das Ergebnis zu begutachten. Nikki und Babet tun neben mir genau das Gleiche.

Wir sollten uns einen Spitznamen geben, denke ich, während ich uns heimlich im Spiegel betrachte. Irgendwas mit blond. *Triple blond,* wobei das mehr nach diesen Werbespots klingt, die nach Mitternacht laufen. *Triple blond, triple fun!* Ich schüttele den Kopf. Schlechte Idee.

»Ist was?« Babet sieht mich schuldbewusst an. »Stimmt was mit meinen Haaren nicht? Riechen sie immer noch nach Ei? Hätt ich sie mir doch nur nicht mit Eiern gewaschen! Aber in irgend so einem Beauty-Blog hab ich gelesen, dass die Haare dadurch noch blonder werden.«

Ich werfe einen Blick auf Babets weißblonde Haare. Wie meistens werden sie von einem Band zusammengehalten. Manchmal trägt sie auch ein geflochtenes Band über der Stirn, hin und wieder auch einen farbigen Reif. Heute hat sie die Haare mit einem schwarzen Schal am Hinterkopf zusammengeknotet. Jedes andere Mädchen würde in Kombination mit den riesigen Kreolen aussehen wie eine Zigeunerin, aber bei Babet wirkt es exotisch und sexy.

»Mit Eiern? Im Ernst?« Ich rümpfe die Nase und tue, als würde ich es tatsächlich riechen.

»Du hast deine Haare mit Eiern gewaschen?« Nikki runzelt die Stirn. »Manchmal habe ich das Gefühl, du bist gerade erst frisch aus dem Ei geschlüpft ...«

»He!«, sagt Babet empört. »Meine Haare haben davon einen tollen Glanz gekriegt!« Sie lächelt süßlich. »Solltest du auch mal probieren ...«

Blond bitches, denke ich. So könnten wir uns nennen.

»Shit!« Nikki wühlt in ihrer Tasche. »Hat eine von euch Lipgloss? Ich habe nur einen Pflegestift dabei.«

»Warte.« Ich krame mein Schminktäschchen aus dem Vorfach. Es ist so voll, dass meine Schultasche wie ein Beautycase anmutet. Der Lipgloss ist schnell gefunden. Sofie killt mich, wenn sie rauskriegt, dass ich ihn ihr geklaut habe, aber sie hat so viel Zeug, dass es ihr gar nicht auffallen wird.

»Wow«, sagt Nikki und dreht den Deckel ab. »Das ist doch einer von diesen voll teuren? Wo hast du bloß immer diesen guten Kram her?«

Konzentriert ziehe ich mir einen dünnen schwarzen Kajalstrich unter den Augen und verwische die Konturen mit einem Wattestäbchen. Ich hasse es, wenn ich nicht top geschminkt bin. Nicht umsonst trage ich den ganzen Schminkkram immer mit mir rum, damit ich jederzeit alles auffrischen kann. Ich kapier nicht, warum sich manche Mädchen morgens schminken, wenn sie schon in der ersten kleinen Pause mit verwischter Wimperntusche herumlaufen und es den ganzen Tag so lassen.

»Wollen wir heute Abend einen Film gucken?«, fragt Babet. »Bei einer von uns zu Hause oder im Kino?«

»Du immer mit deinen Filmen!« Nikki verdreht übertrieben die Augen. »Bloß nicht schon wieder irgend so eine Tanzschnulze.«

»Dann machen wir halt etwas, wozu du Lust hast.« Während sich Babet mit beiden Händen aufs Waschbecken stützt, lehnt sie sich leicht zurück. Sie ahmt Nikki nach, indem sie noch übertriebener die Augen rollt. »Du weißt schon: stundenlang in deinem Zimmer abwarten, bis deine Eltern schlafen gehen, und uns dann den übelsten Wein krallen, den man nicht trinken kann.«

Nikki grinst. »Mann, der war richtig teuer.«

»Aber geschmeckt hat er, als wäre sein Verfallsdatum längst überschritten gewesen.«

Nikki runzelt die Stirn.

»Was?«, fragt Babet unschuldig.

»Du weißt, dass es das nicht gibt, oder?« Nikki versucht abzuschätzen, ob Babet es ernst gemeint hat oder nicht, aber das genau ist das Problem mit Babet. Bei ihr kann man nie wissen.

Babet stemmt eine Hand in die Hüfte und schlägt sich mit der anderen übertrieben vor die Brust. »Das gibt es nicht?«, sagt sie, als würde sie auf der Bühne stehen. »Aber warum hat der dann so ... so ranzig geschmeckt ... so ... so weinig?«

Ich kenne Nikki und Babet noch nicht einmal seit einem Monat, aber mir kommt es so vor, als wären wir schon seit Jahren befreundet. Wenn man mich fragen würde, mit welcher von den beiden ich besser kann, wüsste ich keine Antwort. Manchmal neige ich eher zu Nikki, weil ich heimlich ein bisschen zu ihr aufsehe. Eine Runde auf dem Mofa ihrer Schwester drehen, die Haare blond färben, den Eltern eine Flasche Wein klauen: Sie tut all das, was bei mir noch auf der To-do-Liste steht. Nikki hat mir auch den Klamotten-Check erklärt: Man schaut sich die Klamotten von jemandem an und überschlägt im Kopf, was sie wohl gekostet haben. Alles unter hundert Euro ist Müll. Nikki selbst rangiert in der 150-bis-200-Euro-Klasse. Heute trägt sie ihre knallrote Adidas-Jacke mit Sternen (70 €), ein Top von Divided (H&M, 15 €), eine Denim-Shorts (25 €) und dazu ihre Chucks (70 €) und ist damit mit 180 € gut dabei. Babet mit ihren Vintage-Markenklamotten liegt laut Nikki immer richtig. Sie trägt Sachen, die ich niemals anziehen würde – einen Minirock mit einem Muster, von dem einem schwindelig wird, ein blaues Kleid mit neongelben Trägern –, aber die Jungs in unserer Klasse stehen voll darauf. Zu ihrem schrillen Outfit hat Babet etwas Sanftes und Hilfloses an sich, sodass die Jungs aus dem Jahrgang über uns kollektiv in sie verknallt sind. Ich finde Babet vor allem witzig. Manchmal bringt sie Dinge, von denen man nur hoffen kann, dass sie ein Witz sein sollen – Eier im Haar, Wein mit abgelaufenem Verfallsdatum. Aber gerade, weil ich nie weiß, ob sie sie ernst meint, mag ich sie so. Ich liebe Menschen, die spontan alles sagen, was ihnen in den Sinn kommt, auch wenn es Unsinn ist oder man es nicht hören will.

Im Spiegel wirft mir Babet einen Blick zu und deutet über die Schulter hinweg zu den WC-Kabinen.

»Ist das da nicht Zoës Tasche?«, fragt sie lautlos.

Ich drehe mich um und sehe unter der Tür des mittleren Klos den Träger einer Tasche hervorspitzen. Das ist sie garantiert. Niemand sonst in unserer Schule hat so einen kindisch karierten orangenen Rucksack wie Zoë.

Nikki zeigt mit dem Daumen zum Klo und sieht mich lachend an. »Da drin ist deine Freundin, Jade.«

Es gibt niemand Öderes an unserer Schule als Zoë. Sie hat langes, glattes Haar, das sie sich wie eine Gardine vors Gesicht hängen lässt. Langweiliges dunkelbraunes Haar mit gesplissten Spitzen, das ihr v-förmig den Rücken hinabfällt. Über der Stirn bildet es eine Art Pony in Form einer schiefen, gelockten Strähne. Meistens sitzt sie weit vorgebeugt da und pustet sich andauernd den Pony aus dem Gesicht. Obernervig. Wenn ich sie nur sehe, mit dieser nach außen getragenen hilflosen Opferhaltung, werde ich schon kribbelig. Das war vom ersten Schultag an so. Wir saßen bei der Vorstellungsrunde nebeneinander und mussten unser Lebensmotto auf einen Zettel schreiben und diesen später in der Klasse hochhalten. Meins lautete: *Live. Laugh. Love.* Ihres: *Echte Schönheit kommt von innen.* Als Herr Steenhuizen uns aufforderte, die Zettel zu tauschen und das Motto des Banknachbarn vorzulesen, war das für mich ein klarer Fall fürs Fremdschämen. *Echte Schönheit kommt von innen?* So ein bescheuertes Klischee schreibt man doch nicht auf! Und ohne es verhindern zu können, rutschte mir die Bemerkung »Ja, für manche Leute mag das gelten« heraus. Doch statt zu kontern, tauchte Zoë noch tiefer hinter ihrem Pony ab und sagte keinen Pieps. Herr Steenhuizen bestand darauf, dass ich mich augenblicklich entschuldige. Das tat ich, indem ich auf die Rückseite des Zettels groß SORRY schrieb und ihn hochhielt. Was Zoë natürlich nicht sehen konnte, weil ihr die Haare wie immer vor den Augen hingen, sodass die ganze Klasse lachen musste. Herr Steenhuizen inklusive.

Jetzt, auf der Toilette, bedeute ich Nikki und Babet, still zu sein, und gehe vorsichtig in die Knie, um mich zu vergewissern, dass die anderen WCs nicht besetzt sind. Beide sind leer.

Auf den Zehenspitzen bewege ich mich zum mittleren Klo. Babet hält sich die Hand vor den Mund, um ein Lachen zu unterdrücken. Nikki hat das Gesicht zu einem ironischen Grinsen verzogen. Ich lege den Finger an die Lippen und lausche ein, zwei Sekunden, ob ich etwas höre. Dann klopfe ich laut mit der Faust an die WC-Tür. »Hallo, da drin! Beeilung bitte! Andere Leute müssen auch mal aufs Klo!«

Hinter der Tür höre ich Zoë nach Luft schnappen. Der Rucksack wird abrupt weggezogen.

»He! Hallo?« Ich klopfe erneut gegen die Tür, während ich mit der anderen Hand an der Klinke ruckele. »Aufmachen!«

»Ich muss dringend pinkeln!« Babet verschränkt die Beine und hüpft tollpatschig vor der Tür auf und ab.

Sie sieht so komisch aus, dass ich das Lachen kaum noch unterdrücken kann.

»Hilfe!«, fiept Babet jetzt mit hoher Stimme. »Ich kann's echt nicht länger unterdrücken.«

Ich ruckele noch heftiger an der Türklinke. »Aufmachen! Aufmachen! Hallo! Hey! Aufmachen!«

»Lass gut sein, Jade«, sagt Nikki seufzend. »Manche Leute sind einfach so was von egoistisch. Die denken echt nur an sich selbst.«

Das Klingeln zum Pausenende schrillt durch den Raum.

»Scheiße, echt schon zu Ende?« Babet fischt ihr Handy aus der Rocktasche und checkt die Uhrzeit. »Tatsächlich. Wir müssen los. Englisch? Haben wir jetzt Englisch?«

Nikki bedeutet mir mit einer Geste, dass ich die Tür zum Gang auf- und zumachen soll, um den Eindruck zu erwecken, als würden wir hinausgehen.

»Dann nichts wie los, Mädels.« Nikki wirft sich ihre Tasche über die Schulter und stapft zur Tür.

»Let's go-ho!« Babet tanzt wie ein Musicalstar hinter ihr her.

Ich öffne die Tür ein Stück weit und ziehe sie betont laut wieder zu. Dann schleiche ich auf Zehenspitzen zum Waschbecken, nehme meine Tasche und stelle mich neben Nikki und Babet. Zu dritt blockieren wir jetzt die Tür zum Flur.

»Wo bleibt denn unsere BFF?« Nikki klackt leise ein paar Mal mit der Zunge.

Eine ganze Weile tut sich nichts, ehe schließlich langsam die Toilettentür aufgeht. Sofort spüre ich wieder die vertraute Ungeduld in mir aufsteigen. Muss dieses Mädchen alles so ultralangsam machen?

Ganz vorsichtig späht Zoë aus der Toilettentür. Ihr langer Pony baumelt ihr vor dem Gesicht herum. Als sie erkennt, dass wir immer noch da sind, schreckt sie sichtlich zusammen.

Mit hochgezogenen Brauen mustere ich sie von oben bis unten. Sie trägt irgendwelche No-Name-Turnschuhe. Eine Hose, die als Skinny-Jeans durchgehen könnte, bei ihr aber viel zu locker sitzt, weil sie so dünne Beine hat. Einen schwarzen Glitzerpulli, der gegen ihre megablasse Haut hoffnungslos traurig wirkt. Um ihre dünnen Handgelenke zwei Plastikarmbändchen, eins in Lila, eins in Rosa. Wenn es hochkommt, bringt alles zusammen beim Klamotten-Check 50 Euro ein. In der Hand hält sie eine leere Brötchentüte und einen zusammengedrückten Getränkekarton.

»Igittt«, sage ich. »Isst du dein Brot etwa auf dem Klo?«

Ohne aufzusehen, wirft Zoë die Brötchentüte und die leere Getränkepackung in den Papierkorb. Auch als sie jetzt zur Tür geht, blickt sie noch immer zu Boden. »Kann ich bitte durch?« Ihre Stimme ist kaum mehr als ein Flüstern.

»Wäscht du dir nicht die Hände?«, fragt Nikki. »Wie eklig bist du eigentlich, dass du dir nicht einmal die Hände wäschst?«

Ich sehe, wie Zoë in sich zusammensinkt. Warum kontert sie nicht?

»Also los!«, sage ich und verpasse ihr einen Schubs gegen den Oberarm. »Hände waschen!«

Die Haare hängen ihr noch immer wie eine Gardine vor den Augen. Langsam dreht sie den Hahn auf und hält ihre Hände wie eine Schüssel unter den Wasserstrahl.

»Und was ist mit Seife?«, sage ich in genervtem Ton. Ich komme mir vor wie eine Mutter, die mit einem trotzigen Kind spricht.

Automatisch wandert Zoës linke Hand zum Seifenspender und drückt zwei Mal kurz darauf.

»Jetzt aber Beeilung«, sage ich und sehe rasch in meinem Plan nach, wo wir Englisch haben. Durch unzählige Stundenplanänderungen haben wir jede Woche woanders Unterricht.

Statt sich die Hände mit einem Papiertuch abzutrocknen, wischt sie sich Zoë an der Hose ab. Große dunkle Flecken zeichnen sich auf dem Jeansstoff ab. Seufzend schüttele ich den Kopf. Genau das meine ich. Mal im Ernst: Mit solchen Aktionen fordert sie uns doch geradezu heraus!

»Seid ihr sicher, dass sie sich die Hände gewaschen hat?« Nikki rümpft die Nase. »Sie stinkt immer noch.«

Babet kneift sich die Nase zu und zieht ein angewidertes Gesicht. »Igitt, jetzt rieche ich es auch. Sie stinkt nach Schweiß. Altem, widerlichen Schweiß.«

»Hier.« Nikki wühlt in ihrer Tasche und drückt mir ein Deospray in die Hand. Es ist ein teures, von Rituals. Das rote. »Vielleicht hilft das ja.«

Mit einem *Plopp* öffnete sich der Verschluss.

Zoë blickt auf ihre Schuhe und streicht sich nervös eine Strähne hinter die Ohren. Sie bleibt einfach stehen und wartet ab, was ich als Nächstes tue!

Es klingelt zum zweiten Mal.

»Oh nee!« Nikki stöhnt auf. »Jetzt kommen wir aber so richtig zu spät. Los, beeilt euch!«

»Vielen Dank, Zoë«, sage ich. Mit der einen Hand stopfe ich mein Notizbuch in die Tasche zurück und taste mit dem Zeigefinger der anderen nach dem Druckknopf der Spraydose. »Weil du nicht aus dem Quark kommst, sind wir jetzt zu spät dran.« Ich schüttele die Spraydose zwei Mal und ziele dann voll auf Zoë. Sofort riecht der ganze Raum nach Rosen und etwas Pappsüßem, das ich nicht einordnen kann. Ich halte mir den Unterarm vor die Nase. »Was ist das denn für ein krasses Zeug?«

Babet kichert hinter vorgehaltener Hand. »Hoffentlich haben wir jetzt nicht mit ihr Unterricht. Sie ist eine wandelnde Stinkbombe.«

Ich drücke noch einmal heftig auf das Deo, aber es kommt fast nichts mehr heraus.

»Leer.« Die Dose wandert klappernd ins Waschbecken.

Zoë steht noch immer in unveränderter Haltung da: mit gebeugtem Kopf und hängenden Schultern. Abwartend. Wenn ich sie jetzt nur antippe, kippt sie bestimmt um.

Nikki reckt den Kopf nach vorne und schnüffelt wie ein Spürhund in Zoës Richtung. »Pfui.« Sie macht ein Würgegeräusch. »Jetzt riechst du, als hättest du gerade mit einem Hundehaufen geknutscht.«

Babet hält sich mit einer Hand den Bauch, während sie die andere mit der Handfläche nach vorn in die Luft streckt. »Mit einem Hundehaufen geknutscht?« Sie lacht schrill auf. »High five, Nik!«

Nikki schlägt grinsend ein.

Ich vergrabe meine Hände tief in der Jackentasche.

»Darf ich vorbei?«, fragt Zoë schließlich.

»Darf ich vorbei, was?« Meine Stimme ist sofort wieder messerscharf.

Zoë schweigt.

Langsam verschränke ich die Arme. Ich hätte gute Lust, ihr das Kinn mit einem Ruck hochzuziehen, damit sie mich endlich einmal direkt anschaut. Sie kann mich doch wohl mal anschauen?

Ich beuge mich vor. Mein Gesicht ist ihrem ganz nah. Ich kann sogar riechen, dass sie ein Marmeladenbrot gegessen hat. »Darf ich vorbei, was?«

Zoës Stimme zittert leicht. »Darf ich vorbei, Jade?«

»Bitte.«

»Darf ich bitte vorbei, Jade?«

Mit großzügigem Gehabe gehe ich zur Seite und reiße die Tür auf. »Natürlich darfst du vorbei, Zoë.«

Sie zögert keine Sekunde. Im nächsten Moment ist sie im Gang verschwunden.

»Bedauernswert.« Babet blickt in den Spiegel und trägt eine letzte Lage Rouge auf. Dann klappt sie das Döschen zu und dreht sich wie eine Ballerina auf den Spitzen zu uns um. »Wenn man so ist, meine ich. Im Grunde finde ich das tief in meinem Herzen bedauernswert.«

4

Endlich ist Wochenende. In den letzten Tagen bin ich Zoë, so gut es ging, aus dem Weg gegangen. Es ist richtig unheimlich, wie sie es geschafft hat, sich in nur einer Woche einzuleben. Sie bewegt sich durch die Schule, als wäre sie nie weg gewesen, und Jamie, Amber, Joelle und Anne weichen nicht mehr von ihrer Seite.

Ich habe das Gefühl, als würde mich irgendetwas von innen auffressen. Die ganze Zeit rasen Bilder und Geräusche durch meinen Kopf – wie von einem alten Schwarz-Weiß-Film, der jahrelang verstaubt herumgelegen hat. Es ist ein stockender, lückenhafter Film. Mal ein Bild von Zoë, die mit offenem Mund geräuschlos weint, dann ein eisiger Schrei ohne Bild, der mir den Magen umdreht. Der Schrei hallt in meinem Kopf wider. Es ist ein in blinder Panik ausgestoßener Schrei: laut, hoch, dann ein paar Sekunden Stille, ehe er in Gebrüll übergeht.

Ich weiß, dass mein Gehirn Geräusch und Bild gesondert aus den unzähligen Erinnerungen herausfiltert. Das dient dem Selbstschutz: Wir könnten unmöglich mit den Milliarden von Erinnerungen klarkommen, die wir in unserem Leben ansammeln. Könnten wir uns an alles erinnern, würden wir nicht mehr funktionieren. Wir müssen Vergangenes vergessen, um nach vorne schauen zu können.

Erinnerungen sind Filme und wir sind der Regisseur. Wir sind die Einzigen, die sie zurückholen können, wobei wir die allerschlimmsten in die tiefsten Tiefen unseres Gedächtnisses verbannt haben. Wir hoffen, dass sie im Abfluss unseres Gehirns landen, dort, wo letztlich auch Geburtstagstermine und andere unwichtige Infos enden, und klammern uns lieber an falsche Erinnerungen. Und so verarschen wir uns im Laufe der Jahre jeden Tag aufs Neue. Wir erzählen uns, wer wir sein wollen, nicht, wer wir tatsächlich sind. Wir geben uns so lange Mühe, bis wir eine Version haben, mit der wir zurechtkommen. Und je länger das Vergangene zurückliegt, desto mehr wandeln wir es in unserer Erinnerung ab. Die Vergangenheit wird zu einer polierten Version ihrer selbst. Wenn wir uns nur oft genug sagen, dass etwas eigentlich ganz gut gelaufen ist, dass es gar nicht so schlimm war, dann ist es auch ganz gut gelaufen und war gar nicht so schlimm. Das ist das Fiese an Erinnerungen: Wenn man lange nicht mehr daran denkt, trüben sie ein. Wie ein Polaroidfoto in der Sonne: Erst ist das Bild gestochen scharf, aber je länger man es liegen lässt, desto verschwommener wird es, bis es letztendlich nur noch eine graue Fläche ist. Dann kann das Foto sowohl ein Haus als auch ein Boot darstellen, genau wie ein erinnertes Ereignis sowohl eine Schikane als auch ein kleiner Scherz gewesen sein kann. Und darum bewahrt unser Gehirn genau diese Erinnerungen im tiefsten Winkel auf, zusammen mit allem, was uns Angst macht – zum Beispiel der Tatsache, dass wir mit jedem Atemzug dem eigenen Tod näher kommen. Erst wenn es sich sicher ist, dass wir die Wahrheit, die reine Wahrheit ertragen können, spult der ganze Film wieder ab und zeigt uns die wahren Bilder und Geräusche.

Ich würde Finn so gern alles erzählen. Aber ich kann es nicht. Schließlich hat sie mir damals, als wir zum ersten Mal zusammen übernachtet haben, anvertraut, dass sie selbst früher übel gemobbt wurde. *Bullying* nennt sie es, eine beschönigende Bezeichnung für all die fiesen Sachen, die sie während der Schulzeit in Miami ertragen musste. Und auch wenn sie es nie wirklich gesagt hat, vermute ich, dass das der wahre Grund ist, warum sie zurückgekommen sind, und nicht der neue Job ihres Vaters. Es gab zwar ein paar Mädchen, mit denen sie herumzog – den Loserclub, wie sie ihn bezeichnet –, aber die trauten sich allesamt nicht, sich der Clique der beliebten Mädchen entgegenzustellen. Und so blieb Finn nichts anderes übrig, als es passiv hinzunehmen, wenn wieder einmal ein kaugummikauendes Grüppchen die ganze Pause über ihren Spind blockierte. Sie sagte »Never mind, I'm fine«, wenn ihr eine cheerleadende Ashley oder Megan »aus Versehen« das Tablett mit dem Mittagessen aus der Hand schlug.

An jenem Abend erzählte mir Finn heulend, wie sehr sie sich schämte, wenn sie wieder einmal vor der ganzen Klasse schikaniert wurde. »Weißt du, wie fucking erniedrigend das ist, wenn sie einen spüren lassen, dass du nicht dazugehörst? Vor den Augen aller: deiner eigenen Freundinnen, der Klassenkameraden, des Jungen, in den du verliebt bist, der ganzen Schule. Alle sehen es. Alle sehen, dass du nicht wirklich zählst, dass du nicht mitmachst. Und auf einmal geht dir jeder aus dem Weg, als ob du eine ansteckende Krankheit hättest. Auf einmal will niemand mehr in der Öffentlichkeit mit dir gesehen werden, aus lauter Angst, selbst ausgegrenzt zu werden.«

Ich murmelte etwas davon, dass Mobbing die reinste Pest sei, aber Finn sah mich nur mit glasigem Blick an und begann dann, furchtbar zu weinen. Wie soll ich ihr jetzt von Zoë erzählen, nachdem ich die ganze Zeit geschwiegen habe?

Auf Facebook hatte ich am Mittwoch gleich mehrere Nachrichten von Nikki und Babet. Thema: Zoë. Es war komisch, plötzlich wieder von ihnen zu hören. Nach der siebten Klasse habe ich sie aus den Augen verloren. Beide hatten nach den Sommerferien die Schule gewechselt: Nikki, weil sie andere Sprachen belegen wollte, und Babet, weil sie nach Amstelveen umgezogen war. Eine Weile versuchten wir, Kontakt zu halten, aber es war schwierig. In der Achten trafen wir uns freitagnachmittags noch manchmal in der Stadt zum Shoppen, aber die Abstände zwischen den Verabredungen wurden immer größer, bis wir es schließlich sein ließen. Ab und zu liketen wir noch Postings der anderen auf Facebook und schickten uns Geburtstagsgrüße. Über Zoë sprachen wir nie mehr. Und jetzt kommt mit einem Schlag alles wieder hoch.

Babet de Laar:
Ihr ratet nie, wen ich heute Nachmittag in unserer alten Schule gesehen habe: Zoë!
Nikki Koopman:
Zoë?! Zoë Glowy Nobody? Ist sie wieder zurück in Amsterdam? Hat sie immer noch diesen grauenhaft coolen Rucksack? Hahaha.
Babet de Laar:
Den Rucksack hat sie nicht mehr. Und auch keine dämlichen Klamotten mehr. Ob ihr es glaubt oder nicht, ich habe sie kaum wiedererkannt! @Jadeverschuur, hast du Zoë schon getroffen? Du bist doch immer noch auf dem Amstel?
Nikki Koopman:
Du hast sie nicht wiedererkannt? Ist sie noch hässlicher geworden? Unmöglich! P. S.: Was hast du denn auf dem Amstel gemacht – ein Anfall von Heimweh? ;-)
Babet de Laar:
Haha, nein, kein Heimweh. Mein neuer Freund geht aufs Amstel, deshalb.

Nikki Koopman:
Ich habe gerade auf FB nachgeschaut. Ist sie das echt? Oder ist das Bild gephotoshoppt?
Babet de Laar:
Sie ist es wirklich!
Nikki Koopman:
Hatte sie eine Schönheits-OP?
Babet de Laar:
Ich weiß übrigens auch, warum sie wieder in Amsterdam ist. Offenbar haben sie eine Weile auf dem platten Land gewohnt, aber ihre Mutter ist dort schier durchgedreht. Sie hatten für eine Million einen Bauernhof gekauft! Für eine Million! Ich hatte ja keine Ahnung, dass Zoës Eltern so reich sind! An ihren Klamotten hat man es jedenfalls nicht gesehen ... Anyway: Der Vater ist immer noch auf dem Hof und Zoë und ihre Schwester wohnen mit ihrer Mutter wieder in Amsterdam.
Nikki Koopman:
Ich glaube immer noch, dass das Bild gephotoshoppt ist. Zoë hatte so viele Pickel zwischen Nase und Oberlippe, dass es wie ein Schnurrbart aussah!
Babet de Laar:
Hat das Clearasil, das wir ihr geschenkt haben, also doch was genützt ;-)
Nikki Koopman:
Oooo ja! Das Clearasil! Wie lautete noch mal der Text auf der Karte? Hatte den nicht Jade geschrieben?
Babet de Laar:
@Jadeverschuur! Weißt du noch, wie der Text lautete? Hast du sie in der Schule schon getroffen?
Nikki Koopman:
Wir waren echt ganz schön fies, haha.

Babet de Laar:
Passt schon :-p
Nikki Koopman:
Du warst die Schlimmste von uns dreien, haha.
Babet de Laar:
Von wegen! Ich habe Zoë nicht einmal mit dem kleinen Finger angefasst – im Gegensatz zu anderen Leuten :-p
Nikki Koopman:
Haha! Keine Ahnung, wovon du sprichst ... @Jadeverschuur!

Ich habe immer noch nicht geantwortet. Was denn auch? *Haha, oh ja, war das lustig!?* Oder dass ich heulen könnte, wenn ich daran zurückdenke, und dass ich die ganze Sache absolut nicht mehr witzig finde ...?

In all den Jahren dachte ich nur selten an Zoë. Eigentlich nur, wenn ich irgendetwas über Mobbing gelesen oder im Fernsehen gesehen habe. Dann stellte ich mir vor, wie ich selbst vor laufender Kamera sitze, in zwanzig Jahren. »Wissen Sie noch, wer das ist?«, würde der Moderator mich fragen und mir das Klassenfoto aus der Siebten unter die Nase halten. Ich würde neben ihm an einem der Tische auf dem Schulhof sitzen. Er mit einer Hand über den Augen, um sich gegen die Sonne zu schützen, ich mit einer riesigen schwarzen Sonnenbrille, sowohl gegen die Sonne als auch die ersten Falten. Bildunterschrift: *Frühere Klassenkameradin Jade van Ravensteijn (36).* Nachdem der Moderator den ganzen Vormittag mit der schluchzenden Zoë verbracht hatte, würde er mich misstrauisch beäugen. Auf die Frage, wer in der Klasse früher gemobbt wurde, würde ich antworten, dass ich keine Ahnung hätte.

Was nicht stimmt. Jeder kann auf jedem beliebigen Klassenfoto in zwei Sekunden herausfinden, wer das Opfer ist.

Manchmal ist es der mickrige Junge, der zusammengesunken in der ersten Reihe hockt und verkrampft vor sich hin starrt. Manchmal ist es ein unsicherer, dicker Typ mit frühem Bartwuchs, der leicht mit dem Klassenlehrer verwechselt werden könnte. Oder das Mädchen, das ängstlich wie ein Vögelchen aussieht und mit zusammengekniffenen Lippen lächelt. Vor lauter Nervosität hat sie sich die Pulliärmel kaputt gefriemelt. Die Jungs in der letzten Reihe sind es hingegen nie, die mit vorgereckter Brust und verschränkten Armen lässig dastehen. Und auch nicht die Mädchen in der Mitte des Fotos, die in Modelpose cool in die Kamera gucken. Wer beliebt sein will, muss vor allem so tun, als wäre er kein bisschen unsicher. Es ist eine Sache der Haltung. Das weiß ich, weil auch ich einmal das Mädchen mit dem blassen Gesicht und den hängenden Schultern war. Und zu einer anderen Zeit war ich das Mädchen mit der Hand in der Hüfte und dem falschen Lächeln. Auf beiden Fotos hatte ich Bauchweh vor Anspannung, aber nur auf einem Foto hat man das auch gesehen.

»Und?«, würde der Moderator mich fragen. »Haben Sie eine Ahnung, wer auf diesem Foto Zoë ist?«

»Zoë?«, würde ich dann sagen. »Ich kenne keine Zoë.« Oder: »Nein, der Name sagt mir nichts.« Oder. »Ich kann mich nicht erinnern.«

Dann würde Zoë auf den Schulhof kommen – immer noch schlaksig, immer noch in Klamotten, die an ihrem mageren Körper schlabbern, immer noch mit demselben glatten Haar, dessen Spitzen gesplisst sind. Mit leiser Stimme würde sie erzählen, was ich ihr früher alles angetan habe, bis ich sie unterbrechen und behaupten würde, ich könne mich an nichts erinnern. Sollte es aber tatsächlich so gewesen sein, wolle ich mich aufrichtig entschuldigen. Und das ganze Land würde die Sendung zum Gähnen finden.

Niemals, nicht in einer Million Jahren, hätte ich jedoch damit gerechnet, dass Zoë an unsere Schule zurückkehren würde. Erst recht nicht, dass sie sich so verändern würde. Obwohl ich es mir eigentlich hätte denken können. Denn wenn ich mich verändert habe, warum sollte das bei Zoë anders sein?

Und jetzt, wo sie zurück ist, weiß ich nicht, wie ich mich verhalten soll. Ich weiß, dass ich mich der Sache eines Tages stellen muss, aber fürs Erste entscheide ich mich, die Augen zu verschließen und auf die mikroskopisch winzige Chance zu hoffen, dass sich das Dilemma von selbst erledigt. Und so tue ich, was ich immer tue. Fürs Erste tue ich, als ob ich die Nachrichten auf Facebook nicht gelesen hätte. Ich tue, als gäbe es keine Vergangenheit, und setze mein strahlendstes Lächeln auf.

5

Mit beiden Händen drücke ich die Tür vom Fifties auf. Das Fifties ist die Hamburgerbude, in der ich freitagabends kellnere. Das Lokal ist voller Familien und Paare, die richtig fett Hunger haben, wenn sie aus dem Kino nebenan kommen. Das Fifties, das zufällig auch die Hausnummer 50 hat, ist nach dem Jahrzehnt benannt, dem es seine Einrichtung verdankt. Mit seinen rotledernen Bänken, Alutischen und gelben und roten Drückflaschen mit Majo und Ketchup verströmt der Laden den Geist der Fünfzigerjahre. An der Wand steht eine riesige Jukebox, die die ältesten Elvis-Schnulzen spielt, die man sich nur vorstellen kann. Aber so altmodisch die Ausstattung auch ist, die Burger sind die besten *in town*. Im Fifties ist alles frisch – nichts Tiefgefrorenes und keine schlappen Pommes –, man kann sich das Fleisch medium oder blutig braten lassen und die Pommes kommen direkt aus der Fritteuse und sind knusprig. Wir servieren die Milchshakes auch nicht in Plastikbechern, sondern in Gläsern aus dickem, geriffeltem Glas mit einer Kirsche als Topping. Die Shakes selbst sind so sämig, dass man sie problemlos löffeln könnte. Wir Bedienungen tragen weiße Shirts und weit ausgestellte rote Tüllröcke und servieren die Bestellungen auf Rollschuhen. Als Rein mir das am ersten Arbeitstag sagte – oder besser gesagt, brummte –, hielt ich es für einen Witz, aber Rein ist nicht der Typ, der Witze macht. Zum Glück wird der Job auch altmodisch gut bezahlt.

»He, Rein! Alles klar? Ist heute viel los?«

Rein blickt kaum von den Hamburgern auf, die auf dem Herd brutzeln. Ich hätte ebenso gut etwas anderes zur Begrüßung sagen können, er hätte so oder so nicht aufgeschaut. »Du musst heute eine Neue einarbeiten.« Er nickt in Richtung des Mädchens hinter der Theke, das mit der Hand auf der Hüfte aufmerksam die Speisekarte studiert.

»Und was bieten wir Vegetariern an?« Das Mädchen zieht die Braue hoch und sieht Rein an. Offensichtlich bin ich mitten in ein Gespräch geplatzt, auch wenn Rein offenbar keine Lust mehr darauf hat und so tut, als hätte er ihr nicht zugehört. »Okay, die bekommen einen Salat mit Tomate und einem Brötchen«, beantwortet das Mädchen ihre eigene Frage. »Schon kapiert.« Sie streckt mir die Hand entgegen. »Hi, ich bin Lauren. Die Neue.«

»Jade. Die Alte.«

Lauren lacht ausgelassen. »Was du nicht sagst! Angenommen, du bist sechzehn, dann bin ich fünf Jahre älter als du.«

Ich mag sie auf Anhieb. Sie hat so eine direkte Art, eine Komm-ruhig-her-Haltung. Ihre Haut ist extrem hell, wodurch ihr knallroter Lidschatten noch mehr hervorsticht. Sie ist zwar ein paar Zentimeter kleiner als ich, doch die mächtige schlohweiße Tolle auf ihrem Kopf lässt sie größer wirken. Hinten hat sie das Haar etwas länger, aber an den Seiten ist es ganz kurz rasiert.

»Coole Frisur«, sage ich. »Hast du den Fifties-Look schon vorher getragen oder hast du dich extra für heute Abend gestylt?«

»Fifties?« Lauren streicht sich über die rasierten Seiten. »Das sollte eigentlich ein Neunziger-Look sein.«

Ich reiche ihr ein Tablett und einen Notizblock. »Eigentlich ist es ganz einfach. Auf allen Tischen stehen Schilder mit Nummern. Wenn du hörst, dass Rein eine Tischnummer ruft, dann siehst du zu, dass du so schnell wie möglich die Bestellung zum Tisch bringst.«

»Rollend.«

»Ja.«

»Und weiter?«

»Nichts weiter. Die Karte ist easy: Pommes, Hamburger, Milchshakes in den Geschmacksrichtungen Vanille, Banane und Erdbeere. Jeweils small, medium oder large. Soße steht auf dem Tisch. Das ist alles.«

Zwei Grüppchen betreten gleichzeitig das Lokal und kurz darauf bringe ich ihre Bestellung zum Tisch. Einen Burger medium mit Vanillemilchshake für die Dame, einen Burger large mit einer Extraportion Pommes für den Herrn – *die Soße steht auf dem Tisch, bitte schön, nein, wir haben keine Kroketten. Bekommen Sie schon? Was hätten Sie denn gern?*

»Hey, Jade!«

Mein Herz steht für einen Moment still und droht mir gleich darauf mit voller Wucht aus dem Brustkasten zu springen. Vor Schreck weiche ich einen Schritt zurück und stoße um ein Haar mit jemandem zusammen. Ich versuche, das Gleichgewicht wiederzufinden, was auf Rollschuhen gar nicht so einfach ist. Noch dazu beim Klang dieser Stimme. Ich brauche nicht hinzusehen, um zu wissen, wer dort am Tisch sitzt. Diese Stimme erkenne ich unter Tausenden.

»Wout!«, sage ich seltsam krächzend.

Wout und sein bester Freund Alexander sehen mich vorsichtig an. Entschuldigend. Sorry, dass wir hier sitzen, scheinen sie mir sagen zu wollen.

Die Gedanken überschlagen sich in meinem Kopf. Was tun sie hier? Wout weiß doch, dass ich hier arbeite.

»Hey, Jade.« Alexander will aufstehen und mir drei Küsse auf die Wange geben, bleibt aber ungeschickt am Tisch hängen. »Ganz schön eng hier.« Er macht eine wegwerfende Geste über den Tisch hinweg. »Ach, lassen wir das. Wie geht's?«

Ich zwinge mich, Alexander anzuschauen, der wie gewohnt sauber und rein wirkt mit seinem Babyface und dem weißen T-Shirt mit V-Ausschnitt. Ich lächele ihm kurz zu, aber sofort wandert mein Blick wieder automatisch zu Wout. Er sieht ganz anders aus als der Wout, den ich kenne.

Er hat abgenommen. Seine Jochbeine treten kantig in seinem Gesicht hervor. Und er hat sich die Haare länger wachsen lassen, sie hängen ihm beinahe bis auf die Schulter. Mit einem dünnen schwarzen Haargummi hält er sie aus dem Gesicht. Fußballerfrisur, kommt mir in den Sinn. Er hat etwas Weiches an sich, aber auch etwas Glattes. Wir sehen uns an, ohne dass einer von uns etwas sagt. Wie ich ihn vermisst habe. Ich spüre, dass es auf Gegenseitigkeit beruht. Erleichterung steht ihm ins Gesicht geschrieben, der Gedanke »Ein Glück, es gibt dich noch!« oder »Was bin ich froh, dich wiederzusehen!«.

»Hallo?«

Jemand tippt mir energisch auf die Schulter, jemand vom Tisch hinter mir. Als ich mich umdrehe, schaut mich eine Mutter mit zwei kleinen Kindern entnervt an.

»Wir hatten einen Bananenmilchshake bestellt, nicht Vanille.«

Ich blicke von der Mutter zu Wout und wieder zurück. »Tut mir leid.«

Während die Frau mir den Milchshake zurückgibt, sieht sie mich irgendwie merkwürdig an. Und ich weiß selbst nicht genau, ob meine Entschuldigung an sie oder Wout gerichtet war.

Wout hält mich am Handgelenk fest. »Was hältst du davon, wenn ich nach der Arbeit auf dich warte? Um zehn?« Seine Stimme hat etwas Flehendes.

Für einen Moment besteht das Fifties nur aus uns beiden. Er riecht immer noch vertraut, obwohl er ein viel zu schweres Parfum aufgelegt hat.

»Zehn Uhr, ja, das passt.«

So elegant wie möglich drehe ich mich auf meinen Rollschuhen um, auch wenn ich mich selten so ungeschickt gefühlt habe wie jetzt, als ich Richtung Theke rolle. Mit zitternder Hand stelle ich den Vanillemilchshake auf dem Tresen ab. Ich weiß nicht, ob ich lachen, loskreischen oder heulen soll oder alles gleichzeitig. Wout. Wout!

Lauren stößt mich an und nickt in seine Richtung.

»Wer ist das? Ziemlich schnuckeliger Typ!«

»Mein Freund.« Ich erschrecke selbst darüber, wie überzeugt das rüberkommt. »Exfreund.«

»Aha.« Sie tut, als schreibe sie etwas mit dem Finger auf ihren Notizblock. »Also einen doppelten Cheeseburger mit Schleim und Spucke, extra für ihn.«

Ich beiß mir auf die Lippe. »So ist das nicht. Er ist ...«

Ja, was ist er eigentlich? Der Wout, den ich die ganze Zeit schrecklich vermisst habe? So vertraut, dass mich die Sehnsucht überkommt?

Lauren sieht mich fragend an.

»Ich glaube, er will mir etwas sagen.«

Lauren ist großartig. Nach der Arbeit quetsche ich mich mit ihr in die enge Toilette und lasse mich von ihr nachschminken. Mit einem Camouflage-Stick zaubert sie die dunklen Ringe unter meinen Augen weg und bringt mit Rouge Farbe auf meine Wangen. Sie bürstet meine Haare, toupiert die obersten Strähnen und dreht sie an meinem Hinterkopf zu einem Ballerinaknoten. Als ich in den Spiegel schaue, erblicke ich eine erwachsene, verbesserte Version meiner selbst.

»Danke«, sage ich. »Du bist meine Heldin.«

Wout steht relaxed an der Wand und tippt auf seinem Handy herum. Erst jetzt nehme ich ihn wirklich wahr. Er trägt eine helle Jeans, die ich noch nicht an ihm kenne. Sie hängt ihm locker um die Hüften, gehalten von einem ausgeblichenen ledernen Gürtel. Darüber trägt er ein Jeanshemd, dessen Ärmel er hochgekrempelt hat, sodass seine Unterarme zu sehen sind. Auch dieses Hemd ist mir neu. Das einzig Vertraute an ihm sind seine Turnschuhe, die früher einmal weiß gewesen sind.

Ich räuspere mich.

Sofort blickt er auf. »Jade!«

Er packt mich mit beiden Händen an den Unterarmen und gibt mir einen Kuss, der meinem Mund gefährlich nahe kommt. Die Schmetterlinge in meinem Bauch führen einen Tanz auf, dass mir fast schwindelig wird.

»Komm«, sagt er, ohne mich loszulassen. »Lass uns nebenan noch was trinken gehen.«

Ich bin froh, dass er nicht meine Hand hält, denn ich spüre, dass meine Hände feucht geworden sind. Mit »nebenan« meint er das Kino. Das Kino, in dem wir unser erstes Date hatten. Wenn das kein Zeichen ist, dann weiß ich auch nicht. Auf dem Weg dorthin sagt keiner von uns ein Wort. Es ist, als hätte es mir die Sprache verschlagen. Davor hatte ich tausend Fragen an ihn, aber jetzt, wo ich eine auswählen sollte, bin ich verstummt.

Ohne mich zu fragen, was ich trinken möchte, bestellt er an der Bar zwei Orangenlimos. Währenddessen suche ich uns einen Tisch ganz hinten im Foyer, wo es ruhig und dunkel ist. Das Kribbeln in meinem Bauch ist genauso stark wie bei unserem ersten Date und ich versuche, langsam durch die Nase ein- und durch den Mund auszuatmen. Ich darf jetzt auf keinen Fall irgendetwas falsch machen oder etwas Blödes sagen; dies ist der Moment, auf den ich den ganzen Sommer gewartet habe.

»Deine Limo, Madame.« Wout schiebt mir einen kleinen Becher zu, weil er weiß, dass ich die XL-Version ohnehin nie schaffe.

Während ich den Strohhalm zwischen die Zähne nehme, lache ich nervös. Die Stille zwischen uns fühlt sich unbehaglich an. Er gibt sich Mühe, sich so normal wie möglich zu geben, aber er kann mich nicht hinters Licht führen, dafür kenne ich ihn zu gut. Wenn er nervös ist, redet er Unsinn und sagt pseudolustige Sachen wie »Madame«.

»Und, wie läuft's?«, frage ich schließlich. »Ich hab dich in der Schule noch gar nicht gesehen.«

»Hab wenig Unterricht.« Wout zieht den Plastikdeckel von seinem Becher und trinkt ein paar Schlucke. »In den letzten drei Tagen hatte ich nur sieben Stunden. Dieser Stundenplan ist echt bescheuert, aber ich will mich natürlich nicht beklagen.«

Ich nicke, auch wenn ich kaum gehört habe, was er gesagt hat. Es fühlt sich seltsam an, über etwas derart Unwichtiges wie Schule zu reden.

Mir ist, als ob er größer geworden sei. Breiter. Schöner, männlicher. Er hat etwas Unantastbares an sich, das ich nicht einordnen kann. Aber auch wenn er sich noch so lässig zurücklehnt, spüre ich deutlich, dass er kein bisschen entspannt ist.

»Und bei dir?«, fragt er dann. »Wie geht es dir?«

Wie gern würde ich ihm sagen, was für einen grauenhaften Sommer ich hinter mir habe. Dass ich ihn vermisst habe. Dass die Zeit ohne ihn viel zu lang war. Dass ich mich selbst nicht mehr mag, seit er nicht mehr in mich verliebt ist, und ob er bitte wieder zu mir zurückkommt. Stattdessen aber sage ich nur: »Geht schon.«

»Du bist blass. Und hast kaum Sommersprossen. Warst du gar nie in der Sonne?«

Ich zucke die Achseln. »Wenig. Wieso?«

»Ich mache mir halt Sorgen um dich. Das ist doch wohl erlaubt?«

Wir sehen uns an. Sorgen machen ist gut, denke ich. Man sorgt sich nicht um jemanden, der einem nichts mehr bedeutet.

Er räuspert sich und ist auf einmal ganz intensiv mit seinem Plastikdeckel beschäftigt. »Hab nämlich gehört, dass du dich ziemlich eingeigelt hast. Dass du im Sommer viel zu Hause warst. Und dass du auf Facebook lauter seltsame Sachen gepostet hast, hat man mir auch erzählt.« Jetzt, wo es raus ist, klingt er erleichtert.

»Das hat dir jemand erzählt?« Ich bemerke selbst den dumpfen Unterton in meiner Stimme.

»Ja.«

»Wer denn?«

»Das spielt doch keine Rolle. Ist auch nicht wichtig. Ich wollte einfach nur von dir selbst hören, ob es dir gut geht. Wegen der komischen Sachen auf Facebook.«

Ich fühle mich in die Ecke gedrängt. Das Gespräch nimmt eine völlig falsche Richtung. Fieberhaft versuche ich, mich zu erinnern, was ich auf Facebook geschrieben habe. »Was für komische Sachen? Welche meinst du?«

Er sieht mich an, als ob er abzuschätzen versucht, wie es

mir wirklich geht. Ob ich nicht doch heimlich im Sommer einen Zusammenbruch gehabt habe. »Unheimliche Zitate«, sagt er. »Songtexte übers Sterben, übers Erschießen von anderen. Dieses eine Lied über Russisches Roulette.«

»Welches?«

»Rihanna. *Russian Roulette.* Den Clip hast du eine Woche lang quasi jeden Tag aufs Neue gepostet.«

Ich fühle mich ertappt. »Sag mal, lässt du mich überwachen?«

Er legt ungeschickt eine Hand auf meine. Eine Geste der Beruhigung, ich weiß, aber trotzdem fühle ich mich neben ihm auf einmal ganz klein. Wollte er deshalb mit mir reden? Um zu sehen, ob ich mein Leben halbwegs im Griff habe?

»Jade.« Er sieht mich verzweifelt an, ganz offensichtlich fieberhaft auf der Suche nach den richtigen Worten. »Das hat nichts mit überwachen zu tun. Du hast es auf Facebook gepostet. Jeder kann es sehen.«

Langsam bricht bei mir ein Damm. »Im Gegensatz zu dir.« Meine Stimme klingt bitter. »Du postest gar nichts. Mich hat unsere Trennung wenigstens getroffen.«

Er wendet den Blick ab und schüttelt langsam den Kopf. »Mich hat sie auch getroffen, Jade. Natürlich hat sie das. Für mich ist es einfach nur ... anders.«

Anders. Anders. Anders ist nichts. Anders ist weder positiv noch negativ.

Wie gern würde ich behutsam die Hand umdrehen, sodass meine Handfläche seine berührt, aber ich wage es nicht. Was bedeutet anders? Ist es anders, wie es für jeden Jungen anders wäre? Oder anders, weil er derjenige ist, der Schluss gemacht hat? Anders im Sinne von sitzen lassen und sitzen gelassen werden?

Wout schaut auf die Tischplatte, auf seine Hand, die immer

noch auf meiner liegt. Erst da fällt es ihm auf. »Der Ring«, sagt er dann. »Du trägst immer noch unseren Ring.«

Ich betrachte meinen Ring, als würde ich ihn zum ersten Mal sehen. Ein schmaler silberner Reif, den ich von Wout bekommen habe, als wir ein Jahr zusammen waren. Vermutlich hat er keine zwanzig Euro gekostet, aber trotzdem war es das schönste Geschenk meines Lebens.

»Jade …« Er spricht meinen Namen aus, als würde ich ihn plötzlich zu Tode nerven. Betrachtet mich distanziert, mit einem Lächeln, das nicht von Herzen kommt.

Und da begreife ich, was er mit »anders« meint. Er meint »andere«.

»Ist es das, hast du eine andere?«

»Jade, du musst mir glauben, dass ich echt … Es schien mir das Beste, nicht …«

In mir kämpfen die unterschiedlichsten Gefühle um Vorherrschaft. Wenn ich jetzt keinen klaren Kopf behalte, schreie ich los oder breche in einen Heulkrampf aus.

Ich will es nicht hören, will aber auch nicht später seine Sätze zu Ende denken müssen. Er muss es selber aussprechen. Meine Stimme klingt rau und heiser, als ob ich nach tagelangem Schweigen zum ersten Mal wieder redete. »Jetzt sag schon.«

Wout sieht mich an. Sein Blick ist noch mitleidiger als damals, als er mit mir Schluss gemacht hat. »Ich habe eine neue Freundin.«

Es trifft mich wie ein Faustschlag. Es ist wirklich vorbei. Und wird keinen Neuanfang geben. Jetzt nicht. Niemals.

»Jade, ich wusste doch nicht, dass es so schwer für dich sein würde. Ich dachte, du hättest es schon begriffen. Ich habe doch richtig Schluss gemacht und nicht etwa gesagt, dass ich nur eine Pause brauche. Oder hast du es etwa so verstanden?

Hm? Sag doch was. Bist du sauer? Du musst wirklich nicht denken, dass sie ein Ersatz für dich ist. Was zwischen uns war, hat mit ihr gar nichts zu tun.«

»Wie heißt sie?«

Wout starrt mich an. »Willst du das wirklich wissen? Warum denn? Du kennst sie sowieso nicht, ich hab sie im Urlaub kennengelernt ...«

Ich schließe die Augen. »Wie heißt sie, Wout?«

Ich höre ihn tief Luft holen. »Nicole«, sagt er dann. »Sie heißt Nicole.«

Ob sie Nicole oder Rachel oder Mandy oder Lotte heißt, ist egal. Es ist die Vertrautheit, mit der er ihren Namen ausspricht, das »cole« mit dem stummen e. Er sagt den Namen mit der Vertrautheit von jemandem, der ihn schon Hunderte Male ausgesprochen hat. Nicol. Nicol. Nicole. Und Wout. Nicole und Wout. Wout und Nicole. Ewoud und Nicol-e.

Ich spüre, wie ich langsam die Kontrolle verliere. Meine Unterlippe beginnt zu zittern. Das Luftholen fällt mir schwer, ich atme mühsam ein, wie durch einen Strohhalm. Und meine Brust tut mir weh, fühlt sich schwer an, bleischwer. Meine Kehle schwillt an, wird dick, wie zugeschnürt, wodurch ich noch schlechter Luft bekomme. Ich greife mir an den Kragen meines Shirts und ziehe so heftig daran, dass eine Naht reißt. Haben sie die Heizung auf dreißig Grad eingestellt? Oder warum ist es hier auf einmal so schrecklich heiß?

Wout, will ich flüstern. Wout, bitte. Aber ich höre nur dieses Fiepen in meinem Kopf, diesen lang gestreckten Ton, wenn man bei einem Beatmungsgerät den Strom abstellt.

»Alles in Ordnung? Jade? Du bist ja kalkweiß.«

Ich blicke verwirrt auf. Es ist, als wäre ich unter Wasser und Wout würde vom Beckenrand aus mit mir reden.

»AaaaallllesinOoooooordnung? Jaaaaadeeee?«

Ich reiße mein Handy vom Tisch. »Ich muss los.«

»Jade. Bitte. Wir können doch ...«

Darüber reden, will er sagen, schätze ich. Aber ich bin schon weg. Draußen fummele ich mit zitternden Fingern an meinem Fahrradschloss herum. Als es nicht sofort aufgeht, trete ich frustriert gegen das Hinterrad. Bitte mach, dass er mir nicht nachkommt. Bitte mach, dass er nicht herauskommt.

Nachdem ich den Schlüssel endlich ins Schloss bekommen habe, rase ich los, so schnell ich kann. Um die Ecke, über die Brücke, nach links in die Seitenstraße und dann in einen kleinen Weg hinein, wo absolut niemand zu sehen ist – und dort springe ich vom Rad, werfe es auf den Boden und fange so heftig an zu weinen, dass mein ganzer Körper wehtut.

6

Ich habe keine Ahnung, wie ich hier gelandet bin. Ich wusste, dass Sofies neue Wohnung irgendwo im Westen ist, aber dass ich einfach so hergefunden habe, ist mir selbst ein Rätsel.

Sofie sieht mich besorgt an und reicht mir eine Flasche Wasser. »Du schwitzt ja wie verrückt! Komm, zieh das aus, ich gebe dir etwas von mir.«

Erstaunt fasse ich mein Shirt an: Stimmt, es ist klitschnass. Meine Hände sind voller Erde. An meinem Ellenbogen kleben Steinchen. Bin ich irgendwo dagegengefahren? Gestürzt? Ich kann mich nicht erinnern.

»Setz dich. Ist dir schwindelig?«

»Nein. Ein bisschen vielleicht.«

»Komm, zieh das hier an.«

Sofie streckt mir ein viel zu großes Oberteil entgegen, auf dem in riesigen Lettern NYC prangt. Ich habe keine Ahnung, wo sie ihre Klamotten aufbewahrt, denn abgesehen von einer Matratze mit Bettzeug, einem Wasserkocher und einer Kühlbox ist ihr Zimmer vollkommen leer. An der Wand lehnen zwei Eimer knallrote Farbe auf einer alten Zeitung. Die Wandleiste, an der mal das Bett stehen soll, ist mit breitem cremefarbenem Malerkrepp abgeklebt. Die Farbe deckt noch nicht gut, das Blau des Vormieters hat einen violetten Schimmer hinterlassen.

»Schaust du dir meine Hütte also doch noch an.«

Mit dem Handrücken wische ich mir die Stirn trocken. Mein Pony klebt daran.

»Eine Hütte ist ein kleines Haus«, sage ich tonlos. »Das hier ist ein Zimmer.«

»Mit eigener Küchenzeile und Dusche. Also doch eine Hütte?«

Ich ziehe mein Shirt aus und werfe es zusammengeknüllt auf den Boden neben mich.

»Pa hat mir heute geholfen, die Türen zu streichen«, erzählt Sofie. »Wie findest du sie?«

»Schön«, sage ich. Aber meine Stimme klingt so matt, dass ich genauso gut »schrecklich« hätte sagen können. Das Wort trifft es genau. Matt, wenn der Glanz ab ist. Ich fühle mich leer. Sehr, sehr leer. Ich will gar nichts mehr, nicht mehr reden, nichts mehr fühlen, nicht mehr weinen und vor allem nicht an morgen denken oder übermorgen. Wie um alles in der Welt soll ich all die kommenden Tage ohne Wout überstehen?

Sofie erzählt weiter von Grundfarben und unverschämt teuren Farbrollen und dass sie heute Morgen ihre Kundenkarte vergessen hatte und deshalb noch mal nach Hause radeln musste. Ihr Geplapper über diese nichtigen Dinge beruhigt mich und ich bin froh, dass ich nichts erwidern muss. Wie lieb, dass sie erst von ihren eigenen Problemen quasselt, bevor sie mich auffordert, mit meiner eigenen Story rauszurücken. Bei Mama wäre das garantiert andersrum gelaufen: Sie hätte mich auf der Stelle dazu genötigt, noch ganz außer Atem, meine Geschichte zu erzählen, weil »reden so erleichtert«.

Sofie hockt sich neben mich. »Und – geht's ein bisschen besser?«

Ich atme so langsam wie möglich ein und aus, habe aber immer noch das Gefühl von Atemnot, als würde mit jedem Atemzug meine Lunge kleiner werden, wie ein Ballon, dem die Luft ausgeht. Ich schraube den Verschluss von der Wasserflasche und trinke. »Ich weiß auch nicht, was gerade mit mir los war, aber es geht schon besser. Wirklich.«

Sofie streicht mir die verschwitzten Haare aus der Stirn und sieht mich prüfend an. »Du hattest eine Panikattacke. Ist dir das schon öfter passiert?«

Ich denke daran, wie zugeschnürt meine Kehle war, als ich Zoë plötzlich wiedergesehen habe. Und wie es sich angefühlt hat – als wollte mein Herz durch den Hals herausklettern. »Nein«, sage ich.

»Du musst summen«, sagt sie. »Probier es aus. Wenn du summst, beruhigt sich deine Atmung ganz von selbst.«

»Woher weißt du das?«

»Du bist nicht die Einzige, der Mama den Hang zur Dramatik vererbt hat. Im Ernst, versuch es mal.«

Ich summe etwas, ohne bestimmte Melodie. Tatsächlich, nach und nach beruhigt sich meine Atmung, werde ich ruhiger, beinahe schläfrig. Mit jedem Ausatmen puste ich Wout ein Stückchen weiter von mir weg. Weiter, immer weiter, bis ich ihn nicht mehr sehen kann. Es fühlt sich gut an, wieder die Kontrolle über meinen Körper zurückzubekommen.

Sofie zündet ein paar Kerzen auf der Fensterbank an und knipst die Glühbirne aus, die an der Decke baumelt. Sofort hat das Zimmer etwas Geisterhaftes.

»Woher wusstest du das mit der Panikattacke?«, frage ich.

Sofie klopft ein Kissen auf und reicht es mir. Ich schiebe es mir in den Rücken und lehne mich damit an die Wand. Sofie tut es mir nach.

»Kennst du das Gefühl, einen Kloß im Hals zu haben? So als ob du gleich losheulen müsstest?« Sie wartet meine Antwort nicht ab. »Den kriegst du zum Beispiel, wenn dich irgendetwas beschäftigt, du aber nicht darüber redest. Dann ballen sich die Gedanken quasi in dir zusammen.« Sie legt eine Hand um ihren Hals und drückt zu. »Es fühlt sich so an«, sagt sie mit piepsiger Stimme, »als ob dir eine Hand an der Kehle sitzen würde, die deine Luftröhre immer weiter zudrückt.«

Es sieht beklemmend aus. Automatisch schnappe ich nach Luft.

»Bei mir saß der Kloß allerdings nicht im Hals, sondern zwischen den Ohren«, sagt sie, als ob sie die Geschichte schon hundertmal erzählt hätte. »Wir Verschuurs tun gern so, als wäre nichts, aber Trauer, Schuld, Scham – all diese Dinge – kommen irgendwann wieder hoch. Glaub mir.« Sie schweigt einen Moment, bevor sie im selben monotonen Tonfall weiterspricht. »Ich hatte meine erste Panikattacke letztes Jahr. Mitten im Unterricht. Zuerst war alles normal. Es ging mir gut, ich fühlte mich wohl. Wir nahmen gerade irgendeine Theorie von Freud durch, als mir auf einmal total heiß wurde. Ich begann zu schwitzen, mir wurde schwindelig und ich habe kaum noch Luft gekriegt. Ich dachte, ich hätte einen Herzinfarkt. Später hat mir der Arzt erklärt, dass man bei einer Panikattacke in der Tat das Gefühl haben kann, man würde sterben, aber noch nie jemand daran gestorben sei. Das sollte mich vermutlich beruhigen, aber ich habe mich noch nie so klein gefühlt wie in diesem Moment, als mir jemand eine Bäckertüte gab und ich hineinatmen musste.« Sie nickt mir zu. »Du bist genauso. Du redest auch über nichts. Du hockst lieber alleine in deinem Zimmer und heulst, als jemandem dein Herz auszuschütten. Oder hast du zum Beispiel je darüber geredet, dass du in der achten Klasse keine Freunde hattest?«

Sofort beginnt es in meinen Ohren zu surren. Ich weiß, dass Sofie es weiß, aber ich hasse es, dass sie jetzt wie nebenbei damit anfängt.

Sofie sieht mich mit hochgezogenen Brauen an. »Wie bitte?«, sagt sie. »Oder ist das Thema immer noch tabu?«

Mein Hals fühlt sich trocken an. Ich will ihr sagen, dass sie aufhören soll, aber die Worte bleiben mir im Hals stecken.

»Erst als du endlich mal Andeutungen gemacht hast, konnte ich mir eins und eins zusammenreimen«, fährt sie fort. »Endlich haben wir kapiert, warum du um nichts in der Welt deinen vierzehnten Geburtstag feiern wolltest.«

»Jetzt hör endlich auf«, schnaube ich. »Was hat das denn mit heute Abend zu tun?«

»Na ja«, sagt sie. »Ich verwette alles, was ich habe, dass ich weiß, worum es heute Abend ging.«

»Die Matratze und den Wasserkocher?«, murmele ich. »Allzu viel setzt du ja nicht aufs Spiel.«

»Es hat mit Wout zu tun. Stimmt's?«

Wout. Aua. Es klingt fast wie ein Schmerzensschrei. Ich zucke die Achseln.

»Jetzt mal ehrlich«, sagt Sofie. »Hast du den Sommer über ein einziges Mal mit jemandem über Wout geredet?«

Ich setze zu einer Antwort an, aber Sofie kommt mir zuvor.

»Wirklich geredet, meine ich. Nicht dieses halb ernste Gelaber, mit dem du die anderen davon zu überzeugen versuchst, dass nichts ist und es dir gut geht.« Sie sieht mich an. »Du kannst ja nichts dafür«, sagt sie dann halb im Spaß, halb im Ernst. »Mama spricht auch über nichts. Ich meine, sie tut zwar oft so, als würde die Welt untergehen, aber sie sagt nichts. Und von Papa kommt erst recht nichts.«

»Seit wann bist du denn so weise?« Meine Stimme ist rau.

»Das war ich schon immer. Ich habe bloß den Mund gehalten.«

Wir schweigen beide. Ich weiß, dass es jetzt an mir ist, etwas zu sagen, aber ich habe solche Angst, dass all meine

Trauer, all meine Enttäuschung über Wout aus mir herausbricht wie aus einem Vulkan und dass ich dann nie mehr aufhören kann zu weinen.

»Und worüber konntest *du* nicht reden?«, frage ich Sofie. »Wieso hattest du diesen Kloß im Hals?«

Sofie weicht meinem Blick aus.

»Das ist jetzt nicht dein Ernst!« Ich beginne zu lachen, aber es klingt nicht echt. »Erst erklärst du mir, wie wichtig es ist zu reden, und jetzt hüllst du dich selbst in Schweigen.«

»Das ist etwas anderes. Ich würde es ja gern erzählen.«

»Aber?«

Sie holt tief Luft und lächelt mich an. »Ich wollte gerade behaupten, dass es nichts mit dir zu tun hat, aber das stimmt nicht. Denn gerade dir kann ich es nicht erzählen. Jedenfalls nicht jetzt.«

Ihre Ehrlichkeit überrumpelt mich. Wie oft sagt man, dass es »nicht an dir liegt« oder »nichts mit dir« zu tun hat, obwohl es immer so ist, es ist immer persönlich.

»Mit mir?«, frage ich empört. »Worum geht es denn? Wieso hat es mit mir zu tun?«

Sofie scheint bereits zu bereuen, was sie gesagt hat.

»Du weißt etwas über mich, was ich nicht weiß«, murmele ich vor mich hin. »Bin ich unehelich geboren? Oder adoptiert?«

Es sollte ein Witz sein, aber auf einmal finde ich es gar nicht mehr lustig.

Sofie schüttelt den Kopf. »Lass gut sein. Ich wünschte, ich hätte nichts gesagt.«

»Dir ist doch klar, dass ich keine Ruhe geben werde?«, sage ich. »Bis du es mir erzählt hast.«

»Sicher.« Sofie richtet sich auf. »Und dir ist klar, dass ich es erst erzähle, wenn ich es für richtig halte.«

Wir sehen uns einen Moment lang an. Ein Spiel von früher, bei dem es darum geht, dem Blick des anderen möglichst lang standzuhalten. Sofies Blick verrät nichts. Er gibt mir zu verstehen, dass ich jetzt um keinen Preis mehr etwas aus ihr herausbekomme.

Ich zupfe einen Hautfetzen vom Nagelrand meines Daumens. »Und wann wirst du es für richtig halten, es mir zu sagen?«

»Lass es gut sein.« Sofie reicht mir die Hand. »Lass uns kurz Mama und Papa anrufen und ihnen Bescheid geben, dass wir heute beide in meiner Hütte schlafen. Ich bestelle Pizza und dann quatschen wir, bis uns die Augen zufallen, okay? Dann kannst du mir alles über Wout erzählen.«

»Sofie!«

Sie sieht mich prüfend an, scheint aber nicht zu finden, wonach sie sucht. »Ich erzähle es dir, wenn ich weiß, wie. Okay?«

In dieser Nacht schlafe ich schlecht. Ich denke an Wout und wie er mich an einem Freitagnachmittag nach der Schule mit einem Ausflug in den Zoo überraschte. Es war ungemütliches, kaltes Herbstwetter, aber mir war so warm, dass ich keine Jacke angezogen hatte. Als wir später durch den Oosterpark nach Hause radelten und an einem kleinen, quadratischen Bereich vorbeikamen – einer Art Garten im Park –, der vom Hauptweg aus kaum zu sehen ist, trat er plötzlich auf die Bremse. »Komm«, sagte er und ließ sein Fahrrad einfach fallen. Als ich nicht schnell genug reagierte, packte er mich am Handgelenk und zog mich mit sich. Ich kam mir vor wie eine Schauspielerin in einem dieser Schmachtfetzen, in dem die Hauptfiguren lachend dem Sonnenuntergang entgegenlaufen und unerträglich glücklich sind. Dort, mitten im Park und doch abgeschirmt von der Welt, nahm Wout mein Gesicht in seine Hände, wartete einen Moment mit halb geschlossenen Augen ab und küsste mich dann zum ersten Mal.

Meine Mutter kapiert es einfach nicht. Das ganze Wochenende liegt sie mir in den Ohren. *Was ist los, Jade? Du kannst es mir doch sagen. Jade? Jade, jetzt tu doch nicht so, als ob nichts wäre, ich sehe doch, dass etwas nicht stimmt.*

Aber ich will nicht reden. Das elende Gefühl ist immer noch so alles beherrschend, dass ich genau weiß, ich kann es nicht erzählen, ohne einen erneuten Heulkrampf zu bekommen. Und ich will nicht mehr heulen. Nicht mehr wegen Wout, wegen dem ich schon viel zu viele Tränen vergossen habe.

Aber Sonntagabend geschieht es dann doch. Wir sitzen schweigend über Kartoffelpüree, Spinat und hart gekochten Eiern, als meine Mutter auf einmal geräuschvoll Messer und Gabel auf den Teller fallen lässt. »Ich halte es nicht mehr aus, weißt du das?« Sie schlägt zitternd die Hände vors Gesicht.

Ich sehe meinen Vater an, der genauso erstaunt wirkt wie ich. Seine Gabel mit Spinat balanciert auf halbem Weg in der Luft.

Meine Mutter zieht die Nase hoch und blickt mich mit wässrigen Augen an. »Sagst du mir jetzt bitte, was los ist, Jade? Ich sehe doch, wie du leidest. Du hörst traurige Lieder, bist weiß wie die Wand und hast in den letzten Tagen bestimmt fünf Kilo abgenommen. Bist du vielleicht magersüchtig? Oder bist du in schlechte Gesellschaft geraten? Haben sie dir Drogen gegeben – nimmst du Drogen? Bitte, sag mir, dass du keine Drogen nimmst.«

»Mama!« Ich seufze. »Was redest du denn da? Glaubst du wirklich, dass ich innerhalb einer Woche magersüchtig geworden bin, mich mit zwielichtigen Typen eingelassen habe und Drogen nehme?«

Meine Mutter schaut mich mit großen Augen an. Ich meine zu sehen, wie sich die Gedanken in ihrem Kopf überschlagen. Magersucht, Straßenstrich, Drogen – womit kommen diese Kids heute noch so in Berührung? Gibt es etwas Neues, von dem ich noch nichts weiß? Warum erzählt mir nie jemand etwas?

Genervt wende ich den Blick ab. Mit dem Messer streiche ich konzentriert meinen Kartoffelbrei zu einer glatten Fläche und ziehe Linien hinein. Horizontal. Vertikal. So lange, bis es an ein Schachbrett erinnert.

»Jade ...« Ihre Stimme klingt flehend.

Ich blicke stur auf die Kreation auf meinem Teller. Ich schaff das, ich kann es sagen, ohne zu weinen. Bloß nicht zu viel nachdenken. »Es geht um Wout, Mama. Okay? Er hat eine neue Freundin. Nicole.«

Ich höre selbst, wie vorwurfsvoll das klingt. *Es ist Wout, Mama. Okay?* Als ob sie etwas dafür kann. Aber anders geht es nicht. Wenn ich es anders gesagt hätte, würde ich mich nur noch elender fühlen.

Meine Mutter zerfließt vor Mitleid, während ihre Hand ungeschickt meine sucht. Mit dem Daumen reibt sie über meinen Handrücken. »Wie lange schon?«

Ich zucke die Achseln. »Keine Ahnung. Seit den Sommerferien.«

Wir sagen alle drei nichts. Der Einzige, der sich bewegt, ist mein Vater. Er bemüht sich tapfer, Spinat, Kartoffelpüree und ein Stück Ei auf seine Gabel zu häufen. Es interessiert ihn gar nicht, schießt es mir durch den Kopf. Für ihn ist es offenbar ganz normal, sich eine neue Freundin zu nehmen, wenn man bereits eine Beziehung hat.

»Ja, so ist das«, sage ich, um die Stille zu durchbrechen.

Meine Mutter räuspert sich. Sie tippt sich mit den Fingern der einen Hand auf die andere. »Vielleicht ist es ja besser so.«

»Was soll denn besser sein, Mama?« Meine Stimme klingt schleppend und die Augen beginnen mir zu brennen. »Was soll denn daran besser sein, dass Wout eine neue Freundin hat?«

»Kleines, ich will nur sagen, dass ... na ja, vielleicht verschafft dir das mehr Klarheit.«

»Klarheit, inwiefern?«, sage ich. »Dass er mich nicht mehr will?«

»Jade ...«

Ich wische mir mit dem Zeigefinger die Tränen weg, die jetzt doch aus meinen Augen sprudeln. »Lass gut sein, Mama. Darf ich aufstehen?«

»Warte.« Mein Vater kratzt die letzten Bissen zusammen. »Wir sind gleich fertig.«

»Ich habe Mama gefragt.«

»Und ich habe geantwortet.«

Ich sehe meine Mutter an, die sofort entschieden den Kopf schüttelt. *Jetzt nicht, Jade,* bedeutet das. *Lass uns für den Moment den Frieden bewahren.*

Mit offenem Mund starre ich sie an. Was ist aus der Mutter geworden, die sich bedingungslos auf meine Seite schlägt? Die mich bemitleiden würde, statt es besser zu finden, dass Wout eine neue Freundin hat? Die sich immer für mich einsetzt?

»Na dann!« Ich werfe meine Serviette zusammengeknüllt auf den Tisch. »Weißt du, dass ich genau deshalb nie etwas erzähle?« Mit einer unwirschen Bewegung wische ich mir die Tränen von den Wagen. »Zuerst zwingst du mich zu erzählen, was los ist, und wenn ich es dann tue, ist es auch wieder nicht richtig.«

Meine Mutter sieht mich an. »Was meinst du damit, es ist auch wieder nicht richtig?«

»Genau das, was ich sage. Du meinst, es sei besser, dass Wout eine neue Freundin hat, und Papa hat wie immer gar keine Meinung. Was soll ich denn damit anfangen?« Ich sehe meine Mutter verzweifelt an. »Wie kannst du finden, dass es besser ist, Mama?«

Mein Vater lehnt sich in seinem Stuhl zurück, als ob er sich auch räumlich von unserer Diskussion distanzieren möchte. »Deine Mutter meint es nicht so.«

Ich drehe mich mit einem Ruck zu ihm um. »Woher willst du denn das wissen?«

Seine Augen verdunkeln sich. »Du gehst jetzt auf dein Zimmer. Sofort.«

»Mama?« Ich suche ihren Blick, aber sie hat die Hände vor den Kopf geschlagen, als hätte sie starke Kopfschmerzen.

Übertrieben heftig schiebe ich meinen Stuhl zurück und poltere die Treppe hinauf.

Manchmal fühle ich mich unerträglich einsam.

Am Montag komme ich, mit einer großen Sonnenbrille auf der Nase, viel zu spät zur Schule. Ich weiß, dass die beste Rache am Ex gutes Aussehen ist, aber auch mit allem Make-up der Welt hätte ich die Ringe unter meinen Augen nicht übertünchen können. Ich fühle mich, wie ich aussehe: stumpf und grau und elend.

Das ganze Wochenende über habe ich nichts mehr von Wout gehört. Es ist so still um ihn wie eh und je. Finn hat mir über WhatsApp mehr als hundert Nachrichten geschickt, mit witzigen YouTube-Videos und Sprüchen über Freundinnen, die wichtiger sind als Freunde. Liebe, liebe Finn. Zum Dank habe ich eine Tüte Schokokekse für sie dabei. Ich wüsste nicht, was ich ohne sie anfangen sollte.

Mit gesenktem Kopf laufe ich am Hausmeister vorbei und den Gang entlang zu meinem Schließfach. Hoffentlich sieht er mich nicht und ruft mich zurück. Ich kann so früh im Schuljahr echt keinen Eintrag wegen Zuspätkommens gebrauchen.

Ungeschickt versuche ich, gleichzeitig meine Tasche festzuhalten und meine Lederjacke auszuziehen. »Jetzt mach schon«, zische ich mir selbst zu.

Außer Atem öffne ich das Schließfach.

Ich sehe auf den ersten Blick, dass darin etwas ist, was nicht hineingehört.

Auf dem Metallboden des Faches liegt ein Brief. Ein gelber, zusammengefalteter rechteckiger Zettel, wie von einem Notizblock. Wout, schießt es mir durch den Kopf. Wout will sich mit mir treffen. Automatisch blicke ich hinter mich, aber der Gang ist wie ausgestorben.

Ich nehme den Brief und falte ihn langsam auf. Dass ich die ganze Zeit unwillkürlich den Atem angehalten habe, wird mir erst bewusst, als der Brief offen vor mir liegt und ich nach Luft schnappe. Zuerst bin ich zu überrascht, um zu kapieren, was darin steht. Dann aber ist mit einem Schlag alles wieder da.

Was, wenn … alle dich auslachen?

7

Vier Jahre zuvor

Wir stehen vor dem Klassenzimmer und warten darauf, dass der Unterricht beginnt. Es ist Freitagmorgen, erste Stunde, und Herr Meijer, unser Biolehrer, verspätet sich mal wieder. Wie jeden Freitag. Und wie jeden Freitag wird er um fünf nach halb neun um die Ecke rasen und einen Flachwitz darüber reißen, dass seine biologische Uhr falsch eingestellt ist.

»Wenn er nicht gleich kommt, hauen wir einfach ab«, sagt Nikki und lässt drei Kaugummiblasen hintereinander platzen. »Oder was meint ihr? Wenn er in einer Minute nicht da ist, sind wir weg.«

Ich wühle in meiner Tasche nach meinem Lipgloss. Seit Sofie dahintergekommen ist, dass ich mich bei ihr bediene, muss ich mich wieder mit dem billigen Zeug vom Discounter begnügen.

»Wetten, er kommt gleich?«

Neben mir übt Babet ein paar Tanzschritte ihrer neuen Choreografie. Sie murmelt ärgerlich vor sich hin.

»Und, klappt's?«, frage ich.

Sie richtet ihre Haare. Heute hat sie sie mit einer schmalen leuchtend roten Spange zusammengefasst. »Den letzten Schritt kriege ich nicht hin. Und morgen muss ich es unbedingt können, sonst stecken sie mich in die zweite Reihe. Zu den Losern.«

»Wird schon klappen«, sage ich und meine es auch so. Ich kenne niemanden, der so gut Streetdance beherrscht wie Babet. Ich habe YouTube-Videos von ihren Auftritten gesehen und sie hat mehr Rhythmusgefühl als die gesamte vordere Reihe zusammen.

Nikki boxt mich in die Seite. »Schau dir das an!«, höre ich sie einen Tick zu laut flüstern.

Als ich mich umdrehe, sehe ich, wie Zoë auf uns zuschlendert. Sie blickt kurz zu uns herüber, geht aber an uns vorbei zu einer anderen Mädchengruppe aus unserer Klasse. »Hi«, murmelt sie ihnen zu, aber die Mädchen sind viel zu sehr ins Gespräch vertieft, um sie zu bemerken. Doch statt sich zu räuspern und einfach laut und deutlich »Hi-i!« zu rufen, schlägt sie sich die Arme um den Körper, als würde sie frieren. Fehlt nur noch, dass sie einen Schmollmund zieht.

Sofort ärgere ich mich wieder über dieses mäuschenhafte Getue. Warum macht sie so auf Opfer? Das bringt ihr doch nichts! Manche Leute glauben echt, dass andere sie aus lauter Mitleid ins Herz schließen, wenn sie nur traurig genug gucken. Aber so funktioniert das nicht. Mitleid bekommt man nur von Leuten, die bereit sind – das Wort drückt es ja schon aus –, mit dir mit zu leiden. Aber was, wenn es gar keinen Leidensgrund gibt? Sich anzustellen, ist auch eine Kunst, würde Sofie sagen.

»Guckt mal, was sie wieder anhat«, sagt Nikki. »Und, schön shoppen gewesen?«, fragt sie dann etwas lauter.

Zoë trägt ein moosgrünes Kapuzenkleid mit großen Taschen, eine weiße Dreiviertel-Leggings und hellblaue Chucks, die sie ordentlich geputzt hat. Die Schuhspitzen sind so strahlend weiß, dass sie pure Verzweiflung widerspiegeln. In ihren Ohrläppchen stecken große weiße Kunststoffblümchen. Diese Teile waren vielleicht im letzten Sommer mal kurz modern, aber jetzt kann man sich damit absolut nicht mehr blicken lassen. Jämmerlicher geht's wirklich nicht.

Babet rümpft die Nase. »Welcher armen Obdachlosen hat sie denn dieses Kleid geklaut?«

»Sind das eigentlich Leggings?«, murmele ich und mustere prüfend ihre Beine. »Schwer zu sagen. Könnten auch ihre bleichen Beine sein.«

Nikki legt eine Hand an die Augen und beugt sich vor. »Keine Ahnung! Wer trägt denn bitte bei derart kalkweißen Beinen weiße Leggings?«

Babet lacht. »Zu schade, dass ich mit meinem Handy keine Fotos machen kann.«

»Moment.« Ich ziehe mein Handy aus der Tasche und halte es auf Zoë. »Komm, lächle mal schön!«

Zoë hält sich blitzschnell den Arm vors Gesicht, aber das Foto ist bereits im Kasten.

»Zeig mal her!« Babet reißt mir das Handy aus der Hand und lacht auf. »Wie entzückend!«

Ein paar Mädchen aus dem Grüppchen neben Zoë beobachten uns mit hochgezogenen Brauen.

»Habt ihr auch aufgepasst, dass wir nicht drauf sind?« Evi, Babets frühere beste Freundin aus der Grundschule, wirft uns einen verschwörerischen Blick zu. »Mit ihr zusammen möchte ich nicht auf ein Foto.«

»No worries.« Nikki macht eine Handbewegung vor dem Gesicht. »Ihr bekommt alle einen schönen Balken vor die Augen.«

»Wollt ihr das Foto etwa ins Netz stellen?«

Ich stemme eine Hand in die Hüfte und recke gespielt hochmütig das Kinn. »In unserem neuen Modeblog können wir Fashion-Fehltritte bestens gebrauchen.«

Babet stellt sich dichter neben mich und sagt in ihrem unschuldigsten Tonfall: »Genau, Evi. Wenn du die Jacke von gestern anziehst, gebührt dir auch ein Platz in dieser Rubrik.«

»Haha«, lacht Evi, aber es klingt nicht echt. »So ein Quatsch.«

»Quatsch? Na ja, du musst doch selbst wissen, ob du so eine Jacke tragen willst.«

Evi macht eine Geste, als wolle sie Babet mit beiden Händen würgen.

Der Rest der Klasse ist still geworden und verfolgt das Geplänkel zwischen uns und Evi. Unwillkürlich ist sie ein paar Schritte vorgetreten, sodass sie jetzt von ihren Freundinnen getrennt und neben Zoë steht. Zoë hat in der ganzen Zeit kein Wort gesagt und blickt fest zu Boden.

Nikki nimmt mir das Handy aus der Hand und tut, als würde sie ein neues Fotos machen wollen. »Evi, gehst du kurz einen Schritt zur Seite? Dann könnte ich einen großartigen Schnappschuss von Zoë machen, für die Rubrik ›Das geht gar nicht‹.«

Babet murmelt ein kleines bisschen zu laut: »Evi kann auch gleich mit drauf. Zwei Fashion-No-Gos auf einen Streich.«

Als Evi ihren Namen hört, sieht sie auf. »Redest du etwa von mir?«

»Natürlich nicht.« Babet lächelt strahlend. »Ich habe Zoë gesagt, nicht Evi. Warum sollte ich Evi sagen?«

Evi scheint keineswegs überzeugt. »Was genau hast du denn gesagt?«

»Dass sie ein wandelndes Fashion-No-Go ist. Stimmt doch, oder nicht?«

Evi schaut Zoë an, die immer noch mit gesenktem Kopf zu Boden starrt. »Hörst du eigentlich, was wir sagen? Und kannst du auch mal den Mund aufmachen? Hallo?«

Lachend stoße ich Nikki an. »Wie wär's mit einem kleinen Filmchen?«

Babet lacht jetzt auch. »Ja, zwei fightende Trägerinnen von Fashion-No-Gos.«

»Das wagst du nicht.«

»War nur ein Witz, Evi.«

Evi streckt den Zeigefinger aus und kneift die Lippen zusammen. »Ich hab doch gesagt, dass ich nicht mit aufs Bild will.«

»Oh, oh, gleich gibt es Hiebe von Mama.« Babet äfft sie nach, indem sie ihr übertrieben mit dem Zeigefinger droht.

Einen Moment scheint es, als wollte Evi etwas erwidern, doch stattdessen dreht sie sich um und verpasst Zoë einen heftigen Stoß. »Blöde Nuss.«

Mit einem dumpfen Geräusch prallt Zoë gegen die Wand und fasst sich mit schmerzverzerrtem Gesicht an die Schulter.

»Hey, Evi, was soll das!«

»Wow! Habt ihr das gesehen?«

Zoë bleibt an der Wand stehen und gibt sich größte Mühe, nicht loszuheulen. Die anderen Mädchen aus ihrer Clique sehen Evi erschrocken an und sie wirkt selbst überrascht von ihrem plötzlichen Wutanfall.

»Shit. Entschuldige bitte, Zoë ...«, beginnt sie, aber als sie auf Zoë zugehen will, duckt sich diese wie ein geprügelter Hund.

»Entschuldigung, Entschuldigung.« Mit wirrem Haar kommt Herr Meijer um die Ecke gebogen. »Meine biologische Uhr steht offenbar noch auf Winterzeit.«

Er ist so damit beschäftigt, seinen Schlüssel zu suchen, dass er die unbehaglichen Blicke nicht bemerkt, die hin und her wandern. Was nun? Sollte jemand Zoë fragen, ob sie sich ernsthaft wehgetan hat? Oder schweigen wir alle und tun, als wäre nichts passiert?

Zoë steht immer noch vornübergebeugt da und reibt sich

leise weinend die Schulter. Evi versteckt sich mit leichenblassem Gesicht zwischen ihren Freundinnen, die ihr über den Rücken streichen. »Du kannst nichts dafür, du kannst nichts dafür«, wiederholt eine von ihnen immer wieder wie ein Mantra.

Herr Meijer reißt die Tür auf und klatscht zweimal in die Hände. »Los, rein mit euch. Worauf wartet ihr noch?«

Nikki hebt ihre Tasche vom Boden auf und seufzt erschöpft. Während wir das Klassenzimmer betreten, sagt sie: »Voll schade, dass wir den Fight nicht gefilmt haben.«

In den beiden Freistunden nach Bio – eine nach Stundenplan und eine weitere, weil Französisch ausfällt – überspielt Nikki das Foto von Zoë von ihrem Handy auf den Computer in der Mediathek und druckt es zwanzig Mal aus. Es wäre ein Jammer, mit dem Foto nichts anzustellen, findet sie. So erschrocken, wie Zoë dasteht, erinnert sie an ein Reh, das plötzlich von grellen Scheinwerfern geblendet wird. Ein Reh mit einem grässlichen Kleid und weißen Leggings.

»Irgendwie tut sie mir leid. Zoë, meine ich«, sagt Babet ernst, während Nikki vor unseren Augen mit dem Fotostapel wedelt.

»Wieso?« Nikki fährt sich mit der Hand kreuz und quer durch den Pony, um ihm mehr Volumen zu verleihen. »Weil sie so aussieht?«

»Ja, und weil Evi sie so doll geschubst hat. Ich glaube, Zoë hat sich dabei richtig wehgetan.«

Ich sehe Babet an, um zu checken, wie ernst sie das meint. Ihre Miene ist die von jemandem, der versucht, sich auf einer Beerdigung das Lachen zu verkneifen. *Ich weiß, dass ich nicht lachen darf, aber ich kann nicht anders.*

»Dann hätte sie sich eben beschweren müssen«, sagt Nikki.

»Ich meine: Wer lässt sich denn bitte so behandeln? Doch kein normaler Mensch!«

»Stimmt.« Babet zieht hörbar die Luft ein. »Wenn Evi mich so geschubst hätte, müsste sie jetzt für den Rest ihres Lebens mit einem Strohhalm essen.«

Nikki bindet ihre Haare zu einem hohen Pferdeschwanz zusammen. »Dass du mal ihre Freundin warst ...«

Babet zuckt die Achseln. »Sie war vielleicht ein bisschen trottelig, aber abgesehen davon ganz nett.«

Ich lache. »Können Mädchen eigentlich trottelig sein?«

Nikki hält mir den Fotostapel hin. »Ähm ... ich denk schon, ja.«

Ich nehme ein Blatt und betrachte das Foto, als würde ich es zum ersten Mal sehen. Durch die abrupte Bewegung ist Zoës Gesicht leicht unscharf. Die weißen Flecken auf Stirn und Wangen stammen wahrscheinlich vom Licht, könnten aber auch als fettige Haut durchgehen.

Ich tippe mit dem Stift gegen das Foto. »Ihr Gesicht erinnert mich an diese *Glow-in-the-dark*-Dinger.«

»Zoë Glowy.« Babet kichert. »Zoë Glowy! Das ist eine super Bildunterschrift!« Sie macht sich sofort daran, unter jedes Foto in schwungvollen Buchstaben *Zoë Glowy* zu schreiben.

»Warte«, sagt Nikki und zieht die von Babet beschriftete Kopie zu sich heran. In Druckbuchstaben schreibt sie »Nobody« dazu. »Zoë Glowy Nobody«, sagt sie und drückt die Kappe wieder auf den Stift. »Jeder, der das Foto anschaut, kapiert das.«

Ich runzele die Stirn. »Und ihr meint, wir sollen die Fotos wirklich überall aufhängen?«

Nikki sieht auf. »Warum sonst habe ich so viele davon ausgedruckt? Um sie mir übers Bett zu hängen?«

»Ich weiß nicht.« Ich zucke die Achseln. »Ist das nicht ein bisschen kindisch?«

Nikki macht ein erstauntes Gesicht. Dann nimmt sie mir meine Kopie aus der Hand und zerknüllt sie. »Du brauchst ja nicht mitzumachen«, sagt sie eingeschnappt. »Wenn du es kindisch findest.«

Neben mir beginnt Babet zu lachen. »Das hier ist erst richtig kindisch!«, kichert sie. Sie hält einen Ausdruck mit Zoës Foto hoch, auf dem sie ihr einen kleinen Schnurrbart und haarige Beine gemalt hat. Zoë sieht darauf aus wie ein unrasierter Transvestit. Babet hält sich das Foto vors Gesicht und sagt mit verstellter hoher Stimme: »Jade? Möchtest du meine beste Freundin sein?«

Ein Lachen sprudelt meine Kehle hoch und vertreibt alle Bedenken.

Nikki hält mir zwei farbige Textmarker hin. »Gelb oder kindisch rosa?«

Ohne sie anzuschauen, nehme ich ihr den gelben Stift ab und verpasse Zoë auf beinahe jedem Ausdruck einen Urinfleck. Dann male ich mit dem rosa Textmarker einen viel zu großen BH und mit einem grünen Stift Rotz, der ihr aus der Nase hängt. Als Babet sieht, wie ich Zoës Augenbrauen zu einer Monobraue zusammenziehe, kriegt sie sich vor Lachen nicht mehr ein. Sie selbst verpasst Zoë auf einem anderen Ausdruck eine knallrote Nase und jede Menge Punkte als Mitesser.

Als wir fertig sind, stehen wir auf. »Regelrechte Kunstwerke«, sage ich und betrachte Nikkis und Babets Kreationen. »Und jetzt? Hängen wir sie in die Mädchenklos?«

Nikki schüttelt den Kopf. »Quatsch, da sieht Zoë sie doch sofort. Lass sie uns lieber im Jungsklo aufhängen.«

Ich krame eine Dose Orangensaft aus meiner Tasche und schürze die Lippen. »Und wie willst du das anstellen? Ich gehe garantiert nicht in diese stinkende Toilette mit den ekelhaften Pissbecken.«

Nikki und Babet tauschen einen verstohlenen Blick.

»Was?«

Babet sieht mich unschuldig an. »Du könntest Ewoud fragen.«

»Wout«, sage ich. »Er heißt Wout, nicht Ewoud. Er ist kein Ritter. Und ich werde ihn ganz bestimmt nicht fragen. Ich habe höchstens zwei Mal mit ihm gesprochen. Der wartet garantiert nicht auf mich.«

»Dann frag halt Quinten. Quinten würde dir bestimmt helfen.«

»Warum eigentlich ausgerechnet ich?«

»Weil wir beide keine Jungs kennen, die so etwas für uns tun würden.« Mit flehendem Blick hält mir Nikki den Fotostapel hin. Er trieft nur so vor geheuchelter Bewunderung. »Alle Jungs in der Schule sind hinter dir her ...«

Und obwohl ich genau weiß, dass das die größte Übertreibung aller Zeiten ist, reiß ich ihr den Papierstapel aus der Hand und stopfe ihn in meine Tasche. »Gut. Dann frage ich Quinten.«

Für drei Küsschen auf die Wange oder einen auf den Mund würde Quinten es tun. Er tippt mit dem Finger gegen seine Oberlippe, um mir zu zeigen, was er lieber hätte, aber ich gebe ihm drei brave Küsse auf die Wange.

»Na dann, herzlichen Glückwunsch«, merkt Nikki trocken an und reicht Quinten den Papierstapel. »Und falls dich jemand erwischt: Du nennst auf keinen Fall unsere Namen. Wenn doch, ziehen wir dich auch mit rein.«

Quinten hebt die Hände, als drohe man, ihn zu erschießen. »Ganz ruhig. Ich bin auf eurer Seite.« Er sieht mich an und zwinkert mir zu. »Ich helfe euch doch gern.«

Die Neuigkeit, dass »Zoë im Klo hängt«, verbreitet sich rasend schnell. In der sechsten Stunde kursiert das Gerücht, dass sich ein Junge aus der Elften vor Schreck auf die Schuhe gepinkelt hat, als er das Foto erblickte.

Als wir zur siebten Stunde den Raum betreten, wo wir Sozialkunde haben, hängt eines der Fotos von Zoë an der Tafel. Es ist das mit der knallroten Nase, den Mitessern und den haarigen Beinen. Neben Zoës Kopf, dicht an ihrem Mund, hat jemand einen riesigen Penis gezeichnet.

»Das, ... ähm ... das Ding da habe ich aber nicht hingemalt«, flüstert Babet, als sie ihr Werk erkennt.

Nikki wirft ihre Tasche geräuschvoll auf den Tisch in der hinteren Ecke. »Das Ding?«, sagt sie. »Welches Ding? Ich habe keine Ahnung, wovon du sprichst.«

Babet zieht ihre Jacke aus und hängt sie über den Stuhl. »Haha. Wenn du wirklich so cool bist, dann holst du jetzt das Foto von der Tafel, bevor Frau van Lammeren es sieht.«

Nikki lacht. »Warum sollte ich? Ist doch witzig! Außerdem möchte ich gern Zoës Reaktion sehen.«

»Nein, Babet hat recht.« Ich beuge mich ein Stück vor. »Alle wissen, dass ich das Foto gemacht habe. Die ganze Klasse schaut herüber.«

»Und wennschon.« Nikki drückt zwei Kaugummis aus der Packung. »Als ob irgendwer hier den Mund aufmacht und uns verpetzt.« Sie sieht mich verschwörerisch an. »Von uns erfährt jedenfalls keiner was, stimmt's, Babet?« Sie drückt mir ein Kaugummi in die Hand. »Und jetzt setz dich hin, Drama Queen. Es wird schon nichts passieren.«

Ich ziehe den Stuhl neben Babet zurück. In Sozialkunde sind die Bänke in U-Form angeordnet. Praktisch, weil es die einzige Stunde ist, in der wir zu dritt nebeneinandersitzen können, aber auch nervig, weil es so betont gemeinschaftsfördernd ist.

Nikki kippelt mir ihrem Stuhl nach hinten. »Evi sieht von Stunde zu Stunde mieser aus.« Sie nickt Evi zu, die ganz vorne auf der Innenseite des Us sitzt. Sie wirkt, als säße sie auf der Anklagebank. Ihre Augen sind weit aufgerissen und sie reibt sich nervös den Nacken, dann kratzt sie sich am Hals, ehe ihre Hand wieder zum Nacken wandert.

»Sie hat ein schlechtes Gewissen wegen Zoë«, sagt Babet.

»Sie soll sich nicht so anstellen«, sagt Nikki. »Schließlich hat sie sich entschuldigt.«

Ein paar Jungs werfen mit Papierkügelchen auf den Ausdruck mit Zoës Foto, als wäre es eine Dartscheibe. »Score!«, höre ich sie rufen. »Mitten auf ihre hässliche Birne.«

Quinten macht nicht mit. Er sitzt mit hochgezogener Kapuze da und hört Musik von seinem iPod, während er mit dem Finger auf die Tischkante trommelt.

Babet räuspert sich vernehmlich. »Nicht hinschauen«, sagt sie. »Da kommt sie.«

Mit schnellen Schritten betritt Zoë die Klasse. Sie versucht, sich selbst unsichtbar zu machen, indem sie, ohne aufzusehen, zu ihrem Platz an der hinteren Schmalseite des Us schleicht. Auf dem Saum ihres Kleids prangt ein großer Milchfleck, aber sie versucht, ihn ungeschickt mit einer Hand zu verbergen.

»Hi Nobody«, ruft ihr ein Junge aus der letzten Reihe zu. »Ist das Sperma?«

Die ganze Klasse lacht.

»Sei nicht so gemein«, sagt Nikki. »So ein schwieriges Wort! Die Kleine weiß doch gar nicht, was Sperma ist.«

Mit einem Knall fällt die Tür ins Schloss. Frau van Lammeren verharrt einen Moment mit verschränkten Armen auf der Schwelle. Mit dem Zeigefinger schiebt sie ihre randlose Brille den Nasenrücken hoch und lässt den Blick streng durch die Klasse wandern.

Frau van Lammeren unterrichtet hier schon so lange, dass sie die Schüler regelmäßig mit dem Namen ihrer älteren Schwestern, Brüder oder sogar der Eltern anspricht. »Entschuldigung«, murmelt sie dann immer leicht genervt. »Ihr seht euch aber auch zum Verwechseln ähnlich.« Als ob es unsere Schuld wäre, dass ihr alles zu schnell geht. Ich kapier auch nicht, warum ausgerechnet sie Sozialkunde gibt, wo wir ihr erklären müssen, was Twitter und YouTube sind.

»So«, sagt sie mit ihrer unverkennbaren hohen Stimme. »Und? Die letzte Stunde der Woche und alle in Gedanken bereits im Wochenende?«

Neben mir höre ich Babet unruhig auf ihrem Stuhl hin und her rutschen. Nikki hingegen sieht genauso gelangweilt aus wie immer.

»Na so was«, fährt sie fort. »Wie still ihr auf einmal seid. Dabei habe ich euch gerade eben noch draußen auf dem Gang gehört ...«

Und da sieht sie es. Es dauert einen Moment, bis zu ihr durchdringt, was da an der Tafel hängt. Dann schießt sie hinüber und reißt das Bild herunter. Wütend hält sie es in die Luft.

»Wer war das?« Ihre Stimme ist noch schriller als sonst, wodurch die Szene beinahe grotesk wirkt.

Ich fühle mich jetzt so ertappt, als würde mir das Wort »Täterin« mit Schweiß auf der Stirn geschrieben stehen. Verdammt! Warum habe ich bloß auf Nikki gehört? Ich hätte das Foto vorhin von der Tafel entfernen müssen.

»Ich wiederhole meine Frage: Wer war das?«

Noch nie ist unsere Klasse so still gewesen. Vorsichtig spähe ich unter meinen Wimpern hervor zu den anderen. Alle Blicke sind fest auf die Tischplatte gerichtet. Evi hat von ihrer Reiberei nicht nur rote Flecken am Hals, sondern auch einen knallroten Kopf. Zoë sitzt klein und gebeugt an ihrem Tisch und versucht, sich hinter ihren langen Haaren zu verstecken.

»Niemand?« Frau van Lammeren hebt den Ausdruck noch höher in die Luft. Dabei klappt die obere Hälfte des Blatts nach hinten, sodass nur noch Zoës haarige Beine zu sehen sind. »Und weil es niemand von euch war, schafft ihr es nicht, mich anzuschauen? Los, seht mich an!«

Vorsichtig heben alle den Kopf. Quinten zieht langsam zuerst seine Kapuze herunter und dann die Stöpsel aus den Ohren. Evi blickt stumpf nach vorne und kaut nervös auf der Innenfläche ihrer Wangen herum.

»Ich bin völlig entsetzt.« Frau van Lammeren lässt die Hand sinken und schaut auf das Foto. »Hat der, der das getan hat, überhaupt eine Ahnung, was er da angerichtet hat? Dass er oder sie mit so etwas das Leben einer Mitschülerin zerstören kann?«

Ich bemühe mich, Frau van Lammeren so unschuldig wie möglich anzuschauen. Hoffentlich halten alle ihren Mund, flehe ich wortlos.

»Zoë?« Frau van Lammeren geht nach hinten und legt Zoë sanft die Hand auf die Schulter. Reflexartig zieht Zoë den Arm zurück. Frau van Lammeren sieht sie erstaunt an.

»Zoë«, beginnt sie. »Wenn du eine Ahnung hast, wer es gewesen sein könnte, dann solltest du es jetzt sagen.«

Zoë fällt noch mehr in sich zusammen. Frau van Lammeren dreht der Klasse den Rücken zu und hockt sich neben sie. Ich wechsele blitzschnell einen Blick mit Quinten, Evi und den Jungen aus der letzten Reihe. *Wenn du den Mund hältst, halte ich ihn auch,* geben wir uns zu verstehen.

Es ist so still, dass wir hören können, was in der Nachbarklasse gesprochen wird. Evi hat die Augen geschlossen und hält Mittel- und Zeigefinger über Kreuz.

»Weißt du, wer das getan hat, Zoë? Du kannst es mir sagen.«

Bitte, halt die Klappe. Bitte, bitte, bitte.

Im nächsten Moment schüttelt Zoë kaum merklich den Kopf.

Frau van Lammeren seufzt. »Also gut.« Ihre Stimme klingt erschöpft. »Wenn du jetzt lieber nach Hause willst, dann geh ruhig.«

Ohne zu zögern, packt Zoë ihre Tasche und flüchtet aus dem Klassenzimmer. Die Tür bleibt hinter ihr sperrangelweit offen.

Mit einer Mischung aus Abscheu und Ungläubigkeit sieht Frau van Lammeren die Klasse der Reihe nach an. Während sie zur Tür geht, wandert ihr Blick in unsere Richtung, bleibt dann kurz bei den Jungs in der letzten Reihe hängen, bevor er für ein paar Sekunden auf Evi ruht.

»Hier ist das letzte Wort noch nicht gesprochen«, sagt sie. »Das wird Konsequenzen haben, verlasst euch darauf.«

Geräuschvoll zieht sie die Tür zu.

8

Immer wieder falte ich den Brief auf und zu, ohne dass sein Inhalt wirklich zu mir durchdringt.

Was, wenn … alle dich auslachen?

Ich kenne die zierliche, geschwungene Handschrift nicht, bin mir jedoch sicher, dass der Brief von Zoë kommt. Es ist eine Frage, die man sich lieber nicht beantworten möchte, eine reine Drohung.

Den ganzen Tag bin ich in Habachtstellung. Meine Sinne sind hellwach, sogar in den Stunden, die Zoë und ich nicht gemeinsam haben. Ein Teil von mir will noch einmal auf sie zugehen, ihr erklären, wie sehr ich alles bereue, aber ein anderer Teil, der, wo auch mein Gewissen sitzt, zwingt mich, ruhig abzuwarten. Das Gewissen ist eigentlich genau das, was sein Name aussagt: Manche Dinge (Du sollst nicht stehlen, anderen nicht wehtun …) wissen wir von klein auf. Es braucht uns niemand zu sagen, wir wissen einfach, dass sich gewisse Verhaltensweisen nicht gehören, wissen, was wir nicht tun sollen. Doch manchmal gelingt es uns, das Gewissen zum Schweigen zu bringen und in den tiefsten Winkel des Gehirns zu verbannen. Und darum muss ich jetzt ruhig sitzen bleiben, obwohl es mir an den Kragen geht. Eine verbale Entschuldigung reicht nicht. Ich muss zeigen, wie sehr ich es bereue.

In Sport – wir haben Volleyball – melde ich mich freiwillig

als Ersatzspielerin, sodass ich die meiste Zeit auf der Bank sitze. Zoë in ihren roten glänzenden Shorts und dem ärmellosen ADIDAS-Shirt wirkt ziemlich einschüchternd. Mit der flachen Hand schlägt sie einen Ball nach dem anderen über das Netz. Vor der Stunde hat sie gemeinsam mit den Jajas barfuß gegen einen Punchingball getreten. Auch wenn sie mich absichtlich nicht angesehen hat, ist mir klar: Sie hat deshalb so betont heftig zugetreten, weil sie hoffte, dass ich ihr dabei zusah. Bestimmt hat sie sich dabei vorgestellt, der Punchingball sei mein Kopf.

»Jade? Hilfst du mir noch beim Aufräumen?«

Herr Banen sieht mich erwartungsvoll an.

»Oh, oh«, lacht Jamie spöttisch. »Heimliche Affäre? Hat Wout deswegen Schluss mit dir gemacht?«

»Haha«, erwidere ich. »Sehr lustig.«

»War nur ein Witz ...« Jamie macht eine kleine dramatische Pause. »Schließlich weiß doch jeder, dass Wout der mit der heimlichen Affäre war.«

Ich versuche, alle neugierigen Blicke, die mit einem Schlag auf mich gerichtet sind, zu ignorieren. Das hätte ich mir eigentlich denken können: Die ganze Schule weiß inzwischen, dass Wout eine neue Freundin hat.

»Genau«, sage ich betont leichthin. »Wie heißt sie gleich noch ...? Nicole.«

Eine witzige Antwort ist mir nicht eingefallen, aber wenigstens halten jetzt alle ihren Mund.

Als die anderen weg sind, baut sich Herr Banen mit verschränkten Armen vor mir auf und mustert mich mit zusammengekniffenen Augen.

»Alles okay mit dir?« Er hält die Pfeife noch zwischen den Zähnen, wodurch es klingt, als würde er beim Atmen fiepen.

Ich zucke die Achseln. Zu behaupten, dass es mir supergut

geht, ist ziemlich sinnlos, schließlich sehe ich aus wie ein ausgewrungenes Handtuch.

»Wieso?«

»Das ist keine Antwort auf meine Frage.«

Ich zeichne mit der Turnschuhspitze einen Halbkreis auf den Boden.

»Jade, ich frage dich das, weil ich etwas hab läuten hören. Die Schule hat gerade erst angefangen, aber du siehst aus, als bräuchtest du dringend Ferien. So kenne ich dich gar nicht. Du weißt, dass du immer mit mir reden kannst, ja?«

Ich blicke auf. Ich sehe in das Gesicht eines Mannes, der mindestens zwanzig Jahre älter ist als ich. Er hat Falten unter den Augen und graue Haare an den Schläfen. Außerdem hatte ich ihn in den vergangenen Jahren erst zweimal in Sport. So vertraut ist er mir also nicht, auch wenn er sagt, dass ich jederzeit mit ihm reden kann.

Ich nicke. »Ich werde es mir merken.«

Herr Banen klopft mir auf die Schulter. »Ich meine es ernst, Jade.«

»Ich muss gehen. Wir schreiben gleich einen wichtigen Test.«

Das ist nicht mal gelogen. Jahrgangsstufentest Rechtschreibung. Wer nicht auftaucht oder besonders witzig sein will und alles mit doppeltem O schreibt, kriegt eine Fünf, die doppelt gewertet wird.

»Dann geh schon«, sagt Herr Banen, aber bin fast schon außer Hörweite.

Jetzt muss ich mich auch noch sputen.

Als ich in die Umkleide komme, sind alle schon weg. Das Duschen haben sie sich offenbar gespart und wieder mal nur zum Deo gegriffen. Auf der L-förmigen Bank liegen nur noch meine Tasche und meine Klamotten auf einem Haufen in der

Ecke. Hastig ziehe ich meine Sporthose aus und greife nach dem erstbesten Kleidungsstück. Und merke sofort, dass etwas nicht stimmt, als ich etwas Kaltes und Klebriges an den Fingern spüre.

Auf der Rückseite meiner Hose – meiner hellblauen Hose von Zara, die ich erst drei Wochen habe – prangt ein riesiger brauner, glänzender Fleck.

Reflexartig schleudere ich die Hose von mir weg. »Was ist denn das ...«

Wimmernd wedele ich mit der Hand, renne zum Waschbecken und drehe den Hahn auf. Panisch reibe ich die Finger an der glatten Oberfläche des Waschbeckens. Ich habe das Gefühl, dass es überall ist: auf den Fingerspitzen, auf der Handfläche, unter den Nägeln. Ich könnte heulen. Was ist das da in meiner Hose? Etwas Braunes. Ist es Kacke? Hat mir jemand echt Kacke an die Hose geschmiert?

Mit der anderen Hand betätige ich den Seifenspender und lasse einen Klecks graue Seife in das Waschbecken gleiten. Zum Glück ist die Seife genauso glänzend wie das braune Zeug auf meiner Handfläche. Keine Kacke also, dafür ist es zu dunkel und schimmernd. Eine Welle der Erleichterung durchflutet mich.

Vorsichtig führe ich meine Finger an die Nase. Den Geruch erkenne ich sofort: Sirup. Dickflüssiger, klebriger, pappsüßer und glänzender Sirup.

Ich nehme noch mehr Seife und kratze so lange, bis meine Nägel wieder sauber sind. Als ich meine Hände abtrockne, sind sie feuerrot.

Erst jetzt fällt mir auf, dass ich die ganze Zeit im Stringtanga herumgelaufen bin. Wenn jemand in die Umkleide kommt, stehe ich ganz schön blöd da. Schnell ziehe ich meine Sporthose wieder an und hebe meine hellblaue Hose vom Boden auf. Zu dem klebrigen Fleck haben sich jetzt auch noch Staub und Schmutz vom Boden gesellt. Das braune Zeug bedeckt fast das ganze Hinterteil.

Ich schließe für einen Moment die Augen. Und sehe auf einmal den gelben Brief vor mir.

Was, wenn ... alle dich auslachen?

Automatisch wandert meine Hand in die rechte Hosentasche. Leer. Linke Hosentasche: auch leer.

Wütend greife ich nach meiner Wasserflasche und schleudere sie ohne Verschluss an die Wand. Platsch! Sofort breitet sich ein dunkelgrüner Wasserfleck auf der hellgrünen Gipswand aus. Zum Abreagieren taugt es nur kurz.

Ich wusste es. Der einzige winzige Beweis, dass Zoë hinter dieser Sache steckt, ist natürlich verschwunden. Wie um alles in der Welt hat sie das so schnell hingekriegt? Etwa, als die Umkleide noch voll war? Weiß die ganze Klasse davon?

Als der Gong ertönt, zucke ich zusammen. Aus der Ferne höre ich, wie sich Klassenzimmertüren öffnen, und gleich darauf Stimmengewirr. Gleich wird sich die Umkleide wieder mit Schülerinnen füllen. Und in fünf Minuten fängt meine nächste Stunde an.

Mit Klopapier und warmem Wasser versuche ich, den Fleck wegzureiben, mache aber alles nur noch schlimmer, weil das Papier am Sirup kleben bleibt. Ich könnte mich ohrfeigen, weil ich heute keine lange Sporthose angezogen habe. Ich kann doch nicht in diesem Höschen in den Unterricht gehen? Und eine Jacke, die ich mir um den Hintern binden könnte, habe ich auch nicht. Könnte ich jemanden anrufen? Sofie? Finn?

Ich bin kurz davor loszuheulen, zwinge mich aber, mich

ruhig hinzusetzen und ein paar Sekunden nachzudenken. Einatmen durch die Nase. Ausatmen durch den Mund.

Ich habe zwei Möglichkeiten: Entweder ich gehe heulend nach Hause oder mit erhobenem Kopf in die Klasse.

Zoë hätte sich damals für Ersteres entschieden. Ich wähle die zweite Möglichkeit. Wenn das Karma Dinge gegeneinander aufwiegt, um wieder Balance herzustellen, dann muss es wohl so sein. Ein erniedrigender Fleck auf meiner Hose gegen Zoës erniedrigendes Foto an der Tafel. Auge um Auge, Zahn um Zahn. Wenn ich hiermit für meine Sünden bezahle, dann muss es wohl so sein. Dann tue ich es aus ganzem Herzen.

Mit zusammengebissenen Zähnen ziehe ich mir die Hose an. Erst das rechte Bein, dann das linke. Als ich sie bis auf Kniehöhe hochgezogen habe, platze ich fast vor unterdrückter Wut. Dann hake ich meine Zeigefinger in die Schlaufen und ziehe sie mit einem Ruck ganz hoch. Der dünne Hosenstoff ist komplett von Sirup durchtränkt und klebt mir am Po. Ich zwinge mich, mir all die Male ins Gedächtnis zu rufen, in denen ich Zoë erniedrigt, ausgelacht oder lächerlich gemacht habe. Dann schließe ich den Reißverschluss, schlüpfe in Schuhe und Shirt und laufe auf den Flur hinaus.

So schnell wie möglich haste ich durch den Gang, dann die erste Treppe hoch zum Klassenzimmer. Während mir das Herz in der Brust dröhnt, hefte ich den Blick auf den Boden. Wie groß ist die Wahrscheinlichkeit, dass in diesem Pausengewusel jemandem der Fleck auffällt? Wenn ich meine Tasche so halte wie jetzt, dürfte eigentlich niemand was bemerken.

»Jade?«

Bitte nicht ...

»He, Jade!«

Während Wout mir im Gewimmel des Stundenwechsels eine Hand auf die Schulter legt, schaut er mich fragend an.

Er sieht noch besser aus als letzten Samstag. Er riecht auch wieder wie früher, nach dem Parfum, das er immer benutzt hat, als wir noch zusammen waren. Sofort krampft sich mein Bauch vor Sehnsucht zusammen.

Er merkt auf Anhieb, dass etwas nicht stimmt. »Hey, ist was?«

Weil er mitten in der Menge stehen geblieben ist, wird er von allen Seiten angerempelt, aber das scheint ihm egal zu sein.

»Was ist denn, Jade?« Er kneift mir sanft in die Schulter. »Ist alles in Ordnung?«

Ich spüre, wie mir das Blut ins Gesicht schießt. Es fehlt nicht viel und ich zerberste vor Scham. Mit einem Schulterzucken schüttele ich seine Hand ab. »Ich muss weiter.«

Mit dem Ellenbogen schiebe ich zwei Mädchen vor mir zur Seite.

»Jade ...«

Nicht hinschauen, will ich schreien. *Schau mir bloß nicht nach.* Panisch versuche ich, mit beiden Händen meinen Hintern zu verbergen, während ich mich zwischen den Schülern hindurchschlängele. Der Sirup klebt warm an meinen Pobacken.

Als ich in unseren Gang einbiege, ist die Tür zum Klassenzimmer schon geschlossen. Ich laufe noch schneller, mehr als ein paar Sekunden kann ich nicht zu spät sein.

So unauffällig wie möglich drücke ich die Klinke herunter. Von der anderen Seite wird die Tür mit einem Ruck aufgerissen. »Ach Jade ...«, sagt Frau Galis seufzend.

»Entschuldigung, aber ich bin aufgehalten worden.« Ich hole tief Luft und suche mit den Augen nach Zoë. Ich weiß genau, dass sie mit siegesgewissem Gesicht dasitzt. Ich werde ihr direkt in die Augen blicken, damit sie erkennt, wie ernst es mir mit meiner Entschuldigung ist. *Ich bereue es wirklich. Siehst du das jetzt?* Frau Galis fasst mich an der Schulter und schiebt mich ins Klassenzimmer hinein. »Setz dich, Jade. Wir haben keine Zeit für deine Ausreden.«

Die Jungen, die an der Tür sitzen, blicken zu mir herüber. Alles läuft wie in Zeitlupe ab. Es ist ein Wunder, dass Frau Galis den Fleck nicht bemerkt hat. Es ist ein Wunder, dass noch niemand etwas bemerkt hat. Ich steuere auf meinen Platz zu.

»Igitt, was ist das denn!«, ruft hinter mir jemand. »Ihre Hose ist ganz braun.«

Ruckartig dreht sich die ganze Klasse nach mir um.

Die Jajas starren mich erst ungläubig an und brechen dann in höhnisches Gelächter aus. »Was hast du denn gemacht?«, fragt Jamie. »Hast du Durchfall, oder was?«

Die ganze Klasse fängt an zu lachen.

Frau Galis klatscht in die Hände. »Kinder, an die Arbeit. Das geht alles von eurer Zeit ab. Jade, setz dich.«

Mein Gang zu meinem Platz gleicht einem Spießrutenlauf. Alle starren mich an. Aber ich zwinge mich, nicht loszuheulen. Ich zwinge mich, die Augen nicht zu schließen. Ich zwinge mich, diese Erniedrigung zu ertragen. Ich stehe meilenweit über den Dingen. Niemand kann mir etwas anhaben.

»Es stimmt wirklich«, flüstert ein Mädchen etwas zu laut. »Ihr Hintern ist total braun!«

Stühle werden zurückgeschoben. »Echt?«

»Mach ein Foto!«

Ich zwinge mich, ruhig zu bleiben. Zoë sitzt vorgebeugt neben Joelle in der hintersten Reihe. Während sie mich von oben bis unten mustert, trommelt sie mit ihrem Stift auf dem Tisch herum. Sie hat sich die langen Haare zu einem Pferdeschwanz gebunden und ihre Wangen sind noch rosig vom

Sport. Sie hat wieder den gelangweilten Blick aufgesetzt, mit dem sie mich in den letzten Tagen hin und wieder bedacht hat.

»Das ist nur Sirup«, sage ich langsam und sehe sie an. *Das ist nur Sirup,* hallt es in meinem Kopf nach.

»Ach ja?« Jetzt grinst Zoë breit. Sie sieht damit noch schöner aus, ihre Augen strahlen. Dann hält sie sich mit Daumen und Zeigefinger die Nase zu.

Wieder schießt mir das Blut ins Gesicht. Am liebsten würde ich vor Scham im Erdboden versinken, aber dennoch zwinge ich mich, sie noch einmal reumütig anzuschauen – SIEH NUR, WIE WEIT ICH FÜR DICH GEHEN WILL –, während ich versuche, das Gelächter der Mädchen zu ignorieren.

»Du hast nicht die geringste Ahnung ...«, zischt Zoë leise, jedoch laut genug, dass ich es hören kann.

Aber Zoë irrt sich. Ich weiß jetzt, wie sie sich damals gefühlt hat.

»Jade! Hinsetzen! Sofort!« Die Stimme von Frau Galis schrillt durch den Raum.

Ich beiße mir fest in die Innenseiten meiner Wangen und setze mich.

Der kalte Sirup saugt sich wie Leim am Stuhl fest.

9

In der Achten kam ich mit Jamie, Amber, Joelle und Anne in eine Klasse. Den Jajas. Von Beginn an hingen die vier wie die Kletten zusammen und gaben einem deutlich zu verstehen, dass ihre Clique »voll« sei und sie keinen Bock auf weitere Mitglieder hätten.

Wegen einer Knieverletzung verpasste ich den Beginn des neuen Schuljahrs. Erst mit einer Woche Verspätung konnte ich mit Krücken zur Schule gehen. Zu spät, die Cliquen hatten sich schon gebildet. Nikki und Babet hatten die Schule gewechselt, sodass ich niemanden mehr kannte, an den ich mich hätte dranhängen können. Wegen der blöden Krücken kam ich meistens zu spät zum Unterricht und bis auf Quinten, mit dem ich nur eine einzige Stunde zusammen hatte, half mir niemand. Zwar fanden es alle lustig, mit meinen Krücken durchs Klassenzimmer zu laufen, aber sobald es klingelte, sah jeder zu, dass er wegkam.

Ich vermisste Nikki und Babet furchtbar, auch wenn mir schon während des Sommers klar geworden war, dass unsere Freundschaft ein Verfallsdatum hatte. Im Campingurlaub in Italien hatte ich mich mit einem Jungen aus England angefreundet, aber abgesehen von einem keuschen Kuss auf den Mund lief zwischen uns nichts. Als ich Nikki davon erzählte, reagierte sie sehr kalt, beinahe feindselig. *Ich dachte, du bist in Ewoud verliebt?* Ich war so baff, dass mir keine geeignete Antwort einfiel. Was sollte das denn jetzt? Zwar wechselte Wout auf dem Gang hin und wieder ein paar Worte mit mir, aber ansonsten ging es nicht voran. Außerhalb der Schule hatten wir uns noch nie unterhalten. Wie kam Nikki also bloß auf die Idee, ich sei ihm irgendwie verpflichtet? Babet hingegen schien sich für mich zu freuen, hatte aber den Sommer über kaum Zeit für mich, weil sie einen Modelkurs belegt hatte. Und so wurde der Kontakt zwischen Babet, Nikki und mir immer spärlicher, bis wir nur noch belangloses Zeug austauschten. Dabei hätte ich nun, in dieser von den Jajas dominierten Klasse, so dringend zwei beste Freundinnen gebraucht.

Alle vier hatten lange, dunkle Haare, die ihnen weit den Rücken hinabreichten. Sie trugen schwarze, enge Jeans mit Rissen, löchrige Vintage-Shirts mit Totenköpfen, Stiefel mit Stahlkappen und hatten die Augen dick mit Kajal umrändert. Ihre Ohren waren mit Ringen und Steckern übersät. Mit ihren lässigen, schulterfreien Shirts und den Jeansshorts, die ihre gebräunten, nackten Beine frei ließen, wirkten sie Angst einflößend und sexy zugleich. Wenn sie vorbeigingen, zogen sie eine Wolke aus Zigarettenrauch hinter sich her. Sie redeten viel und vor allem laut. Sie hatten das Patent aufs Augenrollen und darauf, lautstark »Loser« durchs Klassenzimmer zu brüllen, wofür sie die Hände zu einem Megafon formten und die Silbe »Loo« möglichst langzogen. Alle vier hatten die gleiche hysterische Lache und warfen dabei den Kopf in den Nacken.

Da die meisten Jungs zwischen Jamie, Amber, Joelle und Anne kaum unterscheiden konnten, hielten sie sich an Jamie, die die größte Klappe hatte. Die Mädchen hingegen wussten, dass nicht Jamie, sondern Amber die eigentliche Bienenkönigin war. Mit ihrem Puppengesicht mit den riesigen langen, dunklen Wimpern hatte sie etwas Verträumtes an sich. So wie sie wollten alle Mädchen sein. Eine, die sich traute, mit einem neongelben Schal in den Haaren und knallblau lackierten Nägeln in die Schule zu kommen.

In den ersten Wochen der achten Klasse unternahm ich alles, um doch ein bisschen zu ihnen zu gehören. Noch immer fühlte ich mich über das brave Fußvolk erhaben, das regelmäßig Hausaufgaben machte und nie etwas Verbotenes tat. Mir war nach Abwechslung, nach Spaß. Und ich kapierte überhaupt nicht, warum die Jajas mich – hallo, mich! – nicht mit offenen Armen aufgenommen hatten. Mit der Beliebtheit ist es wie mit dem Reichtum: Ob er wirklich glücklich macht, ist fraglich, aber sobald man einmal davon gekostet hat, will man immer mehr davon.

Und so redete ich mir das Verhalten der Jajas mir gegenüber schön. Eine Freundin auf Krücken war nun mal nicht praktisch, darum ließen sie mich in der Pause links liegen. Da ich nun mal einen anderen Klamottengeschmack hatte als sie, schlossen sie mich aus, als sie den dicken Herbstkatalog von H&M durchblätterten, den Jamie mit in die Schule gebracht hatte. Und sie bezogen mich nicht ein, als sie die Top Ten der bestaussehenden Jungs der Schule aufstellten (Wout stand auf Platz zwei, wie ich aus dem Augenwinkel in Annes Kladde erspähte), weil sie wussten, dass ich in Wout verknallt war.

Nur bei seltenen Gelegenheiten fragten sie mich in der Pause, ob ich mich ihnen anschließen wollte. Meistens war es Amber, die sich auch anfangs noch nach meinem Knie erkundigte. Aber so eine Pause kann lang sein, wenn man eine halbe Stunde lang über Witze lachen muss, die man nicht lustig findet, und das Gefühl hat, bei den Gesprächsthemen immer ein bisschen hinterherzuhinken. Und besonders lustig waren die Einfälle der Jajas auch nicht, zum Beispiel wenn sie kostenlose Sexnummern anriefen und kreischend das Handy reihum gehen ließen. Außerdem nervten mich ihre ständige Raucherei und ihre Angewohnheit, mir den Qualm ins Gesicht zu blasen. Vor allem Jamie steckte sich eine nach der anderen an. »Tja«, sagte sie einmal, während sie eine neue Schachtel Marlboro light anbrach. »Es kostet mich zwar ein Vermögen, aber Teilen gehört nun mal dazu. Ist doch kotzig, wenn man anderen keine anbietet.« Sie hielt Joelle das Päckchen hin, dann Amber und Anne, nahm sich selbst eine Zigarette und ließ die Packung dann in die Tasche zurückgleiten. *Sie weiß, dass ich nicht rauche,* dachte ich und redete mir die Tatsache, dass sie mich übergangen hatte, mal wieder schön.

Mit der Zeit konnte ich mich immer weniger leiden und meine Stimmungslage hing zusehends von anderen ab. Wenn sie mich in der Pause mit einschlossen, fand ich mich cool und beliebt und gefragt. Wenn sie mich jedoch auf dem Schulhof links liegen ließen, kam ich mir blöd und langweilig und bescheuert vor. Auch wenn ich eine halbe Stunde lang über Witze lachen musste, die ich nicht lustig fand – ich wollte nichtsdestotrotz zu ihnen gehören. Bei den Jajas fünftes Rad am Wagen zu sein, war mir lieber, als gänzlich ohne Freundinnen dazustehen. Vor den restlichen Klassenkameraden tat ich so, als würde ich zu den Jajas gehören. Ich gab mich so lässig wie möglich, lachte geheimnisvoll, wenn sie während der Stunde Insider-Jokes rissen (auch wenn ich keine Ahnung hatte, worum es ging). Und wenn sie sich für nachmittags zu viert zum Shoppen verabredeten, erweckte ich den Eindruck, bereits etwas Wichtiges vorzuhaben.

Dennoch wurde es immer offensichtlicher, dass ich nicht dazugehörte. Als wir in Bio einmal Fünfergruppen bilden mussten, schloss ich mich ihnen schnell an. Der Gruppenname war natürlich von vornherein klar: die Jajas.

»Oder wie wär's mit Jajajas?«, sagte ich. »Ja-de. Kapiert?«

Doch statt meinen Vorschlag lustig zu finden, quittierten sie ihn mit Schweigen.

Nur Amber sagte schließlich: »Jajaja? Cool. Witzig.« Ihre Miene drückte jedoch das genaue Gegenteil aus. Uncool. Zum Heulen.

War das bereits Mobbing? Ich weiß es bis heute nicht. Sie haben mich nie offen geärgert, mir nie im wahrsten Sinn des Wortes ein Bein gestellt, mich nie unverhohlen ausgelacht. Dennoch kam ich nicht umhin, die unterdrückten Lacher hinter meinem Rücken zu bemerken. Die Blicke, die sie blitzschnell wechselten, wenn ich Montagfrüh erzählte, dass ich am Wochenende im Kino gewesen sei. »Ach?«, sagten sie dann. »Im Kino? Auch schön ...«

Doch statt als Antwort nur die Augen zu verdrehen, zweifelte ich wieder einmal an mir selbst. War es nicht tatsächlich furchtbar öde, ins Kino zu gehen? Im Vergleich zu den Storys, die sie zum Besten gaben, vielleicht schon: wie viel Alkohol Jamie schon getrunken hatte, bevor sie losgezogen waren (nachts um zwölf), und wie viele Jungs Anne abschleppen wollten (vier). Je wilder ihre Geschichten waren (Jamie und Joelle waren zusammen auf einem gestohlenen Scooter gefahren), umso langweiliger kamen mir meine vor, sodass ich schließlich nur noch vage von meinen Wochenendplänen berichtete, bis ich schließlich ganz verstummte.

Halbherzig startete ich hin und wieder einen neuen Versuch und schaute zum Beispiel montags statt *Top Model* lieber *The Bachelor,* um mitreden zu können. Doch jedes Mal wenn ich ihnen nach dem Mund redete, fühlte es sich wie Verrat an. Jedes Mal wenn ich über etwas lachte, das ich nicht witzig fand, klang mein Lachen hohler. Ich kam mir selbst furchtbar anstrengend vor. Beim Shoppen kaufte ich nicht das, was mir selbst gefiel, sondern wählte die Klamotten mit den Augen der Jajas aus. Was würde ihnen gefallen, was würden sie tragen – würden sie das auch kaufen?

Das Schlimmste aber war, dass ich nicht verstand, warum sie mich nicht dabeihaben wollten. Anfangs fand ich es merkwürdig, dass sie mich nicht in ihre Clique aufnahmen. Dann kam es mir lächerlich vor. Und schließlich kam ich mir selbst lächerlich vor.

Ein schreckliches Gefühl der Leere nahm von mir Besitz und ließ sich nicht mehr abschütteln. Irgendwann fand ich mich selbst zum Kotzen. Solange ich sie noch lächerlich gefunden hatte, hatte ich irgendwie noch an mich geglaubt. Doch mit der Zeit verlor ich meine Selbstachtung.

Wie von selbst wurde ich langsam, aber sicher an den Rand verbannt, zu den Übriggebliebenen der Klasse, den Nichtdazugehörenden. In Erdkunde saß ich neben jemanden, der genauso wenig neben mir sitzen wollte wie ich neben ihm, in Mathe neben dem Klassennerd. Zur Gemeinschaft verdammt, weil niemand anders uns wollte.

Niemand – weder mein Klassenlehrer noch andere Lehrer, weder Sofie noch meine Eltern – bemerkte damals etwas. Erst hinterher. Hinterher meinten meine Eltern, dass ich »für meine Verhältnisse recht still« gewesen sei. Aber sie hätten es »auf die Pubertät geschoben«. Und »zu fragen hatte keinen Sinn, du hättest ja eh nichts gesagt«. Womit sie recht hatten. Meine Eltern wären die Letzten gewesen, denen ich etwas erzählt hätte. Für kein Geld der Welt sollten sie dahinterkommen, was für ein jämmerliches, bedauernswertes und unbeliebtes Kind sie in die Welt gesetzt hatten. Auch wenn Eltern in der Regel immer an einen glauben, wollte ich ihren Glauben nicht auf die Probe stellen. Auch Sofie vertraute ich mich nicht an, der Vorzeigetochter und beliebtesten Schülerin ihrer Jahrgangsstufe. Sie hätte mich ohnehin nicht verstanden.

Also hängte ich mich bei den Stundenwechseln weiter an die Jajas, aus lauter Angst, dass meine Schwester mitkriegen könnte, wie ich alleine durch die Gänge laufe. Tischte beim Abendessen Geschichten auf, die ich von Klassenkameraden mitbekommen hatte, und schmückte sie so aus, als hätte ich darin eine Rolle gespielt. Nachdem meiner Mutter aufgefallen war, wie viel Zeit ich zu Hause herumhockte, ging ich dazu über zu behaupten, ich sei nach der Schule mit anderen Mädchen in der Stadt verabredet. Und wenn ich mal wieder alleine durch die Fußgängerzone gezockelt war, erzählte ich ihr, dass meine Freundin Jamie bei Zara die gleiche teure Hose gekauft hätte wie ich. Als Amber eine Geburtstagsparty gab – zu der sie mich nicht eingeladen hatte –, schützte ich eine Krankheit vor. Und erfand tausend Ausreden, warum ich meine Freundinnen nie mit nach Hause brachte.

Als ich Ende des Jahres im Flüsterton verkündete, dass ich meinen Geburtstag diesmal nicht feiern wolle, wurde meine Mutter kalkweiß und mein Vater begann, unkontrolliert zu zwinkern, wie immer, wenn er sich aufregte. Ich war zu erschöpft, um die tausendste Lüge zu erfinden.

»Weil ich nicht weiß, wen ich einladen soll, Mama.«

Ich wagte es nicht, meine Eltern anzuschauen, aus Angst vor der Enttäuschung, die ich in ihren Augen sehen würde.

»Das macht doch nichts«, sagte mein Vater und klopfte mir unbeholfen auf die Schulter.

»Dann lassen wir einfach mal ein Jahr aus«, sagte meine Mutter und schluckte die Tränen herunter, die in ihrer Stimme mitschwangen.

Sofie bemitleidete mich nicht, sondern redete mir ins Gewissen: Wie hatte ich bloß denken können, sie würde mich nicht verstehen? Warum hatte ich ihr all die Zeit nicht vertraut? Warum hatte ich es so weit kommen lassen?

Ganz einfach: weil ich nicht anders konnte.

Ich schämte mich zu Tode.

Wenn man ausgeschlossen wird, will man das mit sich allein ausmachen, vor lauter Angst, dass die wenigen Leute, die einen noch nett finden, einen ebenfalls im Stich lassen könnten. Dass ihnen die Augen geöffnet würden für das, was die ganze Welt längst sieht: was für ein erbärmlicher, jämmerlicher Wicht man ist.

Also hielt ich den Mund und hoffte, dass die Tage so schnell wie möglich vorbeigehen würden.

10

Was war denn gestern mit dir los? Ich habe die seltsamsten Geschichten gehört!« Finn lässt sich in der Cafeteria neben mir am Tisch nieder und wühlt in ihrer Tasche nach einem Apfel. In ihrem Spitzenshirt und dem neongelben Rock sieht sie wie gewohnt toll aus. »Du bist angeblich in einer vollgeschissenen Hose herumgelaufen!« Sie schafft es kaum, das Lachen zu unterdrücken. »Da ist doch nichts dran, oder?«

Ich verdrehe übertrieben die Augen. »Was glaubst du denn?«

Sie beißt herzhaft in ihren Apfel. »Also?«

»In der Umkleide hat jemand ein Sirupbrot auf meine Hose fallen lassen. Klar, dass die albernen Kids aus meiner Klasse es superwitzig gefunden haben ...«

Ich habe Ohrensausen und meine Stimme klingt so gar nicht gechillt, sondern gehetzt. Ich bin mir sicher, dass Finn nicht auf meine Ausrede reinfällt, auch wenn ich den Text gestern Abend im Kopf bestimmt hundert Mal geübt habe.

Nachdem ich am Nachmittag nach Hause gekommen war, stellte ich mich erst einmal eine Stunde lang unter die Dusche. Ich fühlte mich schrecklich schmutzig, und zwar nicht nur von dem Sirup, der mir an den Oberschenkeln klebte. Mir war, als hätte jeder sehen können, wie sehr ich es verdient hatte. So müssen sich die Menschen gefühlt haben, die im Mittelalter auf dem Marktplatz an den Schandpfahl gestellt wurden, die Diebe, Betrüger und vermeintlichen Hexen. Nichts ist erniedrigender, als angestarrt, verspottet und ausgelacht zu werden, wenn man sich nicht vom Fleck rühren kann.

Meine Hose stopfte ich in eine Plastiktüte und versteckte sie in der untersten Schublade meiner Kommode. Ich hatte Angst, meine Mutter könnte sie entdecken, wenn ich sie in die Mülltonne warf.

»Soso, ein bisschen Sirup also«, sagt Finn. »Und darum machen alle so einen Wind?« Sie beißt so kräftig in ihren Apfel, dass winzige Stückchen Fruchtfleisch auf ihre Wange spritzen.

»Ja, daran siehst du mal, wie bescheuert sie sind.«

»Genau wie die da.« Finn nickt mit dem Kopf Richtung Tür. »Q-Alarm.«

Mit den Händen in den Taschen kommt Quinten zu uns herübergeschlendert. Hinter ihm kneifen sich ein paar Unterstufenschülerinnen gegenseitig in die Arme und kichern hinter vorgehaltener Hand. Er dreht sich zu ihnen um und schenkt ihnen sein typisches Quinten-Lächeln.

»Die Szene könnte aus *Twilight* entsprungen sein«, merkt Finn gelangweilt an, als er bei uns ankommt.

Quinten runzelt die Stirn. »Hä?«

»Du hast mich eben an Edward Cullen erinnert, als er zum ersten Mal die Cafeteria betritt.«

»Sah ich genauso gut aus?«

»Genauso bleich.«

Quinten zieht kurz die Mundwinkel hoch und wendet sich mir zu. »Eigentlich wollte ich euch fragen, ob ich euch was aus dem Süßigkeitenautomat holen soll. Die Sirupwaffeln sollen so lecker sein.« Wobei er das Wort *»Siiiiiirup«* in die Länge zieht.

Ich zwinge mich zu einem Lachen, das aber in meinen Ohren künstlich klingt. »Und das fällt dir erst jetzt ein, wo der Unterricht fast zu Ende ist?«

Die Hände immer noch in den Taschen, zuckt Quinten die Achseln. »Ich hätte es dir auch tweeten können, aber dann hätte ich dein Gesicht nicht gesehen.«

Neben mir steckt sich Finn den Finger in den Hals.

»Ich scheine ja heute DAS Thema zu sein«, sage ich. »Ist doch gut, dass alle was zu reden haben.«

»Ach ja?« Quinten senkt die Stimme und fährt in verschwörerischem Ton fort: »Aber die Story mit Wouts neuer Freundin macht auch die Runde.«

Neben mir holt Finn tief Luft. »Du hast echt Taktgefühl wie ein Holzklotz!«

»Was denn?« Quinten sieht uns unschuldig an. »Die ganze Schule redet davon. Da kann ich doch nicht so tun, als wäre nichts.«

»Tu dir keinen Zwang an«, sage ich so neutral wie möglich. »Ich wusste es sowieso schon.«

»Hast du sie dir auch schon auf Facebook angeschaut?«

»Ließ sich ja kaum verhindern«, kommt Finn mir zuvor. »Ich meine, seit Wout seinen Beziehungsstatus geändert und sie ihn auf ihren sämtlichen Urlaubsfotos getaggt hat. Die beiden sind verliebt, ja, wir haben es kapiert.«

Mit der Fußspitze tippe ich Quinten an. »Wie findest du sie denn? Sag ehrlich.«

Quinten tut, als müsse er intensiv nachdenken. »Ganz ehrlich? Ich finde sie ziemlich durchschnittlich. Sechs von zehn Punkten, wenn's hochkommt, sieben Komma fünf, aber nur, wenn sie gut geschminkt ist. Ich bin gespannt, ob Wout sie in ein paar Monaten immer noch toll findet. Schön gebräunt sieht doch fast jeder gut aus.«

Finn lacht spöttisch. »Du bist ja ein richtiger Experte.«

Auch wenn Quinten mir zuliebe geflunkert hat, bin ich doch froh, dass er seine Meinung in eine hübsche Lüge verpackt hat. Die unverpackte Wahrheit ist nämlich, dass Nicole eher eine Acht Komma fünf oder Neun ist.

Gestern habe ich sie mir mit klopfendem Herzen bei Facebook angeschaut. Ich hatte ein ganz bestimmtes Bild von ihr vor Augen: zehn Jahre älter, schwarze, dunkle Locken, fett geschminkt und mit gefährlichem Blick in den Augen. Doch sie sieht ganz anders aus, als ich sie mir vorgestellt hatte. Sie hat blonde Haare, etwas kürzer als meine, sodass sie knapp über die Schultern reichen. Auf allen Urlaubsfotos trägt sie zwar eine große Sonnenbrille, aber die anderen Fotos, die sie eingestellt hat, zeigen, welch auffallend hellgraue Augen sie hat. Auf einem der Urlaubsfotos hat sie den Arm um Wouts Schultern gelegt, ihr Ellenbogen ruht an seiner rechten Wange. Das Foto hat jemand in einem unbeobachteten Moment aus nächster Nähe aufgenommen und es sieht aus, als ob Wout gerade von einem Schläfchen in der Sonne aufgewacht wäre. Sie hat den Mund weit aufgerissen, als hätte sie in diesem Moment ganz laut »Aaah« gesagt. Beide haben nasse Haare. Sie trägt ein knallrotes Bikinioberteil, seine Nase pellt sich leicht. Ich hätte minutenlang dieses Foto anstarren können. Nicht so sehr, weil die beiden darauf so toll aussehen, sondern weil das Foto eine bestimmte Art von Spaß ausdrückt, den man nur mit jemandem haben kann, mit dem man sich absolut wohlfühlt. Es ist das perfekte Sommerferienflirt-Motiv, wie geschaffen für ein gerahmtes Foto auf Instagram.

Als es klingelt, greifen Finn und Quinten gleichzeitig nach ihren Taschen.

»Du hast jetzt eine Freistunde, oder?«, fragt Finn mich.

»Und danach Englischnachhilfe«, seufze ich. *»I have no Bock at all.«*

»Dieses Wochenende starten wir unsere Filmnacht. Ohne

Untertitel, okay?«, sagt Finn streng. »Dann kannst du dir in Zukunft die Nachhilfe sparen.«

Als Antwort halte ich mein Handy in die Luft. »Ich melde mich später bei dir.«

Ich überlege kurz, was ich jetzt tun soll. Zu Bagel & Beans radeln und mir meinen Lieblingsbagel mit Frischkäse und Lachs holen oder lieber in der Mediathek auf Facebook gehen? Natürlich könnte ich mich auch mit meiner Literaturliste beschäftigen.

Gerade als ich aufstehen will, sehe ich, dass ich eine SMS gekriegt habe. Ich runzele die Stirn. Wer simst denn heute noch? Sogar meine Mutter schreibt mir inzwischen über WhatsApp.

Bist du noch in der Schule? Muss mit dir reden. Bin bei der Bank im Park.

Ich starre einen Moment auf die Nummer, aber ich kenne sie definitiv nicht.

Wout, denke ich sofort. Hat Wout eine neue Nummer?

Doch dann schüttele ich den Kopf. Ich muss endlich aufhören, hinter allem und jedem Wout zu wittern.

Ich werfe einen zweiten Blick auf die Nummer. Nein, ich kenne sie nicht. Ein Schauder läuft mir über den Rücken, kriecht mir den Nacken hinauf. Zoë – könnte sie es sein?

Ich schicke eine SMS zurück. *Bin noch in der Schule. Wer bist du?*

Sofort kommt die Antwort. *Komm einfach her.*

Mein Daumen schwebt über dem Handy. Entweder ich vertrödele hier weiter meine Zeit mit Rätseln oder ich überzeuge mich selbst, wer es ist.

Okay. Bin auf dem Weg.

Ich laufe durch die Cafeteria, den Flur entlang und über den Schulhof zum Oosterpark. Ich weiß genau, welche Bänke gemeint sind. Mein Herz krampft sich zusammen, als ich an den ersten Kuss mit Wout zurückdenke.

Während ich die Eingangsstufen hinaufspringe, streift mein Blick über die Bänke. Auf der rechten äußeren Bank sitzt ein altes Ehepaar. Er liest Zeitung, sie isst eine Orange. Auf der Bank ganz links dreht mir ein Mädchen in einer roten Jacke den Rücken zu. Die anderen Bänke sind leer.

Verzweifelt bleibe ich stehen. Ich habe eine Ahnung, wer das Mädchen sein könnte. So gerade, wie sie dasitzt, und mit den aschblonden Haaren kommt eigentlich nur eine infrage. Und ich weiß nicht, ob ich Lust auf ein unangenehmes Gespräch habe. Es hat schließlich seinen Grund, warum wir kaum mehr ein »Hallo« über die Lippen bringen, wenn wir uns im Gang begegnen.

Noch kann ich abhauen, denke ich bei mir. Wenn ich mich jetzt heimlich, still und leise umdrehe, komme ich um ein unangenehmes Gespräch herum. Ich schick ihr einfach eine SMS, dass mir etwas dazwischengekommen ist.

Die alte Frau auf der Bank steckt sich eine Orangenspalte in den Mund und sieht mich erwartungsvoll an. Ertappt blicke ich zurück. Dann räuspere ich mich nachdrücklich und marschiere auf die linke Bank zu.

»Evi?«

Das Mädchen dreht sich um und hebt entschuldigend ihr Handy hoch, ein hoffnungslos altmodisches Klappteil. »Ich wollte dir gerade eine SMS schicken, dass du doch nicht zu kommen brauchst.« Sie lacht verlegen. *»Muss mit dir reden.* Das war ein bisschen zu dramatisch.«

Ich setze mich neben sie und schlage die Beine übereinander. »Ist schon in Ordnung.«

Evi gehört zu den Mädchen, die noch genauso aussehen wie in der Unterstufe. Sie hat noch dieselbe Haarfarbe, Haarlänge, denselben Stil (lange glatte Haare, meistens zu einem Pferdeschwanz gebunden) und trägt Klamotten, die weder in noch richtig out sind. Heute hat sie eine helle Jeans an, schwarze Stiefel mit flachen Absätzen, einen dunkelgrünen gestreiften Pullover und einen rosa Anorak. Abgesehen von einem Hauch Wimperntusche ist sie ungeschminkt. Wenn ich es nicht besser wüsste, würde ich sie auf dreizehn schätzen.

»Ich wollte einfach mal mit dir reden.« Evi fummelt nervös an ihrem Jackensaum herum. »Ich habe mich so erschrocken, als Zo... als sie plötzlich wieder aufgetaucht ist.« Sie beißt sich auf die Lippe. »Weißt du, dass es mir immer noch schwerfällt, ihren Namen auszusprechen?« Sie wedelt mit der Hand vor dem Gesicht und macht ein unheimliches Geräusch. »Uhhhu-uuhuu! Jene, über die man nicht spricht ...«

»Zoë«, sage ich.

Evi holt tief Luft. »Ja. Zoë.«

Wir tauschen ein unbehagliches Lächeln.

»Ist es nicht unglaublich, wie toll sie aussieht?« Evi starrt mich an. »Nicht dass es eine Rolle spielt, aber früher war es das krasse Gegenteil!«

Ich würde am liebsten sagen, dass ich keine Ahnung habe, ob Zoë früher hübsch war oder nicht, weil sie immer mit gesenktem Kopf herumgelaufen ist, aber ich verkneife mir die Bemerkung.

»Weißt du noch, wie ich sie gegen die Wand geschubst habe?«, fragt Evi leise und fummelt an dem Ring an ihrem Zeigefinger herum. »Das tut mir immer noch so leid! Und das Blöde ist, dass ich mich nicht mehr genau erinnere, wie es dazu gekommen ist. Ich weiß nur noch, dass wir alle im Gang herumstanden. Und sie hatte neue Klamotten an. Irgend so ein grünes Kleid, eine Art Kartoffelsack. Und neue Chucks hatte sie an. Sie hat sich solche Mühe gegeben dazuzugehören, dass es einfach nur zum Heulen war. Nicht im Sinne von ›wie traurig‹, sondern eher im Sinne von ›Du bist echt zum Heulen‹.« Jetzt wo Evi endlich einen Anfang gefunden hat, verhaspelt sie sich beinahe. »Irgendwie habe ich mich über Zoë geärgert. Weil sie nie etwas gesagt hat, keinen Mucks. Ich weiß noch, dass Babet sich über sie lustig gemacht hat und dass ich neben Zoë stand und sie sich nicht wehrte. Sie hat einfach nur dagestanden und sich auslachen lassen.«

Evi schlägt die Hände vors Gesicht und schüttelt den Kopf. »Ich kann immer noch nicht fassen, dass ich sie damals geschubst habe. Und zwar nicht nur ein bisschen, sondern richtig heftig. Gegen die Wand. Danach war es, als wäre ich aus einem Traum erwacht. Mir war sofort klar, dass ich zu weit gegangen war.« Sie schweigt und zupft weiter an ihrem Jackensaum herum. »Erst recht, als ich in der nächsten Woche in Sport den blauen Fleck an ihrem Oberarm gesehen habe.« Sie spreizt Daumen und Zeigefinger und legt sie an ihren Oberarm. »So groß war er. Er sah aus wie ein gelb-violettes Ei.« Evi sieht mich mit weit aufgerissenen Augen an. »Ich habe mich so was von schuldig gefühlt. Ich war dafür verantwortlich, ich!«

Ich weiß, dass ich jetzt etwas erwidern sollte, aber mein Mund ist so trocken, dass ich kaum schlucken kann.

»Evi«, sage ich schließlich. »Wir waren alle gemein zu ihr. Du, ich, die anderen. Und das ist ...«

»Ich habe ihre Geschichte gelesen«, unterbricht sie mich. »Oder zumindest glaube ich, dass es ihre Geschichte ist. In einem Forum. Sie hat sie natürlich anonym gepostet, aber ich könnte schwören, dass es Zoë war.«

Ich schrecke auf. »Wieso bist du dir da so sicher?«

»Wie viele Mädchen kennst du, die *Nobody* genannt wurden?«, sagt sie scharf. *»Glowy Nobody?* Deren Klassenkameradinnen ein fieses Foto gemacht und es in der Schule aufgehängt haben? Bei denen nachts auf der Schulfahrt Friseur gespielt wurde?«

Ich spüre, wie eine kalte Hand nach meinem Herzen greift. Ich will es nicht wissen. Ich will das alles nicht hören.

»Was hat sie geschrieben?«

»Alles. Alles, was ihr damals bei uns angetan wurde. Mobbing, Beschimpfungen, ihre Angst. Es ist eine lange Liste von Schikanen. Jeden Tag ging sie mit Bauchschmerzen in die Schule – wegen der Clique, die sie mobbte, und auch wegen der Mitläufer. Nicht einer in der Klasse hat sie verteidigt, schreibt sie. Nicht einer. Alle hätten dagestanden und geglotzt. Für sie sei es die Hölle gewesen, bis sie die Schule verlassen hat. Sie schreibt, dass sie sogar eine Therapie gemacht hat. Eine Therapie, Jade! Wegen der Scheiße, die wir ihr angetan haben. Wir haben sie beinahe in den Wahnsinn getrieben.«

Ich spüre, wie sich mir die Kehle zuschnürt und meine Wangen zu glühen beginnen.

»Daraufhin habe ich ihr auf Facebook eine Freundschaftsanfrage geschickt«, fährt Evi fort. »Aber natürlich hat sie nicht darauf reagiert. Dann habe ich in dem Forum etwas gepostet, aber auch darauf hat sie nie geantwortet. Ich weiß nicht einmal, ob sie es gelesen hat.«

»Was hast du geschrieben?«, frage ich.

Evi blickt zur Seite. »Ich habe mich lang und breit darüber ausgelassen, wie gemein Schüler in der Unterstufe sein können, dass sich das aber ändert, wenn sie älter werden, und dass sie sich daher nichts daraus machen soll.« Evi seufzt tief. »Was natürlich Unsinn ist. Wie alt waren wir? Zwölf? Ich weiß nicht, wie es dir ging, aber ich wusste sehr genau, dass es nicht in Ordnung war. Und trotzdem habe ich mitgemacht. Auch noch nachdem ich sie geschubst hatte und solche Gewissensbisse deswegen hatte. Ich habe sie weiterhin ausgelacht und weggesehen, wenn sie mal wieder schikaniert wurde.«

Uns gegenüber wickelt die alte Frau die Orangenschalen in ein Küchenpapier und steckt das Bündel in ihre Tasche.

Evi und ich schweigen. Keine von uns spricht aus, was wir denken: Wieso haben wir damals so einen Mist gebaut?

»Es ging ihr wirklich richtig mies«, fährt Evi schließlich mit heiserer Stimme fort. »Zoë beschreibt, wie ihre Mutter ihr eines Morgens nach dem Wecken sagte, ihre Oma sei in der vergangenen Nacht gestorben. Und weißt du, was Zoës erster Gedanke war?« Evi wartet meine Antwort nicht ab. *»Was für ein Glück, dann brauche ich heute nicht zur Schule.* Sie war erleichtert, dass ihre Oma tot war. Jetzt hatte sie endlich eine Entschuldigung, um eine ganze Woche zu Hause zu bleiben.«

Mir dreht sich der Magen um. Am liebsten würde ich weglaufen, aber ich bin wie gelähmt.

Wir starren beide vor uns hin. Habe ich wirklich nicht gewusst, was wir da anrichteten? Oder wollte ich es nicht wissen? Fiel mir tatsächlich nicht auf, wie viele Male sich Zoë krankmeldete und Schulfesten und Klassenfeiern fernblieb? Wie oft sie die letzte Stunde schwänzte, damit sie uns im Fahrradkeller nicht begegnete? Wusste ich es wirklich nicht?

»Ich habe Angst.« Evi hat die Lippen zu einem dünnen Strich zusammengepresst. »Diese Geschichte mit deiner Hose. Dem riesigen Sirupfleck. Dahinter steckt doch Zoë, oder?«

Ich nicke. »Ich denke schon.«

»Okay. Okay. Okay«, sagt Evi mehrmals hintereinander, wie um sich selbst Mut zuzusprechen. Dann richtet sie sich auf und sieht mich an. Ihr Gesicht wirkt noch angespannter als eben. »Wenn sie mich ins Visier nimmt, dann muss ich es eben über mich ergehen lassen.«

Ich lächele. *So schlimm war ihre Racheaktion gar nicht,* will ich damit sagen. *Vielleicht wollte sie sich nur an mir rächen, an niemand anderem. Oder es war gar nicht Zoë.* Aber ich spreche diese Gedanken nicht aus, weil ich nicht wirklich daran glaube.

Evi sieht mich unverwandt an und holt dann tief Luft. »Wir haben es einfach nicht besser verdient.«

11

Ich muss unbedingt mit jemandem darüber reden. Wenn ich es nur lange genug ignoriere, hört es von allein wieder auf, dachte ich, aber das Schreien in meinem Kopf wird immer lauter. Immer mehr Bilder kommen dazu, Bilder von Zoë und mir. Immer wieder – wenn ich unter der Dusche stehe oder französische Vokabeln lerne oder Fernsehen gucke – schieben sich winzige Szenen vor mein geistiges Auge. Von Blitzlicht erhellte Bilder, die nur Millisekunden dauern. Es ist wie ein Lied, das mir im Kopf herumgeht, von dem ich aber nur Bruchstücke und den Refrain kenne. In einer dieser Sequenzen sehe ich einen leeren Gang – ist es nach der Schule? Zwischen zwei Unterrichtsstunden? – und wie eine von uns, vermutlich ich, Schuhe mit Absätzen anhat, die auf der Betontreppe klackern. *Klack, klack, klack.* Zoë trägt eine lächerliche große Clownsbrille mit orangefarbenen Gläsern (warum muss sie ein so beklopptes Teil tragen?). Sie hält mir etwas hin (eine Flasche Shampoo? Ich kann es nicht erkennen), sie heult und jammert. Ihre Lippe zittert. *Hässliches Weib! Lass mich los! Dich doch nicht!* Und dann der Verzweiflungsschrei. Die Stille. Das Gebrüll. Mir läuft es jedes Mal wieder kalt den Rücken herunter.

Ich klopfe an Sofies Tür.

»Du schon wieder?« Sofie sieht mich erstaunt an, als sie mich auf ihrer Schwelle erblickt. »Ich hätte dir wohl lieber doch keinen Haustürschlüssel geben sollen.« Lachend reißt sie ihre Zimmertür weiter auf. »Der Spruch *My house is your house* gilt nur, wenn du mir auch mal beim Renovieren hilfst.«

»Jaja«, sage ich nur und lasse den Blick durch den Raum schweifen. In den letzten Tagen ist ziemlich was vorangegangen. Die Küchenzeile ist komplett eingerichtet (inklusive Mikrowelle und top neuer Senseo-Kaffeemaschine) und an der einen Wand sind Regalbretter angebracht, auf denen eine silberne, in Cellophan verpackte Vase mit künstlichen Blumen prangt.

Sofie reibt mit einem terpentingetränkten Lappen die Farbflecken von ihren Händen. Ihre Haut ist mit knallroten Farbflecken übersät: Unterarme, Hals, Gesicht.

Ich tippe mir mit dem Finger gegen die Augenbraue. »Du weißt schon, dass die Farbe aus den Brauen schlecht rausgeht?«

Sofort wandert ihre Hand dorthin. »Shit, echt jetzt?«

»Ja. Und jetzt hast du es noch schlimmer gemacht.«

Vorsichtig reibt sich Sofie mit einem Zipfel ihres Lappens über die Brauen. Mit der freien Hand zeigt sie auf die knallrote Wand. »Ist doch schön geworden, oder? Ich musste dreimal drüberstreichen, aber jetzt ist es gut.« Sie hält mir ihre Braue hin. »Weg?«

»So gut wie.«

»Setz dich. Tee?«

Ich nehme ein sauberes Geschirrtuch, lege es auf einen umgedrehten Eimer und setze mich darauf. Als hätte ich in einem Beichtstuhl Platz genommen, überkommt mich plötzlich heftige Nervosität. Die Zweifel beginnen wieder, an mir zu nagen. Ist das wirklich so eine gute Idee? Was nützt es, wenn ich Sofie alles erzähle? Bin ich dann nicht genau wie Evi, die ihre Geschichte nur loswerden wollte, um sich besser zu fühlen? Um von jemandem zu hören, dass »alles nicht so schlimm war«?

Ich seufze tief. Vielleicht sollte ich einfach ganz von vorn beginnen, statt die Sache vom Ende her aufzurollen. Dann werde ich schon sehen, wie weit ich komme.

»Sofie?«

Ohne sich zu mir umzudrehen, wühlt Sofie weiter in einer Kiste mit Gläsern. »Hmm?«

Ich fahre mir mit den Händen durchs Haar und kneife die Augen zusammen. Jetzt. »Hast du eigentlich schon mal etwas gemacht, für das du dich schämst?«

Sofie dreht sich breit grinsend um. »Oh, oh. Bist du etwa nach einem Absturz neben einem Kerl aufgewacht?«

»Sofie!«

»Jade!« Sofie stellt zwei Tassen mit heißem Wasser vor mich hin und hält zwei Teebeutel in die Luft. »Süßholz oder Passionsfrucht?« Letzteres sagt sie in bedeutungsschwangerem Tonfall.

»Du kannst auch nie ernst bleiben, oder?«, murmele ich.

»Familientick«, sagt sie und wirft mir den Süßholzteebeutel zu. »Also, dann erzähl mal.«

Ich mustere sie misstrauisch, während ich betont langsam den Teebeutel aus der Verpackung löse.

»Ich schwöre, dass ich diesmal ernst bleibe.« Sofie formt die drei Schwurfinger zu einem V. »Versprochen.«

Ich hole tief Luft. Ich muss es einfach loswerden. »Erinnerst du dich noch an Zoë? Zoë Kramer?«

Auf Sofies Stirn erscheint eine Falte, während sie angestrengt nachdenkt. »Nee. Sollte ich?«

»Sie war bei uns auf der Schule. In der Unterstufe war ich mal mit ihr in einer Klasse.«

»Aha. Und was ist mit ihr?«

Ich habe sie gemobbt, bis sie die Schule verlassen hat. Ich habe sie keinen Moment in Ruhe gelassen, ihr keine einzige Atempause gegönnt. Jedes Mal wenn ich sie sah, musste ich schlimme Dinge zu ihr sagen, so lange, bis sie all das selbst zu glauben begann.

»Ich war damals nicht besonders nett zu ihr.«

»Nicht besonders nett oder ein echtes Miststück?«

Ich spüre, wie ich rot werde. »Das Zweite.«

»Und jetzt bereust du es.« Sofie setzt sich auf die Fensterbank und lehnt sich mit dem Rücken ans Fenster. Während sie auf ihren Tee pustet, wirft sie mir einen Blick zu. »Hast du ihr das schon gesagt?«

Ich deute eine Kopfbewegung an, die sowohl »Ja« als auch »Nein« bedeuten könnte. Ja, ich hab es ihr gesagt, und nein, es hat nichts genützt.

»Es war wirklich ganz schrecklich«, flüstere ich.

Sofie beugt sich vor, als wollte sie den Abstand zwischen uns verkleinern. »Inwiefern?«, fragt sie. »Beschimpfungen? Schlagen? Treten?«

Ich schlucke mit Mühe den Kloß in meiner Kehle herunter. »Treten nicht.«

»Aber der Rest schon.«

Meine Stimme ist rau. »Vermutlich.«

»Was soll das heißen – vermutlich?«

Ich schüttele den Kopf. »Es ist vier Jahre her. Manches weiß ich noch ganz genau, bis ins Detail, aber anderes ...« Ich hole tief Luft. »Ich habe sie wirklich regelrecht gemobbt. Und eine Sache ist so schlimm, dass ich mich am liebsten nicht mehr daran erinnern möchte.«

Sofie lehnt sich wieder zurück. »Das klingt nicht gut.«

Ich wirble den Tee mit meinem Löffel auf und betrachte die Strudel, die entstehen. »Nein«, sage ich dann. »Das klingt alles andere als gut.«

Ich warte, bis sich der Strudel gelegt hat, und nehme dann vorsichtig einen Schluck. Das Süßholzaroma gleicht den fehlenden Zucker aus. Mit jedem Schluck, den ich trinke, werde ich ruhiger. Indem ich es Sofie erzählt habe, habe ich auch zum ersten Mal mir selbst gegenüber zugegeben, dass ich gemobbt habe. Nicht gemobbt wurde, sondern gemobbt habe. Ich mobbte, ich habe gemobbt. Ich war die Täterin. Die bestraft gehört. So eine bin ich. Eine Mobberin.

Sofie unterbricht meine Gedanken. »Woran erinnerst du dich denn noch?«

In kurzen Sätzen berichte ich ihr von den Szenen, die sich immer wieder in meinem Kopf wiederholen: von dem leeren Gang, den bösen Worten, dem Schrei. »Das Seltsamste ist die orangefarbene Clownsbrille«, ende ich. »Das kann eigentlich nicht sein. Sicher, sie hat immer komische Klamotten getragen, aber diese Brille hätte selbst sie nicht gebracht.«

Es sollte witzig klingen, aber hört sich an, als wollte ich Zoë schon wieder lächerlich machen.

»Vielleicht geht auch nur die Erinnerung mit mir durch«, sage ich leise. »Und ich sehe Dinge, die es gar nicht gab.«

»Die Brille war orange?«

Ich nicke.

»Hatte es vielleicht etwas mit unserem Nationalfeiertag zu tun, dem Koningsdag?«

Ich runzele die Stirn. »Aber da haben wir doch keine Schule.«

Sofie lehnt sich wieder gegen den Fensterrahmen zurück. »Hätte ja sein können«, sagt sie.

»Ja. Hätte sein können.«

Schweigend trinken wir unseren Tee.

»Vielleicht strengst du dein Erinnerungsvermögen zu sehr an. Wann genau hast du Zoë zum ersten Mal wiedergesehen? Vor einer Woche? Anderthalb?« Sofie sieht mich aufmunternd an. »Du musst deinem Gehirn Ruhe gönnen, um alles wieder auf die Reihe zu kriegen. Und wenn das geklappt hat, wenn du alle Puzzlestücke zusammenhast, dann entschuldigst du dich noch mal bei ihr.«

Sofies Vorschlag hört sich logisch an. Als wollte sie meine Schuld ein bisschen abmildern. *Vielleicht war es ja gar nicht so schlimm,* scheint sie sagen zu wollen. Vielleicht wünscht sie sich das genauso sehr wie ich. *Verdräng es ruhig noch ein bisschen. Und wenn es hart auf hart kommt, sehen wir weiter.*

Ich trinke meinen Tee aus und stelle das leere Glas auf den Karton, der als Tisch herhält. Jetzt, wo ich mich als Mobber geoutet habe, fühle ich mich ganz merkwürdig. Als ob ich eine andere wäre. Ich hatte mit einem Heulkrampf gerechnet oder dass mein Geständnis aus dem Ruder läuft, aber eigentlich fühle ich mich jetzt ganz okay. Angenehm hohl irgendwie.

»Geht es dir jetzt besser?« Sofie füllt mein Glas mit heißem Wasser auf. »Weil du endlich darüber geredet hast?«

»Ja, irgendwie schon.« Ich sehe auf. »Könntest du ruhig auch mal machen«, witzele ich.

»Ich wusste, dass das jetzt kommt.« Sofie dreht mir den Rücken zu und schenkt sich selbst nach. »Mir liegt es schon tagelang im Magen, wie du dir vorstellen kannst.«

Ich lache. »Dann rück halt endlich mit der Sprache heraus. Nach dem Motto: *Jetzt neu – unsere wöchentliche Beichtstunde …*«

Mit dem Wasserkocher in der Hand geht sie zur Küchenzeile zurück.

»Also schieß los«, fahre ich fort. »Schlimmer als mein Geständnis kann es ja nicht sein.«

Sofie sieht mich an, macht ein düsteres Gesicht und beißt sich auf die Lippe. »Es wird dir nicht gefallen …«, warnt sie mich. »Samthandschuhe oder reiner Wein?«

Ich lege eine möglichst erwachsene Miene auf. »Reiner Wein natürlich.«

Sie atmet tief durch und hält für einen Moment die Luft an. »Ich weiß schon lange, dass Papa und Mama Probleme haben. Seit ungefähr drei Jahren.« Sofies Stimme hat einen heiseren Klang. Als ich sie ansehe, ist ihr Blick seltsam abwesend, als wär er in die Vergangenheit gerichtet.

»Wie bitte?«

Mein Gehirn braucht einen Moment, um ihre Worte zu verarbeiten. Sofie blinzelt ein paar Mal heftig.

»Wovon sprichst du?«

»Papas und Mamas Ehekrise geht schon viel länger.«

»Und wieso erzählst du mir das erst jetzt?« Ich versuche, amüsiert zu klingen, aber das bin ich absolut nicht.

Sofie zuckt die Achseln. Vielleicht bilde ich es mir ein, aber ihre Schultern wirken weniger verspannt als vorhin. Als ob buchstäblich eine Last von ihr abgefallen wäre. »Hätte ich es doch besser für mich behalten sollen?«

»Nein, natürlich nicht, aber ich kapier es nicht so ganz«, sage ich. »Heißt das, dass Papa schon seit Längerem in diese andere verliebt war?«

Sofie schüttelt den Kopf. »Es lag nicht an Papa. Mama wollte sich scheiden lassen. Ich habe sie einmal abends streiten hören, als sie dachten, dass ich nicht zu Hause wäre.«

»Mama? Mama wollte sich scheiden lassen? Warum denn?«

Sofie rührt mit voller Konzentration in ihrem Tee. »Sie war nicht mehr so happy.«

Sie war nicht mehr so happy? Das klingt nach einem dreijährigen Kind, das seinen Willen nicht kriegt, nicht nach meiner Mutter, die in Kauf nimmt, dass ihre Familie in die Brüche geht.

»Was heißt das, nicht so happy?«

Sofie sieht mich mitleidig an.

»Ich verstehe kein Wort«, sage ich. »Wollte sie sich echt von Papa trennen? Warum denn?«

»Sie habe ihre Jugend geopfert, meinte sie. Wir wären inzwischen groß genug und jetzt sei sie dran. So etwas in der Art.« Sofies Blick ist glasig. »Sie habe das Gefühl, in einem Gefängnis zu leben, hat sie gesagt.«

Mir zieht sich schmerzhaft der Magen zusammen. Ich habe auch manchmal das Gefühl, in einem Gefängnis zu leben, aber ich hätte nie gedacht, dass meine Mutter so empfindet. Hat sie es bei uns zu Hause wirklich so unerträglich gefunden?

»Und was hat Papa dazu gesagt?«

Sofie umklammert ihr Teeglas mit beiden Händen und pustet den Dampf weg. »Du weißt doch, wie Papa ist, wenn es Probleme gibt. Er sagt nicht viel.«

»Und dann? Was haben sie zu dir gesagt?«

Sofie wird rot. »Sie wissen nicht, dass ich es mitgekriegt habe. Und du musst auch den Mund halten. Sie dürfen nie erfahren, dass ich sie an jenem Abend belauscht habe.«

Ich versuche, meinen Kopf wieder klar zu bekommen, aber mein *Reality Check* versagt: Auf einmal passt nichts mehr zusammen. All die Bemerkungen und Streitereien der letzten Jahre verlieren ihren Sinn. Kann es wirklich sein, dass sich Mama, die ich so mochte, die sich mit mir zusammen Strähnchen färben ließ, bei der wir im Stehen frühstücken durften und die Papa anmoserte, er solle nicht so altmodisch sein, von uns trennen wollte? Wollte sie wirklich weg von uns?

»Also Papa ...«, beginne ich.

»Dass Papa sich im Sommer in eine andere verguckt hat, war im Grunde nur logisch.« Sofie seufzt tief. »Zuerst wollte Mama weg, dann Papa.«

Die ganze Zeit habe ich in meinem Vater den Buhmann gesehen. Habe gedacht, dass sich meine Mutter wegen seines Fehltritts so verändert hätte. Und plötzlich soll alles ganz anders gewesen sein. War nicht mein Vater schuld, sondern meine Mutter. Vielleicht hätte sich mein Vater nie in eine andere verliebt, wenn meine Mutter nicht von ihm weggewollt hätte.

»Warum ist sie nicht gegangen?« Meine Stimme ist rau. »Mama, meine ich. Warum hat sie es nicht durchgezogen?«

Sofie sieht mich an. »Willst du das wirklich wissen?«

Nein, denke ich. »Ja.«

»Es hatte vor allem mit dir zu tun. Dir ging es damals nicht so gut. Du hast zwar gedacht, dass wir es nicht mitkriegen, aber wir haben dich jeden Abend in deinem Zimmer heulen gehört. Papa fand, dass Mama es nicht bringen konnte, in dieser Situation abzuhauen. Zum ersten Mal hatte er auch etwas zu sagen. *Nicht jetzt,* hat er gesagt. *Nicht, wo es Jade so schlecht geht.«*

Mir bleibt der Mund offen stehen.

»Und als es dir wieder besser ging, als du wieder Freundinnen gefunden hattest, lief es auch zwischen Mama und Papa wieder besser. Bis zum Sommer.«

Ich schüttele den Kopf. »Ich glaub's einfach nicht.«

»Ja«, sagt Sofie. »Das verstehe ich.«

Meine Stimme zittert. »Und was dich betrifft, fasse ich es auch nicht. Wie hast du das all die Jahre für dich behalten können?«

Sofie lächelt mich verlegen an. »Du hast doch auch so manches vor mir verschwiegen. Erst vor ein paar Minuten hast du mir etwas gestanden, was du vor vier Jahren getan hast. Vor vier Jahren!«

Ich stehe auf und taste meine Jackentasche ab, um mich

zu vergewissern, dass mein Handy noch drinsteckt. Ich muss weg.

»Jade …«

»Lass mich jetzt gehen, Sofie. Ich rufe dich an.«

Ohne mich noch einmal umzudrehen, verlasse ich Sofies Apartment.

12

Ich ziehe den Stecker mit einem so heftigen Ruck aus der Steckdose, dass Elvis abrupt zu singen aufhört. Auf einmal ist es seltsam still im Fifties, wo es sonst nur so dröhnt und brummt.

Lauren stößt einen Seufzer der Erleichterung aus. »Du bist die Beste, echt! Wenn ich die Nummer noch ein einziges Mal hätte hören müssen, wäre ich durchgedreht.« Sie tänzelt einen halben Meter zur Seite und stimmt mit quäkender Stimme den *Jailhouse Rock* an. »Kann das Ding keine andere Musik machen?«

Ich trommele mit den Fingern auf der Jukebox herum. »Vielleicht sollten wir sie aufbrechen und versuchen, die Platten auszutauschen.«

Lauren reißt die Augen weit auf. »Genau! Wir verpassen dem Ding endlich gute Mucke, am besten richtig fetten Hardcore.« Sie legt ihre Handfläche an die Stirn und näselt: »Wie *old school* ist das denn? Ich kann Reins Gesicht förmlich vor mir sehen.«

Ich reiße den Mund übertrieben auf und setze einen erstaunten Blick auf. »So in der Art?«

Wir sehen uns an und lachen uns einen ab. Einfach mal wieder Quatsch zu machen, fühlt sich gut an. Es putzt meinen Kopf frei. Die ganze Woche habe ich versucht, irgendwem oder irgendwas aus dem Weg zu gehen. In der Schule: Zoë. Zu Hause: meinen Eltern. Online: Wouts Facebook-Seite, wo stündlich neue Urlaubsfotos erscheinen, auf denen Nicole ihn getaggt hat. Auf dem Handy: Sofie, die mich alle naselang anruft und mir Entschuldigungs-Nachrichten schickt. Ich wünschte, alle würden mich in Ruhe lassen.

Lauren hat heute Abend offensichtlich gemerkt, dass ich nicht ganz bei der Sache war, und hat es als Einzige begriffen. Statt mich besorgt zu fragen, was los ist, hat sie von sich aus den Achtpersonentisch und die schwierigen Gäste übernommen. Jetzt, zu Feierabend, habe ich das Gefühl, eine ganze Woche hier gewesen zu sein.

Ich stelle mein volles Tablett hinter der Theke ab und halte einen gelben Lappen unter den Wasserhahn. Es ist für mich immer ein bisschen unheimlich, wenn es an einem Ort, an dem es normalerweise nur so wimmelt, plötzlich ganz leer ist. In der Schule geht es mir genauso. Wenn ich Freitag um 16 Uhr eine der Letzten bin, die die Schule verlässt, fühle ich mich in den ausgestorbenen Gängen ziemlich unwohl.

Mit einem Plumps lässt sich Lauren auf eine der Bänke an der Wand fallen und zieht ihre Rollschuhe aus. »Weißt du, was?«, sagt sie. »Obwohl ich total müde bin, fühle ich mich noch nicht müde genug, um ins Bett zu gehen. Verstehst du, was ich meine?«

Sie sieht mich fragend an. Ich hab mich immer noch nicht an ihren neuen Look gewöhnt: Ihre Haare sind jetzt schneeweiß. Auch die Augenbrauen hat sie sich ganz hell gefärbt. Sie sieht ein bisschen aus wie ein Engel. Wie ein bleicher Engel mit knallroten Lippen.

Sie verstaut die Rollschuhe in ihrer Tasche. »Ich bin zwar kaputt, aber ich brauch jetzt nur was zu trinken, und schon könnte ich die ganze Nacht durchmachen.«

Ich nicke. »Ja, dieses Gefühl kenne ich.«

Lauren reckt sich auf die Zehenspitzen. »Hast du Lust, noch ein bisschen mit in die Stadt zu kommen? Nur auf einen Drink, versprochen. Oder auf zwei, falls wir Spaß haben.«

Ich wedele mit dem Lappen. »Ich habe Putzdienst.«

»Das dauert doch nicht so lange! Wenn ich dir helfe, können wir schon in einer Viertelstunde in einer Kneipe sitzen.«

»Nächste Woche, okay? Ich bin mit meiner besten Freundin zu einer Filmnacht verabredet.«

»Nächste Woche. Deal.« Lauren macht ihre Tasche zu. »Was schaut ihr an?«

Ich fülle einen Eimer mit heißem Wasser und gebe Putzmittel hinein. »Keine Ahnung. Auf jeden Fall englische Filme im Original ohne Untertitel, damit ich mein Englisch verbessere. Hast du vielleicht einen Tipp?«

»Einen Film mit Ryan Gosling?« Sie hebt provozierend die Brauen. »Was aus seinem Mund kommt, ist völlig egal. Hauptsache, er spielt mit.«

Ich lache. »Dann doch lieber Zac Efron.«

»Oh ja, Zac Efron!« Lauren nickt. »Der ist auch nicht zu verachten.« Sie schwingt sich ihren Rucksack auf den Rücken. »Bist du dir sicher, dass ich dir nicht helfen soll?«

Ich nicke. »Total lieb von dir, aber ich brauche eh nicht lange. Geh du ruhig was trinken und halt die Augen nach einem echten Zac auf.«

Lauren zuckt die Achseln. »Die Jungs, die ich mir so ausgucke, sind meistens leider nicht so auf Zack.«

Ich lache. »Nächste Woche komme ich mit! Versprochen!«

Als Lauren weg ist, dimme ich die vorderen Lichter, damit es so aussieht, als ob wir schon zuhätten. Offiziell haben wir zwar noch bis halb elf auf, aber die Küche schließt um zehn und Rein ist es lieber, wenn wir schon mal mit dem Putzen beginnen, während er die Küche und den Vorratsraum aufräumt. Routiniert beginne ich, die großen Tische im hinteren Bereich abzuwischen. Ich habe das schon so oft gemacht, dass es mir auf Rollschuhen beinahe leichter fällt als ohne. Während ich Milchshakeringe und Ketchupflecken vom Tisch rubble, summe ich leise vor mich hin.

Als ich merke, welches Lied ich da summe, muss ich über mich selbst lachen. Wieder diesen nervigen *Jailhouse Rock*. Es wäre wirklich keine schlechte Idee, mal die Platten in der Jukebox auszutauschen.

Die Tür schwingt auf und die Klingel ertönt. Ich höre eine Schar Mädchen kichern; wahrscheinlich kommen sie aus dem Kino.

»Die Küche hat schon geschlossen!«, rufe ich automatisch.

»Dann mach sie halt wieder auf«, höre ich eine scharfe Stimme.

Mit einem Ruck drehe ich mich um. In der Tür stehen Jamie, Joelle und Amber. Die Flasche Bacardi in Jamies Hand sagt mir, dass sie ganz bestimmt nicht aus dem Kino kommen. Joelle und Amber stehen kichernd neben ihr, beide mit einem verhangenen Blick. Alle drei sind komplett in Schwarz gekleidet: schwarze Lederjacke, schwarze Skinny Jeans, ein Streifen freier Bauch und ein schwarzes Top. Amber ist die Einzige, die mit ihrem knallroten Minirock für etwas Farbe sorgt.

Jamie winkt mir zu, als wären wir alte Freunde. »Jadelein! Hast du gehört, was ich gesagt habe?«

»Jamielein«, äffe ich sie nach, »hast du auch gehört, was ich gesagt habe? Die Küche hat geschlossen.«

»Echt jetzt? Gibt's wirklich nichts mehr zu essen?«

Ich schüttele den Kopf. »Nein, leider nicht. Versucht's doch mal auf dem Leidseplein.«

Joelle lehnt sich gegen das Stuhlbein eines umgekehrt auf einen Tisch gestellten Stuhls. Noch bevor ich sie warnen kann, kracht der Stuhl zu Boden. Erschrocken springt sie zur Seite.

»Was ist das denn für ein Scheißteil?«

Mit der Stiefelspitze tritt sie dagegen. Ich bin drauf und dran, ihr zu erklären, dass die Aluminiumstühle zwar schwer aussehen, aber eigentlich ganz leicht sind, überlege es mir aber anders. Es würde ohnehin nicht zu Joelle durchdringen. »Lass liegen«, sage ich, als sie sich anschickt, den Stuhl aufzuheben.

Als ich hinter dem Tisch vorkomme, bricht Amber in lautes Lachen aus. »Trägst du etwa Rollerskates?« Sie hängt sich an Joelles Arm und hält sich den Bauch vor lauter Lachen. »Hey, das ist jetzt nicht dein Ernst, oder?«

Joelle schlägt sich die Hand vor den Mund und brüllt ebenfalls los. »Du Opfer!«, kreischt sie. »Die Dinger hatte ich das letzte Mal mit zehn an! Und dieser Rock! Musst du den etwa auch tragen?«

Ich spüre, wie ich rot werde. Verdammt, warum habe ich die Dinger nicht vorhin ausgezogen? War ja nur eine Frage der Zeit, bis die Jajas hier hereinplatzen.

»Mädels.« Jamie hebt die Hand, um die anderen zum Schweigen zu bringen. »Ich versuche immer noch, hier Hamburger für uns klarzumachen.«

Ich hebe den Stuhl vom Boden auf und stelle ihn wieder umgekehrt auf den Tisch. »Ich kann wirklich keine Hamburger für euch klarmachen«, sage ich. Bei mir klingt das längst nicht so natürlich wie bei Jamie, weil ich diesen Slang einfach nicht draufhabe. »Milchshakes kann ich euch bieten, mehr aber auch nicht.«

Jamie tippt mit ihrem riesigen Strass-Diamantring gegen die Bacardiflasche. »No thanks«, sagt sie »Wir haben unseren eigenen Milchshake.«

»Und jetzt?« Amber lehnt sich mit dem Rücken gegen das Fenster. »Sollen wir nicht Anne und Zoë Bescheid geben, dass sie gar nicht erst herzukommen brauchen?«

Joelle nimmt Jamie die Flasche Bacardi aus der Hand und trinkt mehrere Schlucke. Während sie sich den Mund abwischt, wirft sie Amber einen scharfen Blick zu. »Ruf sie ruhig an«, sagt sie. »Aber zuerst will ich einen Hamburger. Einen guten. Ich muss echt schnell was essen, sonst geh ich kaputt. Ich schwör's.«

Jamie zieht ein Päckchen Marlboro Light aus ihrer Lederjacke und steckt sich eine Zigarette an.

»He, du darfst hier nicht ...«

»Jaja«, sagt sie mit der Zigarette zwischen den Lippen. »Ich weiß.« Sie öffnet die Tür und stellt sich auf die Schwelle. »Besser so?«

»Wollt ihr nun einen Milchshake oder nicht, Mädels?«, sage ich, indem ich Jamies Bemerkung von vorhin ignoriere. »Wenn nicht, mache ich jetzt hier weiter.«

Auf einmal ertönt ein lautes Poltern aus dem Vorratsraum. Es klingt, als wäre ein ganzer Berg Kisten zusammengekracht.

»Mist! Ich muss meinem Chef helfen, Rein hat wahrscheinlich ...«

»Hast du Zoë wirklich Schlampe genannt?«

Jamies Stimme klingt so ruhig, als würde sie mich nach dem Weg fragen.

»Was?«

»Du hast mich genau verstanden«, sagt sie. »Hast du Zoë Schlampe genannt? Ja oder nein?«

Tief in meinem Herzen könnte ich schwören, dass ich Zoë alles Mögliche genannt habe, aber »Schlampe« war nicht darunter. Ich suche Jamies Blick. Blufft sie? Was hat Zoë ihr erzählt?

»N-nein.« Innerlich spreche ich mir Mut zu. »Nein. Wieso? Wer behauptet das?«

»Du sollst uns nicht anlügen«, sagt Amber. Ihr roter Rock ist noch weiter hochgerutscht.

»Ich lüge nicht.«

»Ach?« Jamie nimmt einen genüsslichen Zug von ihrer Zigarette. »Du willst also sagen, dass Zoë lügt?«

Mit dem Daumen tippt sie gegen den Filter, sodass Asche auf die Türschwelle fällt, und bläst mir eine Rauchwolke ins Gesicht. Der Geruch ist muffig und süß zugleich, eine ekelhafte Mischung. Jamies Blick scheint noch immer amüsiert, als würde sie mit einer alten Freundin plaudern, aber ihre Stimme klingt ganz und gar nicht mehr freundlich. Sie beugt sich ein Stück vor, sodass mir der Zigarettenrauch in die Nase kringelt. »Hältst du uns für bescheuert?«

»Quatsch.« Meine Stimme klingt schrill. Ich deute mit dem Daumen hinter mich. »Ich muss jetzt echt mal nachsehen, was da eben passiert ist.«

»Wieso, man hört doch gar nichts mehr.« Joelle hält sich eine Hand hinters Ohr. »Ich jedenfalls nicht. Oder hast du genug von uns, Jade?«

Mein Nacken kitzelt, während mir der Schweiß aus den Poren bricht. Ich weiß nicht, was ich tun soll. Abstreiten oder zum Angriff übergehen?

Jamie mustert mich mit zusammengekniffenen Augen. »Also du und Zoë – ihr hattet nie Streit?«

»Das habe ich nicht gesagt.«

»Sondern?«

»Dass ich sie nie Schlampe genannt habe.« Ich hole tief Luft. »Im Übrigen geht die Sache nur Zoë und mich etwas an.«

Jamie zieht den Kopf ruckartig zurück, als hätte ich ihr ins Gesicht geschlagen. Sie lacht höhnisch auf. »Glaubst du das wirklich? Dass das immer noch eine Sache zwischen Zoë und dir ist?«

Joelle schüttelt den Kopf. »Ich habe doch gesagt, dass sie alles abstreiten wird«, murmelt sie.

Ich beiße mir auf die Innenseite der Wange, anstatt zu antworten. Sie würden mir sowieso jedes Wort im Mund umdrehen.

»Weißt du, was?« Jamie sieht mich an. »Vielleicht war es früher eine Sache zwischen dir und Zoë.« Sie nimmt einen letzten Zug von ihrer Zigarette und drückt sie auf der Innenseite des Türrahmens aus. Ein großer schwarzer Aschefleck bleibt zurück.

»He!«, fauche ich sie an. »Geht's noch?«

Ich will den Fleck wegwischen, aber Jamie kommt mir zuvor und packt mich am Oberarm. Ihr Gesicht ist jetzt meinem ganz nah. Ich sehe ihre schwarze Wimperntusche, die an den äußeren Wimpern ganz verklumpt ist, den verschmierten schwarzen Kajalrand, ihren dunklen Haaransatz und ihre bleiche Haut. Vor allem aber sehe ich ihre dunklen Augen, die mir sagen, dass sie absolut keine Witze macht.

»Wie gesagt, vielleicht war das früher so.« Jamie kneift mir in den Oberarm. »Aber jetzt ist jetzt.«

Ich spüre, wie Joelle und Amber hinter mir plötzlich ganz wach sind. Die Stimmung ist komplett umgeschlagen.

Angst überfällt mich. Die Angst, plötzlich einen Tritt in den Rücken zu kriegen oder an den Haaren gezogen zu werden. Nicht nur der Nacken, mein ganzer Rücken fühlt sich klebrig und heiß an. Angstschweiß, schießt es mir in den Kopf. Jetzt weiß ich, wie sich das anfühlt.

Joelle und Amber machen einen Schritt auf mich zu, sodass sie mich in die Zange nehmen. Ich kann weder vor noch zurück.

»Was ist?« Jamie verzieht ihren Mund zu einem breiten

Grinsen. Ihr Atem riecht nach Bacardi und Zigarettenrauch. »Hast du Schiss? Echt jetzt, oder? Hast du Schiss, Jade? Willst du vielleicht um Hilfe rufen?« Sie wirft den Kopf in den Nacken. »Hilfe! Hilfe!«

Hinter mir höre ich Joelle und Amber kichern. »Hilfe, ich habe solche Angst!«, piepst Joelle.

Kurz glaube ich, ein Geräusch zu hören, als stünde Rein plötzlich im Raum. Aber ich weiß, dass mich mein Chef im Vorratsraum nicht hören kann, solange er mit Kisten und Flaschen hantiert.

Jamies Fingernägel bohren sich mir in den Oberarm. »Hallo! Sag doch was, Jade. Oder hat es dir vor lauter Angst die Sprache verschlagen? Und jetzt nicht lügen, okay?«

Ich zwinge mich, ruhig zu atmen, merke aber, dass ich viel zu hektisch Luft hole. Es fehlt nicht viel, und ich kriege wieder eine Panikattacke. Bitte, lass mich jetzt keine Panikattacke kriegen. Nicht hier, nicht vor denen.

»Lass mich los.« Ich versuche, meinen Arm aus ihrer Umklammerung zu reißen, aber Jamie umkrallt ihn nur noch heftiger und sieht mich mit so düsterem Blick an, dass es mir eiskalt den Rücken herunterläuft.

Mit der ganzen Kraft meiner Verzweiflung versuche ich es erneut, reiße ruckartig den Arm weg. Und diesmal lässt Jamie mich tatsächlich los. Und zwar so unvermittelt, dass ich rückwärts gegen Joelle und Amber pralle. Prompt bekomme ich einen Stoß in den Rücken verpasst.

»Hey! Kannst du nicht aufpassen?«, ruft Joelle. »Beinahe hätte ich die Bacardiflasche fallen lassen.«

Jamie sieht mich verdutzt an. Dann bricht sie in lautes Gelächter aus. »Du hättest dich eben sehen sollen!«, wiehert sie. »Du hast gedacht, wir würden dich verprügeln, oder? Echt jetzt! Du hast das wirklich gedacht, stimmt's?«

Als ich mich umdrehe, sehe ich Amber hinter vorgehaltener Hand kichern. Joelle pustet sich gelangweilt die Ponysträhnen aus dem Gesicht. »Schauspielerin«, sagt sie.

Jamie fährt sich mit dem Zeigefinger unter den Augen entlang, als würde sie sich Lachtränen abwischen.

»Wie ängstlich du gucken kannst!«

Ich lache leise auf, aber mir hämmert noch immer das Herz in der Brust. Oh nein, es war kein Scherz. Auch wenn sie jetzt so tun, aber ich habe den Blick in Jamies Augen gesehen. Wenn ich mich nicht losgerissen hätte, wäre die Sache aus dem Ruder gelaufen. Ich reibe mir über den Arm, wo sich ihre Nägel tief eingegraben haben, und verschränke die Arme. Ich muss versuchen, mich wieder in den Griff zu bekommen. »Sehr witzig, wirklich«, sage ich.

Joelle stellt die leere Bacardiflasche gefährlich nah an die Tischkante. »Du hast recht«, sagt sie und lässt nacheinander ihre Finger knacken. »Drei gegen einen, das ist tatsächlich nicht witzig.« Sie sieht mich durchdringend an.

Sie wissen es, durchzuckt es mich. Ich frage mich, was alles Zoë ihnen erzählt hat.

»Kommt«, sagt Jamie. »Wenn wir jetzt abhauen, erwischen wir Zoë und Anne noch am Geldautomaten.«

Joelle und Amber laufen an Jamie vorbei nach draußen. Sie selbst verharrt noch einen Moment in der Tür.

»Jetzt mal im Ernst«, sagt sie. »Was zwischen dir und Zoë ist, müsst ihr untereinander ausmachen. Ich würde dich jedenfalls niemals schlagen.« Sie schweigt einen Moment. »Aber wenn Zoë es tun will, werde ich sie nicht aufhalten. Kapiert?« Ihre Augen sind jetzt wieder so dunkel wie vorhin.

Ich schlucke mühsam. Ist das jetzt eine Drohung?

Jamie tippt sich mit zwei Fingern an die Schläfe wie ein Soldat. »Bis Montag dann, Jade.«

Als sie weg sind, stehe ich noch immer wie zur Salzsäule erstarrt da. Auf meinen Rollschuhen und mit dem Putzlappen noch in der Hand blicke ich vor mich hin, ohne etwas zu sehen. Erst als ein paar Minuten später mit viel Geschrei ein paar Jungs vorbeiradeln, schrecke ich auf, schließe die Tür zu und gieße die kalt gewordene Seifenlauge in die Spüle. Wie auf Autopilot wische ich mit frischem Wasser die Tische, ohne wirklich etwas zu sehen. Die Gedanken fahren in meinem Kopf Karussell. Was, wenn ich mich nicht losgerissen hätte? Wie weit wären sie gegangen? Hätten sie mich tatsächlich verprügelt?

Als Rein den Kopf durch die Tür steckt, zucke ich zusammen. Es sei jetzt Zeit zu gehen, sagt er. Hastig greife ich nach der leeren Bacardiflasche, die noch auf dem Tisch steht. Dann gehe ich in den Vorratsraum und ziehe die Rollschuhe aus. Ich will jetzt einfach nur noch weg.

Als ich die Flasche in meiner Tasche verstauen will, bemerke ich, dass der Reißverschluss geöffnet ist. Komisch, denke ich. Ich bin mir sicher, dass er zu war, als ich die Tasche am Abend abgestellt habe.

»Rein?«

Ich wühle in meiner Tasche, ob Handy und Geldbeutel noch da sind.

»Rein?«

Gott sei Dank. Alles scheint noch da zu sein. Sogar mein Schminktäschchen und mein Deo sind in dem richtigen Seitenfach.

»Was ist denn?« Rein klirrt demonstrativ mit dem Schlüsselbund, als Zeichen, dass ich mich beeilen soll.

»Ich ... War hier vorhin jemand? Ich habe Lärm gehört, als wenn Kisten heruntergefallen wären.«

»Ach, du hast es also doch gehört?« Rein lehnt sich mit der

Schulter gegen den Türrahmen. »Und ich dachte schon, du hättest nichts mitgekriegt, weil du nicht gekommen bist, um mir zu helfen.«

Ich murmle eine Ausrede.

»Jetzt mach hin, Jade. Hast du alles? Bis nächste Woche.«

Mit hochgezogener Kapuze trete ich ins Freie. Sofort fühle ich mich wieder schutzlos. Was, wenn sie mir auflauern?

Doch abgesehen von einem Mann, der seinen Hund Gassi führt, ist die Straße wie ausgestorben. Keine Jamie, keine Joelle. Keine Amber, Anne oder Zoë. Erleichtert werfe ich Tasche und Rollschuhe in meinen Fahrradkorb und schließe das Radschloss auf.

Ich bin mir ganz sicher, dass ich heute Abend meine Tasche zugemacht hatte, hunderttausend Prozent sicher.

Ob Rein sie geöffnet hat? Aber warum?

Ich bin so in Gedanken versunken, dass ich ihn zunächst gar nicht wahrnehme. Erst als ich mein Fahrrad aus dem Ständer ziehen will, bemerke ich den roten Zettel, der ordentlich gefaltet unter meiner Fahrradklingel steckt. Dieselbe Art von Zettel wie in meinem Schließfach: ein gefaltetes Rechteck, ein Blatt von einem Memoblock.

Eine Welle der Enttäuschung und Panik überspült mich. Ich hatte wirklich gedacht, dass Zoës Rachefeldzug nach der Sache mit meiner Hose vorbei sei. Wie weit will sie gehen? Wie sehr will sie mich noch büßen lassen?

Ich ziehe den Zettel unter meiner Klingel hervor und falte ihn auf.

Was, wenn … du niemandem mehr trauen kannst?

13

Vier Jahre zuvor

Weißt du das wirklich nicht?« Nikki sieht Babet fassungslos an. »Wie kannst du denn nach Paris fahren, ohne das zu wissen?«

Babet richtet ihren rot getupften Schal, den sie heute Nachmittag auf den Champs-Élysées gekauft hat. »Keine Ahnung«, sagt sie. »Wenn es nach mir gegangen wäre, hätten wir uns für die London-Fahrt angemeldet, aber du und Mademoiselle Jade wolltet ja unbedingt nach Paris.« Sie rollt die Augen, während sie mit übertriebenem Akzent *Mademoiselle* und *Paris* ausspricht. *»Très chic,* wirklich. Die ganze Truppe in einem Hostel im letzten Vorort von Paris. In London hätten wir wenigstens in einem Bed and Breakfast übernachtet.«

Erschöpft lasse ich mich auf das untere Etagenbett fallen. Meine Füße tun mir so weh, dass ich kaum noch die Zehen bewegen kann. Es fühlt sich an, als wären wir heute ganz Paris abgelaufen, inklusive dem Park von Versailles, der kein Ende zu nehmen schien. Machen andere Leute so etwas echt freiwillig und haben auch noch Spaß dabei?, frage ich mich.

Nikki tut Babets Gejammer mit einer Handbewegung ab. »Nun hab dich nicht so. Wir haben doch am Eiffelturm richtig schöne Fotos geschossen.«

»Ah oui«, lautet Babets wenig begeisterte Antwort.

In dem kleinen rechteckigen Spiegel über meinem Bett erhasche ich einen Blick auf mich selbst. Die neuen Strähnchen stehen mir gut. Ich habe sie mir vor ein paar Tagen machen lassen. Mein Vater fand es zwar reichlich überflüssig (»Fängst du jetzt auch schon mit dem Zeug an? Kannst du nicht wenigstens warten, bis du sechzehn bist?«), aber meine Mutter hat zum Glück nichts einzuwenden gehabt.

Um mich herum ziehen alle ihre Schuhe aus und kriechen in die Betten. Wir sind acht Mädchen in einem engen Schlafsaal mit Etagenbetten. Auf der anderen Seite des Hostels schlafen die zehn Jungs in einem ähnlichen Saal. Nur die beiden Französischlehrer, die uns begleiten, haben Zimmer für sich. Jetzt, im Nachhinein, ärgere ich mich auch, dass wir uns nicht für die Fahrt nach London oder Berlin angemeldet haben. Selbst Antwerpen wäre wahrscheinlich lustiger gewesen, als mit dieser kleinen, lahmen Truppe eine ganze Woche zu verbringen. Nicht ein einziger cooler Junge ist dabei und die Mädchen, mit denen wir das Zimmer teilen, sind die reinsten Schlaftabletten. Allen voran Zoë.

Nikki zieht Babet am Schal. »Trotzdem kapier ich nicht, dass du nicht weißt, was *Voulez-vous coucher avec moi ce soir* bedeutet.«

Babet sieht mich an und seufzt übertrieben. »Bitte sag Nikki, dass sie endlich damit aufhören soll, *s'il te plaît.«*

»›Willst du heute Abend mit mir schlafen‹?«, kreischt Nikki. »Also echt, dass du das nicht weißt!«

Babet dreht sich mit einem Ruck um. »Ob ich heue Abend mit dir schlafen will? Nee, herzlichen Dank.«

»Voulez-vous couchez avec moi ce soir! Das bedeutet ›Willst du heute Abend mit mir schlafen?‹! Was hast du denn gedacht, wovon Lady Marmelade in dem Lied singt?« Nikki kneift übertrieben die Augen zusammen und stimmt mit erotisch angehauchter Stimme ein paar Takte des Songs an.

Babet mustert sie und zieht betont langsam eine Augenbraue hoch. »Wow«, sagt sie sarkastisch, als Nikki abbricht. »Dass ich das noch erleben darf!«

»Manchmal kommst du mir echt vor, als wärst du gerade erst aus dem Ei geschlüpft, weißt du das?«

»Weil ich mir vor einem halben Jahr mal eins in die Haare geschmiert habe? Fängst du jetzt wieder damit an?«

Ich gehe dazwischen. »He! Schluss jetzt!« Ich halte zwei Flaschen Schnaps in die Höhe, die wir am Nachmittag in einem Supermarkt ergattert haben. Keine Ahnung, ob man das Zeug trinken kann, es waren einfach die einzigen beiden Sorten mit Drehverschluss. »Machen wir jetzt heute Abend noch was los oder nicht?«

Nikki und Babet bekunden kreischend ihr Interesse, während sich die übrigen Mädchen nur vorsichtig umdrehen.

Ich werfe ihnen einen Blick zu. »Was ist, wollt ihr auch mitmachen?«

Nikki schaut sie an, als würde sie sie zum ersten Mal wahrnehmen. »Ja«, ruft sie dann begeistert. »Machen wir eine Art Kennenlernspiel. Super!«

Zoë hat uns noch immer den Rücken zugekehrt und wühlt angestrengt in ihrem Koffer. Als ich ihren Namen rufe, zuckt sie zusammen.

»Machst du auch mit?« Erneut halte ich die Flaschen in die Höhe. »Die anderen sind alle dabei.«

Sie zögert noch immer.

»Was genau machen wir denn?« Tess, die in Französisch vor mir sitzt, deutet auf die Flaschen in meiner Hand. »Irgend so ein Trinkspiel?«

»Es ist ganz einfach.« Nikki nimmt mir eine Flasche aus der Hand und schraubt den Verschluss ab. »Wir setzen uns alle im Kreis auf den Boden. Ja, auch du, Zoë, komm her. Dann legen wir der Reihe nach ein Geständnis ab. Egal was. Jade, fang du mal an.«

»Jetzt sofort?«

»Nein, morgen. Natürlich jetzt.«

»Ich habe ... ähm ... schon mal unter der Dusche gepinkelt.« Babet blickt herausfordernd in die Runde.

»Thanks, Babet ...« Nikki runzelt die Stirn. »Gut, alle, für die das Geständnis auch gilt, die also auch schon mal unter der Dusche gepinkelt haben, nehmen aus einer der beiden Flaschen einen Schluck.«

»Und nicht schwindeln!«, sage ich. »Wenn eine dabei erwischt wird, muss sie was ganz Fieses machen.«

Die anderen Mädchen sehen sich an.

»Los, kommt«, sagt Nikki, die schon auf dem Boden Platz genommen hat. »Ist doch witzig.«

Babet setzt ihren Lehrerinnentonfall auf. »Es verbindet, wenn man sieht, dass man mit einem bestimmten Problem und/oder Gefühl nicht allein ist.«

Nikki muss lachen und schüttelt die Flasche.

Eine nach der anderen setzen sich die Mädchen auf den Boden und bilden einen Kreis. Nur Zoë hockt ein wenig außerhalb des Kreises im Schneidersitz vornübergebeugt da und wagt es nicht, uns anzuschauen.

»Ich fange an.« Nikki stellt die beiden Flaschen in die Kreismitte und legt die Verschlüsse daneben. »Ich habe ... schon mal was geklaut. In einem Geschäft.«

Alle sehen gespannt in die Runde. Niemand ergreift die Flasche.

»Keiner?« Nikkis Stimme wird schriller. »Jade, du auch nicht?«

Ich zucke die Achseln. »Nein, echt nicht. Wenn ich etwas brauche, kaufe ich es mir einfach.«

»Braves Kind.«

Nikki greift nach einer der Flaschen und setzt sie an die Lippen. Sie legt den Kopf zurück und nimmt einen großen Schluck. Doch auch wenn sie dabei möglichst cool aussehen will, verzieht sie unwillkürlich das Gesicht.

»Schmeckt es so eklig?« Tess sieht Nikki besorgt an. »Wenn es widerlich ist, trinke ich das Zeug nicht.«

Nikki stellt die Flasche wieder in die Mitte. »Der erste Schluck ist immer der schlimmste. Wer ist jetzt dran? Machen wir einfach der Reihe nach weiter. Babet?«

Babet scheint mit einem Schlag vergessen zu haben, dass wir immer noch in einem alten, muffigen Hostel in Paris hocken. Ihre gelangweilte Stimmung von vorhin ist wie weggewischt.

»Okay.« Aufgekratzt klatscht sie in die Hände. »Ich habe ... schon mal einen Jungen aus der Schule geküsst.«

Alle starren Babet an.

»Was?« Ich muss lachen. »Und das erzählst du erst jetzt?«

»Du lügst.« Nikki schüttelt den Kopf. »Wie lange sind wir jetzt schon in derselben Klasse? Ein halbes Jahr? In der ganzen Zeit hast du nicht einmal erwähnt, dass du einen Jungen aus der Schule geküsst hast.«

Babet reckt trotzig das Kinn. »Ich habe ja auch nicht gesagt, dass es im letzten halben Jahr war. Ich habe gesagt, dass ich irgendwann mal einen Jungen aus der Schule geküsst habe.« Sie zieht die Flasche zu sich her. Mit den Fingerknöcheln reibt sie vorsichtig über den Flaschenhals und beginnt zu kichern.

»Wen denn?« Blitzschnell gehe ich im Geiste alle Jungen durch, mit denen ich Babet in letzter Zeit zusammen gesehen habe, kann mir jedoch nicht vorstellen, dass sie einen von ihnen geküsst hat. »Ich dachte, du stehst auf ältere Jungs.«

»Ich habe auch nicht gesagt, dass er in unserer Klasse ist. Oder in unserem Jahrgang.«

Babet setzt die Flasche an die Lippen. Nimmt seelenruhig zwei Schlucke. Ohne eine Miene zu verziehen, stellt sie die Flasche wieder in die Mitte.

»Bin ich wirklich die Einzige, die einen Jungen aus unserer Schule geküsst hat?« Sie blickt sich um. »Das glaube ich im Leben nicht.«

Das rothaarige Mädchen, das uns gegenüber neben Tess sitzt, rutscht unruhig hin und her. »Na gut, du kannst mir die Flasche auch geben«, sagt sie nervös.

Sofort johlen Nikki, Babet und ich los.

»Wuuuuh!« Nikki nimmt die Flasche und reicht sie dem Mädchen wie eine Trophäe. »Und, wer war es?«

Das Mädchen läuft rot an, während sie Nikki die Flasche abnimmt. »Das sag ich nicht«, antwortet sie und blinzelt unter ihren Wimpern hervor. Dann nickt sie in Richtung Babet. »Nur wenn du es auch verrätst.«

Babet ist im ersten Moment so baff, dass sie kein Wort herausbringt. Dann sammelt sie sich aber und sagt: »Jonas. In der sechsten Klasse, letzten Sommer. Ein kleiner Kuss.«

Ich sehe Babet an und muss lachen. »War es so schlimm?«, frage ich.

»Ich habe schon Besseres erlebt«, sagt sie, ohne den Blick von dem rothaarigen Mädchen abzuwenden. »Jetzt du.«

Das Mädchen schaut uns unsicher an. Sie scheint einen weiteren Schluck aus der Flasche zu erwägen, um sich Mut anzutrinken. »Bleibt alles, was wir hier sagen, unter uns?«

Ich fahre mir mit der Handkante vor der Kehle entlang wie mit einem Messer. »Versprochen.«

Das Mädchen holt tief Luft. »Quinten«, sagt sie schließlich.

»Am ersten Schulfest in diesem Jahr. Es war ein sehr schöner Kuss.«

»Van Doorn?«, quiekt Nikki. »Du hast Quinten van Doorn geküsst?« Sie blickt von mir zu dem Mädchen und wieder zu mir zurück. »Ich dachte, du und Quinten, ihr wärt dicke miteinander.«

Neben mir schüttelt Babet den Kopf. »Jade steht doch auf ihren Ritter.«

»Okay«, unterbreche ich Babet. »Zeit für eine Trinkrunde. Jede nimmt einen Schluck aus der Flasche.« Während ich die Flasche an die Lippen setze, muss ich daran denken, wie ich einmal Rote-Bete-Saft getrunken habe, denn genau danach schmeckt es: wie Rote Bete, an denen noch Sand klebt. Die Tränen schießen mir in die Augen. »Nicht schlecht«, sage ich jedoch und reiche die Flasche weiter.

Als die Flasche bei Zoë ankommt, schüttelt sie den Kopf.

Tess wedelt ihr mit der Flasche vor der Nase herum. »Hallo? Ist jemand zu Hause?«

»Hätten wir uns ja denken können«, seufzt Nikki gelangweilt.

»Ja, klar«, sagt Babet. »Klar, dass wieder eine die Spaßbremse spielt. Echt, immer das Gleiche.«

»Dann ist es jetzt wohl Zeit für eine dieser fiesen Aufgaben«, kichert das Mädchen, das mit Quinten geknutscht hat. Ihre Wangen sind bereits leicht gerötet.

Zoë hat den Kopf so weit gesenkt, dass ihre Nase beinahe die Knie berührt. »Ich mache nicht mit«, sagt sie leise.

»Ja, toll.« Tess versetzt Zoë einen Schubs gegen den Oberarm. »Das hättest du früher sagen müssen.«

Zoë erwidert nichts. Nur ihr Pony regt sich, der bei jedem Atemzug nach vorne wippt.

»Trinken oder Aufgabe. Du hast die Wahl.« Tess hält Zoë

die Flasche unter die Nase. Zoë zieht sofort den Kopf zurück.

»Also Aufgabe«, sage ich.

»Hat jemand eine Idee?« Nikki blickt reihum. »Aber es muss schon richtig fies sein. Nicht ›Hol dir einen Kuss im Jungenzimmer ab‹ oder so ’n Kram.«

»Zungenkuss mit deiner Hand!«

»Lapdance auf Tess!«

»Oder umgekehrt! Tess macht Lapdance auf dir!«

»Oder du nimmst einen Schluck aus der Kloschüssel!«

Ich stütze mich mit den Händen ab und lehne mich zurück. Dabei sehe ich Zoë unverwandt an, ihre Haare, die wie eine blickdichte Gardine das Gesicht abschirmen. »Nein, schneid dir eine Haarsträhne ab.«

Augenblicklich ist es still im Zimmer. Aus dem Augenwinkel sehe ich, dass Nikki als Einzige begeistert nickt, der Rest sieht mich wie erstarrt an. Dann aber brechen plötzlich alle gleichzeitig in nervöses Gelächter aus.

»Ja!«, ruft das Mädchen, das Quinten geküsst hat. »Mach das, Zoë! Deine Hippiefrisur geht sowieso nicht mehr.«

Zoë fährt sich reflexartig mit der Hand an die Stirn.

»Darf ich?« Babet springt auf. »Ich hab Talent dafür, glaub mir. Frisieren liegt mir im Blut.«

»Nun?« Mit der Fußspitze tippe ich Zoë ans Knie. »Bist du dabei oder nicht? Das ist deine Chance, Zoë.«

»Nur eine Strähne, Zoë. Eine einzige Strähne«, sagt das rothaarige Mädchen. »Schau, dann ist es wie bei mir.«

»Nur ein paar Zentimeter.«

»He! Jetzt sieh uns halt mal an!«

Zoë schüttelt ganz langsam den Kopf.

»Na gut«, sagt Nikki. »Aber dann spielst du auch nicht mehr mit. Hau ab, geh duschen oder so.«

Zoë bleibt einen Moment wie gelähmt sitzen, erhebt sich dann aber geräuschlos. Sie zieht ein Buch und ihr Handy unter ihrem Kissen hervor und läuft aus dem Schlafsaal.

»Gut«, sagt Babet und reicht dem Mädchen neben ihr die Flasche. »Ich glaube, du warst dran.«

»Die letzten paar Schlucke hätte ich mir lieber sparen sollen«, stöhne ich.

Wir sitzen zu dritt auf meinem Bett, die beiden ausgetrunkenen Flaschen und eine leere Chipstüte zwischen uns. Es ist halb zwölf und die anderen Mädchen liegen schon im Bett.

»Die Flaschen mussten doch geleert werden«, sagt Nikki mit schwerer Zunge. Sie streckt die Hand in Richtung der anderen Betten aus. »Und niemand hat uns dabei geholfen! Llllangweiler«, lallt sie.

Ich schlage mir eine Hand vor den Mund, um einen Lachkrampf zu unterdrücken.

Nikki sieht mich mit glasigem Blick an. »Du findest das bestimmt wieder witzig? Llllangweiler. Lllllangweiler.«

Ich lache leise. »Hör auf.«

»Sieh nur, wie brav sie alle schlafen«, sagt Babet. »Was für eine Schulfahrt. Also echt, sind wir die einzigen drei Normalos hier?«

»Tess scheint ganz nett zu sein«, sage ich. »Und das Mädchen, das Quinten geküsst hat.«

»Nett, ja.« Nikki rümpft die Nase. »Aber ob man auch Spaß mit ihnen haben kann ... Wir sind echt mit der ödesten Truppe aller Zeiten hier.«

»Vergiss Zoë nicht«, kichere ich. »Immerhin hat sie heute Abend einen ganzen Satz gesprochen. Das ist doch was, oder?«

»Lächerlich, dass sie nicht mitmachen wollte. Dumme

Nuss. Wetten, dass sie ohne diese bescheuerte Frisur viel besser aussehen würde?«

»Hast du ihre gesplissten Spitzen gesehen? Da kann man literweise Spülung reinschmieren und es hilft auch nichts.«

Babet, Nikki und ich sehen uns an.

»Ich bin dafür«, sagt Nikki als Erste. »Sie hätte halt vorher sagen müssen, dass sie nicht mitspielen will. Mittendrin aufhören, ist was für Loser.«

»Willst du ihr wirklich die Haare abschneiden?« Babet kichert.

»Oder du.« Ich taste unter dem Bett nach meiner Tasche. »Du hast doch behauptet, du wärst die geborene Haarstylistin.«

Babet setzt sich aufrecht hin. »Und was, wenn ich sie vermurkse?«

»Du brauchst ja nicht so viel abzuschneiden«, sage ich und halte Daumen und Zeigefinger ein Stück weit auseinander. »So vielleicht.«

»Aber was, wenn ich sie trotzdem verschneide?« Babet zieht eine Grimasse.

Ich nehme eine Schere aus meinem Mäppchen. Die Schneidefläche glänzt silbrig im Licht, das vom Gang hereinfällt.

»Wo hast du denn plötzlich die Schere her?«

»Sie stand auf der Liste für die Fahrt.«

Nikki seufzt. »Du bist auch so ein Loser, der sich an alles hält, oder? Wetten, du hast sogar einen Klebestift und eine Rolle Tesafilm dabei? Man weiß ja nie, wofür man den Kram braucht, was?«

Nikki betrachtet mich mit gelangweiltem Blick. Irgendwie fühle ich mich in diesem Moment tatsächlich wie ein Langweiler, genauso wie die anderen Mädchen, die schon schlafen. Aber ich verdränge das Gefühl gleich wieder.

»Sei doch froh.« Ich pikse Babet leicht mit der Scherenspitze in die Hand. »Was, wenn ich keine Schere dabeihätte? Was hättest du denn dann gemacht? Hier, nimm.«

»Soll ich wirklich?«

»Du wolltest doch unbedingt!« Ich stelle mich neben ihr Bett. »Jetzt musst du es auch tun.«

»Ist wirklich nichts mehr drin?« Babet schüttelt kichernd die Flaschen. »Dann könnte ich mir noch ein bisschen Mut antrinken.«

Auf Zehenspitzen schleichen wir zu Zoës Bett. Sie liegt ganz unten.

»Pst!«

»Was, wenn sie wach wird?«

»Darum müssen wir uns beeilen.«

»Pst!«

»Sei halt selber leise.«

Zu dritt stehen wir an Zoës Kopfende. Wenn sie jetzt wach wird, erschreckt sie sich zu Tode. Drei über ihr schwebende Gesichter mit zusammengepressten Lippen. Bei der Vorstellung muss ich sofort wieder kichern.

»Pssst!« Nikki stößt mich mit dem Ellenbogen in die Seite.

»'tschuldigung.«

Sogar im Schlaf versteckt sich Zoë unter ihren Haaren. Das Licht der Straßenlaternen fällt auf ihr Gesicht. Sie wirkt Jahre jünger, als sie ist.

Nikki stupst mich an. »Jade, los, nimm du eine Strähne.«

Vorsichtig greife ich in Zoës Haar. Das Herz klopft mir bis zum Hals, ich habe Ohrensausen. Ich weiß, dass es verkehrt ist, was wir tun, aber ich habe mich noch nie so lebendig gefühlt. Mein ganzer Körper kribbelt vor Aufregung. Vorsichtig hebe ich eine Haarsträhne hoch. Sie fühlt sich weich und glatt an zwischen meinen Fingern.

Babet öffnet langsam die Schere und legt sie an die Haarsträhne. Sie ist viel zu nah an der Stirn. Wenn Babet sie an dieser Stelle abschneidet, wird Zoës Pony wochenlang viel zu kurz sein.

»Babet, die Schere«, flüstere ich. »Du musst ...«

»Jetzt«, fällt mir Nikki ins Wort.

Babet steht da wie erstarrt.

»Babet, du Null! Mach schon!«

»Ich traue mich nicht mehr.« Babet sieht Nikki panisch an. »Echt, ich hab Schiss.«

»Du brauchst doch bloß zu schneiden.« Nikki gibt sich Mühe zu flüstern, aber ihre Stimme ist viel zu laut. Gleich werden alle wach sein.

»Los jetzt!«

»Dann mach doch selbst!«

»Ruhe!« Während ich mit einer Hand noch immer die Strähne festhalte, taste ich nach Babets Fingern, die die Schere halten, und versuche, sie etwas tiefer zu schieben. Wie nebenbei registriere ich, wie warm sich ihre Hand im Vergleich mit dem kalten Metall der Schere anfühlt. Aus Zoës Mund kommt Gemurmel ...

»Schnell jetzt! Sie wacht auf!«

... und dann drücke ich todesmutig Babets Finger zusammen.

Das Geräusch der Schere geht mir durch Mark und Bein. *Ritsch.* Ein endgültiges Geräusch, das jeder vom Friseur kennt. *Haare wieder ankleben, geht nicht, hihi!* Mit einem Schlag bin ich wieder nüchtern.

Auf Zoës Nase und Wange liegen ein paar Härchen, der größte Teil aber ist auf dem Kissen verstreut. Sie wirkt kahl, jetzt, wo ihr Pony weit über den Augenbrauen endet. Kahl und abartig jung.

»Fuck.« Nikki sieht mich an. »Du hast viel zu viel abgeschnitten.«

»Was?« Meine Beine zittern heftig. »Das war nicht ich! Das war Babet!«

Babet drückt mir die Schere in die Hand. »Psst! Es ist nichts passiert, okay?«

Ich kann den Blick nicht von Zoë abwenden. Noch nie zuvor habe ich ein Gesicht gesehen, das so entblößt wirkt. Mir wird schlecht. Ich glaube, ich muss mich gleich übergeben.

»Jade? Jade!« Nikki schüttelt mich an der Schulter.

Ich blicke auf. Mir ist schwindelig.

»Es ist nichts passiert, okay? Es ist nichts passiert.«

14

Mit Bauchschmerzen stelle ich mein Fahrrad in Finns Schuppen ab. Den ganzen Weg hierher habe ich die Botschaft fest in der Hand gehalten, vor lauter Angst, den Zettel auch diesmal zu verlieren.

Was, wenn du niemandem mehr trauen kannst? Ist das nicht eigentlich dasselbe wie: Was, wenn du dir selbst nicht mehr trauen kannst?

Es tut mir weh, an jenen Moment zurückzudenken. An den Moment, in dem ich Babets Finger zusammengedrückt habe. *Ritsch. Haare wieder ankleben, geht nicht, hihi.*

Ich finde mich selbst zum Kotzen. So bin ich doch nicht! Aber wieso habe ich dann all diese Dinge getan?

Ein echter Mobber verursacht nur oberflächliche Wunden, habe ich mal irgendwo gelesen, aber jemand, der ab und zu auch mal nett ist, kann dich bis aufs Blut quälen. Ging es Zoë so nahe, weil ich auch manchmal freundlich zu ihr war? Findet sie es deswegen an der Zeit, Rache zu nehmen?

Am liebsten würde ich losheulen. Jetzt, wo die unmittelbare Angst vorbei ist und mein Adrenalinpegel wieder abgeebbt ist, fühle ich mich einfach nur noch müde.

Durch die Hintertür betrete ich Finns Haus. Ihre Eltern sitzen im Wohnzimmer und schauen fern. Als ich auf einmal im Raum stehe, zucken sie zusammen.

»Jade!« Finns Vater ist der Einzige, der meinen Namen englisch ausspricht. »Alles klar?«

Finns Mutter dreht den Fernseher leiser. »Was ist denn mit dir?«, fragt sie besorgt. »Ist etwas passiert?«

Meine Hand fährt automatisch an mein Gesicht. Sehe ich so mitgenommen aus?

»Du bist ja ganz blass«, sagt Finns Mutter.

»Ach, nichts weiter, bin wohl zu schnell geradelt«, murmele ich.

Finns Mutter lächelt mich freundlich an. Wenn man vom Radfahren aus der Puste ist, wird man rot, nicht weiß, sehe ich sie denken.

»Ist Finn in ihrem Zimmer?«

Finns Mutter runzelt die Stirn. »Sie ist vor einer Stunde weggegangen. Um sich mit dir in der Stadt zu treffen, hat sie gesagt.«

»Was?«

Finns Mutter wirft ihrem Mann einen Blick zu. »Stimmt doch, oder?«, fragt sie. »Finn hat doch gesagt, dass sie mit Jade verabredet ist.«

Ich überlege fieberhaft, warum Finn ihren Eltern so etwas erzählt hat. Ist sie sauer auf mich? Hat sie sich mit einem Jungen verabredet und ihre Eltern sollen es nicht wissen? Warum hat sie mir dann nichts davon erzählt?

Finns Eltern sehen mich abwartend an.

»Oh«, stottere ich dann. »Ich ... ich dachte, wir treffen uns hier. Aber macht nichts. Ich lasse einfach meine Tasche in ihrem Zimmer und fahre dann in die Stadt zurück.«

Noch bevor sie etwas erwidern können, habe ich mich schon umgedreht. In Finns Zimmer knipse ich das Licht an und sehe, dass neben ihrem Bett eine Matratze auf dem Boden liegt. Auf ihrem Schreibtisch, begraben unter den Schminksachen, liegt ein Stapel DVDs. *Charly St. Cloud, Crazy, stupid, love. Magic Mike.* Warum ist Finn in aller Eile in die

Stadt aufgebrochen, wo wir doch verabredet hatten, bei ihr zu Hause Filme anzuschauen?

Ich nehme mein Handy aus der Jacke. Es dauert eine Ewigkeit, bis sie drangeht.

»Jade?«

»Finn!«

»Hey, wo steckst du?«

Im Hintergrund höre ich *I ain't sayin she a gold digger* von Kanye West und Jamie Foxx. Finn ist im Bubbels auf dem Leidseplein, würde ich tippen.

»Wo ich bin?«, sage ich. »Bei dir zu Hause.«

»He? Und was machst du da? Du hattest mir doch eine SMS geschickt, dass du ins Bubbels gehst! Die halbe Schule ist hier.«

Sofort schnürt sich mir die Kehle zusammen. Ich brauche gar nicht zu fragen, wer genau alles da ist. Jamie. Joelle. Anne und Amber. Zoë.

»Warte«, sagt Finn. »Hier ist es tierisch laut, ich geh mal schnell zum Klo.«

Ich höre, wie Finn angequatscht wird, als sie sich einen Weg zu den Toiletten bahnt. *Finn! Hübsches Schnittchen! He, Davis! Alles klar?* Nervös nage ich an der Nagelhaut an meinem Daumen. Ich verstehe das nicht. Ich habe ihr doch gar keine SMS geschickt! Ich mach alles über WhatsApp!

Auf einmal sehe ich wieder meine offene Tasche vor mir. Höre das Gerumpel aus dem Vorratsraum.

Steckt Zoë dahinter? War der Auftritt von Jamie, Joelle und Amber nur ein Ablenkungsmanöver?

»So! Da bin ich wieder.«

Am anderen Ende der Leitung höre ich Finn meinen Namen rufen.

»Hörst du mich noch? Kommst du her?«

»Ich …«

»Hier ist es voll lustig. Kennst du schon die Neue aus unserer Stufe? Zoë? Sie ist echt cool. Sie tanzt schon die ganze Zeit auf dem Tresen.«

»Hi, Finn!«, ruft jemand aus dem Hintergrund. Jamie.

»Ist das Jade?«, höre ich sie fragen. »Sag ihr doch, sie soll auch herkommen.«

Ich schnappe nach Luft. Wie scheinheilig, will ich rufen. Alles nur Fake!

»Jade?« Jamies Stimme klingt mit einem Mal sehr nah. »Komm doch auch ins Bubbels. Yeah! Hier steppt der Bär.« Sie lacht, als hätte sie den besten Witz aller Zeiten gerissen, und reicht das Handy wieder an Finn zurück.

»Und?«, fragt Finn. »Kommst du?«

Mein Verstand, mein Herz, mein ganzer Körper schreit Nein!!! Bleib da weg. Sei doch nicht blöd!

»Ja«, höre ich mich selbst sagen. »In einer Viertelstunde bin ich da.«

Als ich das Bubbels betrete, schlägt mir dichter Alkoholdunst ins Gesicht, vermischt mit billigem Parfum. Der Türsteher verpasst mir einen leichten Stoß in den Rücken, weil ich eine Sekunde zu lange im Gang stehen bleibe. Schnell laufe ich weiter. Das Bubbels ist nicht mehr als ein quadratischer Raum mit einer Theke an der rechten Seite und dem DJ-Kabuff an der linken. An der Stirnseite eine kleine Tribüne und dahinter die Toiletten. Die Tanzfläche beginnt sofort an der Tür. Die wippende Menge ist so dicht, dass ich kaum die Umrisse einzelner Körper ausmachen kann.

Aus dem Augenwinkel sehe ich eine Mädchenclique auf dem Tresen tanzen. Ich erkenne Jamie, Joelle und Amber. Joelle hat sich den T-Shirt-Saum in den Ausschnitt gesteckt, sodass ihr Bauch völlig entblößt ist. Amber hat ihren Rock so weit hochgezogen, dass man den unteren Rand ihrer Pobacken sehen kann.

»Jade! Girl! What took you so long?«

Im nächsten Moment bekomme ich einen dicken, nassen Kuss auf die Wange gedrückt. Wie immer, wenn Finn etwas getrunken hat, spricht sie Englisch.

Ich deute auf meine Klamotten. »Ich habe mich an deinem Kleiderschrank bedient. So wie ich war, konnte ich unmöglich unter die Leute! Schlimm?«

Finn umfasst meine Taille. »Das Einzige, was ich schlimm finde, ist, dass dir meine Kleider besser stehen als mir.« Sie nimmt meine Hand und zieht mich zur Theke. »Tequila Shot oder B52?«

»Erst mal einen BaCo.«

Wenn ich jetzt die Hand ausstrecke, könnte ich Jamies Bein berühren. Ich könnte kurz und heftig daran ziehen, sodass sie das Gleichgewicht verliert und mit voller Wucht hintenüberfällt. Ob Jamie denselben Gedanken hat? Weiß sie, wie verwundbar sie im Moment ist, dass ich jetzt in der stärkeren Position bin? Blicklos schaue ich in ihre Richtung. Mir ist klar, dass mich Jamie, Joelle und Amber schon längst entdeckt haben, aber sie ignorieren mich genauso hartnäckig wie ich sie.

Natürlich würden sie nie zugeben, dass ihr Besuch im Fifties ein abgekartetes Spiel war. Und natürlich hat Zoë dafür gesorgt, dass sie keine Beweise hinterlassen hat. Die gesendete Nachricht hat sie sicher von meinem Handy gelöscht.

Finn drückt mir einen BaCo in die Hand und stößt ihr Glas mit dem braunen Inhalt an meines. »Danach trinken wir beide aber einen B52!« Sie kippt ihren Drink auf ex herunter.

Ich nehme einen Schluck von meinem Bacardi Cola. Automatisch verziehe ich das Gesicht. Ich hatte kurz vergessen, dass Finn BaCos immer mit doppeltem Bacardi bestellt – Ba-BaCos nennt sie ihre Kreation.

»Schmeckt's?«, fragt sie hinterhältig.

Ich sortiere meinen Gesichtsausdruck. »Und wie! Genau die richtige Mischung.«

Finn fährt sich mit beiden Händen durchs Haar. »Wollen wir mal nach hinten gehen? Dann stelle ich dir Zoë vor, die Neue, von der ich dir vorhin erzählt habe. Wir haben zusammen Spanisch, aber ich wusste nicht, dass sie so eine *chica loca* ist.«

Shit. Zoë. Ihr will ich jetzt auf keinen Fall begegnen. Ich kann es nicht.

»Ich ... ich gehe erst mal aufs Klo«, sage ich. »Kann ich mir mal eben deine Tasche borgen? Ich müsste mich mal nachschminken.«

Ohne das Tanzen zu unterbrechen, drückt mir Finn ihre Clutch in die Hand. »Und nimm nicht zu viel von meinem Lipgloss, klar? Jungs mögen keine klebrigen Lippen.«

Mit gesenktem Kopf bahne ich mir einen Weg zur Toilette.

Ich muss wissen, was in der SMS steht, die Zoë an Finn geschickt hat. Soll ich es Finn erklären, sie fragen, ob ich die SMS sehen darf?

Die Schlange vor dem Klo ist so lang, dass sie bis in den Saal hinausreicht. Ich zähle allein sieben Mädchen, die vor dem WC-Vorraum stehen.

Oder soll ich schnell selbst Finns Handy checken, hier vor allen Leuten? Schließlich weiß niemand, dass es nicht meins ist.

Mit klopfendem Herzen fische ich das Handy aus der Tasche und gebe Finns Passwort ein. Was das betrifft, haben wir keine Geheimnisse voreinander, sie hat sogar dasselbe Passwort wie ich.

Sogleich leuchtet das Display auf. Mit angehaltenem Atem scrolle ich zum Posteingang. Mit dem Daumen klicke ich auf den Balken mit meinem Namen. Der Dialog besteht aus sechs Nachrichten.

- *Hiiii! Change of plans: Kommst du gleich mit ins Bubbels?*
- *Why? Keine Filmnacht?*
- *Können wir doch später noch machen! Erst ein bisschen tanzen.*
- *Okay! Bleibst du dann über Nacht? Wann willst du losziehen?*
- *Gegen 23 Uhr. Komme direkt von der Arbeit. Bis dann!*
- *Okay, bis dann, girl!!*

Selbst jetzt, wo ich es Schwarz auf Weiß vor mir sehe, kann ich es nicht glauben. Ich habe Zoë so was von unterschätzt. Nie, niemals hätte ich erwartet, dass sie so weit gehen und nicht nur mich, sondern auch meine beste Freundin in ihren Rachefeldzug hineinziehen würde. Plötzlich fühle ich mich so schlaff, als würde ich nach einem Marathonlauf am falschen Zielpunkt ankommen. Wie dumm ich gewesen bin. Wie unglaublich naiv. Habe ich echt gedacht, dass es für Zoë mit einer kleinen Entschuldigung erledigt wäre? Dass sie mir alles, was ich getan habe, mit einem einzigen kleinen Racheakt heimzahlen würde und wir damit quitt wären? Ich seufze tief. Ich habe ihr die Haare abgeschnitten. Da kann ich mich noch so oft bei ihr entschuldigen, Fakt ist, dass ich, Jade Verschuur, Zoë Kramer mitten in der Nacht die Haare abgeschnitten habe. Was habe ich denn gedacht, wie sie reagieren würde? Dass sie es mit einem Schulterzucken abtun würde?

Macht nix? So was passiert? Ach, wir waren doch noch Kinder, das war doch nur ein Scherz?

»He, was treibst du denn da? Ist das mein Handy?«

Das Blut schießt mir ins Gesicht. Selbst wenn mir jetzt eine Lüge einfiele, würde mich mein roter Kopf verraten. »Finn ... Ich ... Ja, ich dachte, du hättest eine SMS gekriegt.«

Finn reißt mir das Handy aus der Hand und starrt auf das Display, bevor sie mich irritiert ansieht. »Nein, wieso?« Sie hält mir das Handy hin. »Keine neue SMS.« Ihr Gesicht ist ein einziges Fragezeichen.

Schweigend sehe ich sie an. Es fehlt nicht viel und ich fange an zu heulen. Wie gern würde ich ihr jetzt alles erzählen. Bitte, flehe ich stumm. Bitte, nicht wütend werden, bitte verstehe, dass ich einen Grund hatte.

»Finn, du musst wissen ... Diese SMS... Eigentlich ...«

»Troubles?« Wie aus dem Nichts taucht auf einmal Zoë hinter Finn auf. Sie sieht wieder einmal atemberaubend aus. Die Brüste purzeln ihr beinahe aus dem Top und ihre langen, dunklen Haare sind ganz glatt gestylt. Sie tippt Finn an. »Ist was?«

»Nein, nichts«, sage ich schnell.

Ohne den Blick von mir abzuwenden, schüttelt Finn den Kopf. »Ich weiß noch nicht so recht«, sagt sie. »Also, was wolltest du mit meinem Handy?«

Zoë macht ein abschätziges Geräusch. »Hast du etwa in ihr Handy hineingespickt? Ist nicht wahr.«

Ich beiße mich so heftig in die Innenseite meiner Wangen, dass ich Blut schmecke. Jetzt ist nicht der Moment für scharfe Erwiderungen. Jetzt ist der Moment, um den Giftbecher komplett leer zu trinken, bis zum letzten Tropfen.

»Entschuldige bitte.« Ich sehe Finn an.

Sie blickt irritiert zurück. »Manchmal bist du echt komisch, weißt du das? Bis später. Ich gehe tanzen.«

Mit einem Ruck dreht sie sich um und verschwindet in der Menge. Meine Augen füllen sich mit Tränen.

Aber ich werde jetzt nicht heulen. Nicht, solange Zoë neben mir steht.

»Soso.« Zoë schnalzt mit der Zunge. »Du traust dich ja was.«

Wenn ich etwas Grips im Kopf hätte, würde ich jetzt einfach gehen. Würde ihr zeigen, dass ich erwachsen geworden bin und nicht mehr immer das letzte Wort haben muss. Aber ich kann nicht. Die Worte kommen unkontrolliert aus meinem Mund.

»Ich?« Meine Lippe zittert, aber ob vor Wut oder Traurigkeit, kann ich nicht sagen. »Ich trau mich was? Du warst es doch, die Finn von meinem Handy aus Nachrichten geschickt hat. Und du bist es auch, die mir Drohbriefe schreibt.«

Zoë sieht mich erstaunt an. Sie verschränkt die Arme und beugt sich vor, als würde sie mit einem kleinen Kind reden. »Wovon sprichst du?«

Ich schüttele spöttisch den Kopf. »Ach komm, Zoë. Niemand außer mir kann dich hören. Du kannst ruhig ...«

»Was heißt hier, ›ach komm, Zoë‹?« Sie sieht mich immer noch an, als hätte ich sie nicht alle. »Ich habe keine Ahnung, wovon du sprichst. Drohbriefe?«

»Ja, stell dir vor! ›Was, wenn du niemandem mehr trauen kannst?‹«, sage ich.

Nichts in ihrem Gesicht deutet darauf hin, dass sie sich ertappt fühlt. Wie eine perfekte Schauspielerin bleibt sie die Ruhe selbst.

»Weißt du, was, vergiss es einfach.« Ich hebe resigniert die Hände. »Wenn dir das Spiel so gut gefällt.« Hastig ziehe ich meine Handyhülle ab. Mit zitternden Fingern falte ich den Zettel auseinander und halte ihn Zoë vors Gesicht. »Und?«, sage ich. »Willst du immer noch behaupten, du wüsstest von nichts? Ich hab's kapiert, okay? Ich habe dir damals wehgetan und jetzt willst du mir wehtun. Ich hab's echt kapiert.«

Zoës Gesicht verrät noch immer nichts, während sie aufmerksam den Text auf dem Zettel liest. Ich sehe, wie ihre Augen über die Buchstaben fliegen. Nicht nur einmal, sondern zweimal und noch einmal. Dann hellt sich auf einmal ihr Gesicht auf und es ist, als würde eine ganz andere Zoë vor mir stehen.

Sie lacht mich freundlich an. »Und du kapierst gar nichts, hast du das auch kapiert? Ich weiß jedenfalls, dass ich diesen Brief nicht geschrieben habe. Und das bedeutet nur eins.« Sie macht einen Schritt auf mich zu und pustet mir kurz ins Gesicht. »Dass es jemanden gibt, der dich genauso verabscheut wie ich.«

15

Am nächsten Morgen werde ich nur mit Mühe wach. Meine Wimpern kleben zusammen, weil ich mich nicht abgeschminkt habe. Ich habe das Gefühl, höchstens zehn Minuten geschlafen zu haben. In den ersten drei, vier Sekunden weiß ich nicht einmal, welcher Tag heute ist – muss ich zur Schule? Habe ich verschlafen? Hat der Wecker überhaupt geklingelt? – und was gestern Abend passiert ist. Dann aber kommt die Erinnerung mit voller Wucht zurück. Sofort zieht sich mir der Magen zusammen.

Ich bin ziemlich gut darin, mir selbst etwas vorzumachen, aber nicht einmal ich kann so tun, als hätte ich gestern Abend nicht in Finns Handy herumspioniert. Schon bei dem Gedanken an den Blick, mit dem sie mich angeschaut hat, als sie mich erwischt hat, werde ich wieder rot. Als ich ihr eine halbe Stunde später erklärte, dass ich zu Hause schlafen wolle, hat sie kaum etwas erwidert. Sie hat nicht einmal nach dem Grund gefragt, so sauer war sie offenbar auf mich. Und was Zoë betrifft, so hat sie mich so satt, dass sie nicht einmal zugeben will, hinter den Drohbriefen zu stecken.

Unter dem Kissen taste ich nach meinem Handy. Irgendwo tief in mir habe ich noch die stille Hoffnung, dass Finn mir eine Nachricht geschickt haben könnte, aber als ich das Display aktiviere, sehe ich, dass ich keine neuen Nachrichten habe, weder auf WhatsApp noch sonst wo. Mit dem Daumen klicke ich auf das Facebook-Icon und scrolle durch die neuen Postings.

Samstag früh wimmelt es davon. Wer jetzt noch nichts gepostet hat, gibt im Grunde zu, dass er nichts Erzählenswertes erlebt hat. Niemand wird freiwillig ins Netz stellen, dass er den Abend mit Mama und Papa auf dem Sofa verbracht hat. Sofie hat drei Fotos von ihrem neuen Apartment gepostet. Evi war gestern Abend auf dem Leidseplein im Kino, Quinten hat einen kleinen Film über Ajax Amsterdam eingestellt und Finn ...

Als ich sehe, auf welchem Foto Finn getaggt ist, zucke ich zusammen.

Finn lacht mit offenem Mund. Sie hat die Augen zugekniffen. Das Mädchen neben ihr macht ein Duckface und hat die Hände zum Peace-Zeichen erhoben. Eigentlich sind sowohl Mimik als auch Geste total bescheuert, aber das Mädchen sieht aus, als wäre es ihr völlig egal, was andere von ihr denken. Den einen Arm hat sie Finn besitzergreifend um die Schultern gelegt, als wären sie schon jahrelang BFFs.

Zoë.

Mich durchzuckt ein Stich. Ich fühle mich genauso verloren wie damals, als Wout mit mir Schluss gemacht hat. Nichts ist schmerzhafter als das Gefühl, abgewiesen zu werden, vor allem von jemandem, den man liebt. Ein bitterer Geschmack steigt mir die Kehle hoch.

Das Foto wurde schon vierundzwanzig Mal geliked und sechs Mal kommentiert. Vorsichtig klicke ich mit der Fingerspitze die Kommentare an. Nicht dass ich aus Versehen ein Foto von Zoë like. Für kein Geld der Welt.

Jamie Verkerk
Nice foto!
Joelle van de Meer
Lovely ladies!

Zoë Kramer
Top Abend
Jamie Verkerk
Für dich ganz bestimmt J
Finn Davis
Wow! Ich hab schon mal charmanter auf einem Foto ausgesehen. War lustig!
Zoë Kramer
@FinnDavis: War richtig lustig. Finster! @JamieVerkerk ;-)

Ich wechsele auf Zoës Seite. Auf ihrem Profilbild ist nur ihre linke Gesichtshälfte zu sehen. Nur ein Auge, eine Wange, eine Nasenhälfte. Das Auge scheint mich durchdringend zu mustern.

Ganz oben auf ihrer Seite sind neun Instagram-Fotos hochgeladen. Unverkennbar Bilder von gestern Abend aus dem Bubbels. Ich sehe Jamie und Joelle Kusshändchen in Richtung Kamera werfen, Amber, die ein Whiskeyglas küsst, Anne und Zoë, die wie wild ihre Haare schütteln, und Zoë, die mit geschlossenen Augen einen Kuss auf Wouts Wange platziert.

Ich fühle nichts von dem, was man fühlen sollte, wenn man die größte Feindin mit dem Exfreund zusammen sieht. Keinen Hass, keinen Schmerz, keine Trauer, keine Enttäuschung. Ich wusste es. Ich habe es schon die ganze Zeit gewusst, von dem Moment an, an dem ich Zoë am ersten Schultag im Gang habe stehen sehen. Und sie wusste, dass ich es wusste, und darum hat sie freundlich gelächelt und mir zugenickt. Darum ist sie nicht gleich auf mich losgegangen und hat ihre Nägel und Zähne in mir vergraben, um mich anschließend über den Boden zu schleifen. Was sie tut, ist viel subtiler. Sie hat einen ganz genauen Plan ausgetüftelt: einen Fahrplan mit dem Ziel meiner totalen Zerstörung. Sie hat vier Jahre Zeit dafür gehabt. Und sie greift dort an, wo ich am verwundbarsten bin: bei meiner besten Freundin. Bei meiner ersten Liebe.

»Jade? Bist du schon wach?«

Von außen wird an die Tür geklopft. Schnell schließe ich Facebook und schiebe mein Handy unter das Kissen.

»Kann ich reinkommen?«

Es ist sicher schon sieben Jahre her, dass meine Mutter mir am Samstagmorgen Waffeln mit Erdbeeren ans Bett gebracht hat. Wenn ich mich recht erinnere, war ich noch in der Grundschule. Waffeln mit Erdbeeren und viel Honig waren unser Samstagsritual. Sofie war samstags schon immer früh unterwegs zu irgendwelchen Hockeyspielen und mein Vater fuhr meist eine halbe Stunde später los, um ihr zuzuschauen. Meine Mutter und ich hatten keine Lust, so früh am Wochenende frierend an der Seitenlinie herumzustehen. Wir frühstückten lieber im Bett und schauten uns irgendwelche Makeover-Shows an.

»Hallo Mama, komm rein.«

Ich richte mich auf.

Die Waffeln riechen nach zuckersüßem, warmem Teig, frisch aus dem Waffeleisen. Sie riechen genau richtig.

»Gut geschlafen?«

»Bin noch ziemlich müde.«

Ich rutsche ein Stück zur Seite, sodass sie sich neben mich aufs Bett setzen kann. Es fühlt sich merkwürdig an, dass sie auf einmal wieder mit Waffeln und Tee in meinem Zimmer auftaucht, aber auf wohltuende Weise merkwürdig.

»Ich habe dich heute Nacht nach Hause kommen hören.«

Sie stellt den Tee auf meinem Nachttisch ab und reicht mir den Teller mit den Waffeln. Die Erdbeeren glänzen vor Honig.

Ich merke erst jetzt, wie schrecklich hungrig ich eigentlich bin.

»Wolltest du nicht bei Finn übernachten?«

Ich pieke die größte Erdbeere mit der Gabel auf und stecke sie mir in den Mund. Ich könnte meiner Mutter jetzt irgendeine Story auftischen, wieso ich doch nach Hause gekommen bin – es ging mir nicht so gut, Finn ging es nicht so gut, ich wollte gleich heute Morgen Hausaufgaben machen, Finn muss heute früh raus –, aber ich habe keine Kraft mehr zu lügen.

»Hab ein bisschen Stress mit Finn.«

Meine Mutter öffnet den Mund, um ihn gleich wieder zu schließen. Sie hebt die Hände, als wollte sie klein beigeben. »Ach weißt du«, sagt sie lächelnd. »Ich muss nicht immer alles wissen.«

Ich lache auf. »Wie bitte?

Meine Mutter reckt das Kinn empor. »Du hast mich genau verstanden. Ich muss nicht alles wissen. Wenn du über deinen Streit mit Finn reden möchtest, von mir aus, ich bin ganz Ohr. Wenn nicht, dann nicht.«

»Kommst du darum mit Waffeln und Erdbeeren zu mir? Weil du hoffst, dass ich dann eher mit irgendetwas herausrücke?«

»Vielleicht.« Meine Mutter klingt auf einmal ganz ernst. »Oder vielleicht habe ich auch einfach nur mitgekriegt, dass es dir in den letzten Tagen nicht so gut ging. Und habe mich gefragt, ob es auch an mir liegt.«

»Ach ja?«

Meine Mutter wühlt in ihren Haaren. Jetzt, wo es nicht mehr so streng geschnitten ist, wirkt sie glatt zehn Jahre jünger. Jünger und irgendwie lieber, mehr wie Mama als wie meine Mutter.

»Weißt du«, sagt sie. »Das mit Wout hätte ich nicht sagen dürfen. Dass es vielleicht besser ist, wenn er eine neue Freundin hat.« Sie sieht mir so intensiv in die Augen, dass mir das Schlucken schwerfällt. »Natürlich ist es für einen selbst nie besser, wenn der Exfreund nach ein paar Wochen schon eine Neue hat. Ich ... ich dachte wohl, dass es dir auch ein bisschen leichter fällt, wenn ich so gleichgültig tue. Aber das ist natürlich Unsinn.«

Zum ersten Mal seit einer Ewigkeit habe ich das Gefühl, dass Mama wieder zurück ist. Nicht die Mutter der letzten Zeit mit ihren Normen und Werten, nicht die Mutter von ganz früher mit ihren wilden Ideen und dem Freundinnengetue, sondern einfach Mama. Die sich immer auf meine Seite schlägt oder zumindest hören möchte, wie sich die Dinge von meiner Seite aus anfühlen. Die zugibt, dass sie einen Fehler gemacht hat, auch wenn ich nicht hundertprozentig im Recht bin.

»Es tut mir wirklich leid«, sagt sie. Sie legt ihre Hand auf meine. »Und auch, dass dein Exfreund ein Loser ist.«

»Mama!«

»Stimmt doch? Wenn er mit seiner hohen Stirn glaubt, dass er etwas Besseres kriegt als meine Tochter, dann ist er nun mal ein Loser. Und in zehn Jahren kahl, aber das nur am Rande.«

Ich lache leise. »Du meinst, er kriegt dann auch so ein M auf dem Kopf wie Papa?«

»Ein M?«

Ich zeichne mir mit dem Finger ein M auf die Stirn, um Geheimratsecken anzudeuten.

Meine Mutter zeichnet sich einen Halbkreis auf die Stirn. »Dein Vater hat schon eher ein halbes O!«

Wir lachen beide.

»Lass das bloß nicht deinen Vater hören.«

Ich schneide ein großes Stück Waffel ab und stecke es mir in den Mund. Wenn ich es je von ihr erfahren will, das von damals, dann ist jetzt der Moment, um nachzuhaken.

»Mama, darf ich dich etwas fragen?«

»Hm.«

»Es wird dir nicht gefallen.«

Ihr Gesichtsausdruck wird sofort ernst. »Frag ruhig.«

»Ich ... Sofie ...«, beginne ich. Dann schüttele ich den Kopf und sehe sie direkt an. »Wolltest du dich von Papa trennen, Mama? Vor drei Jahren? Als ich in der Achten war?«

Meine Mutter bleibt erstaunlich ruhig, als sei sie innerlich darauf vorbereitet gewesen, dass diese Frage irgendwann auf sie zukommt.

»Samthandschuhe oder reiner Wein?«

»Reiner Wein, bitte.«

»Ja. Ich wollte mich von deinem Vater trennen. Und ja, ich bin ihm bis auf den heutigen Tag dankbar, dass er es mir wieder ausgeredet hat.«

Wir sehen uns schweigend an. Mein Herz klopft viel schneller als normal, aber mein Atem bleibt beinahe ruhig. Meine Mutter wollte sich scheiden lassen. Meine Mutter wollte sich scheiden lassen, aber ist froh, dass sie es nicht getan hat. Nichts, weswegen man einen Panikanfall kriegen müsste.

Tausend Fragen schießen mir durch den Kopf, aber nur eine einzige ist wirklich entscheidend.

»Warum, Mama? Warum wolltest du das?«

Mit einem Mal zupft meine Mutter konzentriert an ihrem Fingernagel. »Ganz ehrlich? Ich kam mir fehl am Platz vor. Ihr brauchtet mich nicht mehr so sehr, dein Vater war am liebsten bei der Arbeit und ich hatte das Gefühl, dass jeder Tag meines Lebens dem vorigen gleicht. Ich wollte mehr aus meinem Leben machen: reisen, schöne Dinge erleben, alleine wohnen. Ich hatte das Gefühl, etwas zu verpassen.«

Unbewusst habe ich ein Waffelstück zwischen Daumen und Zeigefinger zu einer Kugel gerollt. Langsam beiße ich ein Stück davon ab.

»Und dann? Warum hast du es nicht durchgezogen?«

Mit einem tiefen Seufzen sieht sie mich an. Sie weiß, dass ich die Antwort schon kenne, sie aber aus ihrem Mund hören möchte.

»Weil ich nicht konnte. Sobald ich das Wort Trennung ausgesprochen hatte, wusste ich, dass es ein Fehler war. Es wäre eine Flucht gewesen, wenn ich gegangen wäre, eine feige Flucht.«

Die Waffel bleibt mir auf halbem Wege im Hals stecken.

»Außerdem ging es dir damals nicht besonders gut. Ich bekam es zwar mit, habe es aber wohl nicht wirklich begriffen. Ich dachte, ich müsste dich einfach ein Weilchen in Ruhe lassen, obwohl du genau damals mehr Aufmerksamkeit gebraucht hättest als je zuvor. Dein Vater allerdings hat es gemerkt. Und genau das sagte er auch: dass ich dich nicht im Stich lassen darf. Nicht damals, nicht kurze Zeit später, gar nicht. Und damit hatte er recht.«

Ich zwinkere ein paar Mal, um die aufsteigenden Tränen zurückzuhalten. Ich weiß genau: Wenn ich jetzt versuche, etwas zu sagen, beginne ich zu heulen. »Bereust du es?«, presse ich hervor.

Meine Mutter streckt die Arme nach mir aus und zieht mich an sich. »Absolut nicht. Ich habe einfach die Angst, etwas zu verpassen, mit der Vorstellung aufgewogen, euch zurückzulassen. Und da wusste ich es sofort. Ich hätte dich und Sofie und auch Papa viel zu sehr vermisst.«

Ich bin froh, dass ich jetzt Bescheid weiß, dass ich jetzt die ganze Geschichte kenne. Die Wahrheit mag hart sein, aber es lässt sich mit ihr trotzdem besser leben als mit einer lahmen Lüge.

»Und, was meinst du?« Meine Mutter gibt mir einen Kuss auf die Stirn. »Hast du Lust, mit mir in die Stadt zu gehen und zu shoppen? Auf meine Rechnung?«

Ich kuschele mich an sie, so wie früher. Eigentlich möchte ich nichts lieber, als mit ihr in die Stadt zu gehen, die Läden leer zu kaufen und im Café zu sitzen.

»Heute nicht, Mama, okay? Es gibt da etwas, was ich tun muss.«

16

Jetzt, wo ich hier sitze, weiß ich auf einmal nicht mehr, ob es so eine gute Idee war. Es ist immer das Gleiche mit mir: Ich mache irgendwas und vertue dann meine Zeit damit nachzugrübeln, ob es vielleicht falsch war. Im McDonald's in der Kalverstraat ist es brechend voll, wie jeden Samstagnachmittag. Hätten wir uns doch lieber woanders verabreden sollen? Was, wenn wir Bekannte treffen? Jemanden aus der Schule?

»Gutes Timing!«

Mit gut sechs Plastiktüten in der Hand kommt Babet auf mich zugelaufen. Jede andere würde nach so einer Shoppingtour erschöpft und abgekämpft aussehen. Babet aber wirkt, als hätte sie gerade ein Schläfchen gemacht und frisches Make-up aufgelegt. Die Haare hat sie mit einem blau karierten Schal zusammengebunden. Hinter ihr taucht Nikki mit einem Tablett mit je drei McNugget-Menüs und Erdbeer-Milchshakes auf: unsere Standardbestellung von damals.

»Habe eben schon zu Nikki gesagt: Was für ein Zufall ist das denn, dass ich zur Tür hereinkomme, wenn gerade die Bestellung zum Tisch getragen wird.«

Babet wirft ihre H&M-, Bershka- und Zara-Tüten neben mich auf die rotlederne Bank und gibt mir einen Kuss auf die Wange.

»Soso, was für ein Zufall!« Nikki verdreht die Augen. »Ich würde wetten, du hast einfach draußen gewartet, Fräulein Ich-trage-kein-Tablett.«

»Ist nicht meine Schuld, dass ich zu spät bin. Der Typ von *River Island* hat zwei Mal Schuhe in der verkehrten Größe angeschleift.«

»*I mean hello!*« Mit einem übertriebenen Akzent werfe ich meine Haare zurück.

Babet starrt mich an und fängt an zu lachen. »Entschuldigt, das klang wirklich ziemlich ...«

»Ziemlich nach Babet, genau.« Nikki verteilt die Schachteln mit den Chicken Nuggets und die Pommes. »Wolltet ihr Mayo? Jade, eine oder zwei?«

»Hast du auch Ketchup mitgebracht?«

»Ach, stimmt.« Nikki sieht mich an. »Du mit deinem Ketchup!«

Ich ziele mit einem Beutel Mayo auf sie. »Und du immer mit deiner komischen Mayo.«

Ich reiße den Ketchupbeutel auf und drücke den Inhalt in meine Schachtel mit Chicken Nuggets. Eigentlich dachte ich, dass ich nichts essen könnte, aber der Geruch macht sofort hungrig.

»Ach, wie nett!« Nikki lässt sich mir gegenüber auf einen Aluminiumstuhl fallen und steckt sich drei Pommes gleichzeitig in den Mund. »Ein richtiges Wiedersehensfest.«

Bevor Babet kam, habe ich schon eine Weile mit Nikki gequatscht. Es ist beinahe unheimlich, wie einfach das gleich wieder ging. Mit manchen Menschen ist das so: Man fühlt sich sofort wohl, auch wenn man sich lange nicht gesehen hat. Als würde man an ein lange vergangenes Gespräch anknüpfen. Keine Vorwürfe, keine unbehagliche Stille, kein höfliches Getue: Es passt einfach.

»Ja, ein Wunder, dass wir uns nach all der Zeit noch wiedererkannt haben, oder?« Babet steckt sich den Strohhalm ihres Milchshakes zwischen die Zähne und nickt Nikki zu.

»Aber du scheinst noch der gleiche Fresssack zu sein wie damals.«

Nikki strahlt. »Und trotzdem kein Gramm zugenommen.«

»Na ja, ich habe deine Urlaubsfotos auf Facebook gesehen. Heiliger Arsch!«

»Bist du etwa eifersüchtig auf meinen Hintern?«

»Ich glaube, Babet meinte: Heiliger Arsch, was für eine Oberweite.« Ich zeige auf Nikkis Busen. »Die hattest du in der Siebten noch nicht.«

Nikki streckt die Brust raus und zieht einen Schmollmund. »Thanks, Babe.«

»Wir hätten Zoë auch einladen sollen«, murmelt Babet, noch immer den Strohhalm zwischen den Zähnen.

Sofort bin ich hellwach. Das Z-Wort ist gefallen, das Corpus Delicti ist benannt.

Babet blickt von Nikki zu mir. »Ist doch wahr, oder? Ich meine: Sie hat sich *wirklich* verändert. Als ob sie bei einer von diesen Vorher-nachher-Shows mitgemacht hätte.«

»Ich habe sie immer noch nicht in echt gesehen.« Nikki spült ihre Pommes mit einem Schluck Milchshake herunter. »Aber stimmt schon, auf ihren Facebook-Fotos sieht sie um Längen besser aus als damals.«

»Bist du nicht sogar mit ihr in einer Klasse?« Babet schiebt ihren Ellenbogen über den Tisch und verpasst mir einen Stoß. »Oder zumindest auf derselben Schule.«

Mit Mühe kriege ich einen Bissen herunter. »Ja«, sage ich schließlich.

»Und?« Nikki sieht mich fragend an. »Hast du schon mit ihr geredet? Hat sie irgendwas zu dir gesagt?«

Ich rutsche unbehaglich auf meinem Stuhl hin und her. »Nein, aber ...«

»Aber was?« Nikki und Babet starren mich erwartungsvoll an.

Um Zeit zu gewinnen, schnappe ich mir einen Nugget und zeige auf meinen vollen Mund.

»Schluck schon runter, Drama Queen«, seufzt Babet theatralisch. »Du mit deiner ewigen Zeitschinderei.«

Auf einmal fühle ich mich tatsächlich wie eine Drama Queen. Eine, die sich mal wieder anstellt. Eine, die ihren verdienten Lohn bekommt und darüber jammert.

»Ich bekomme Briefe.« Endlich ist mein Mund leer. »Drohbriefe.«

»Was?« Nikkis Stimme schießt in die Höhe. »Drohbriefe von Zoë?«

Ich nicke langsam.

»Die Kleine bedroht dich?«

Ein Pärchen, das ein paar Tische entfernt sitzt, sieht zu uns herüber.

»Nicht so laut«, sage ich und mache eine beschwichtigende Handbewegung. »Alle können dich hören.«

»Also, noch mal von vorne.« Babet legt ihre Hand auf meinen Unterarm. »War das wirklich dein Ernst? Du wirst von Zoë bedroht? Wie? Wann?«

»Wolltest du deshalb mit uns reden?«

Ich fahre mit meinem Strohhalm in der Öffnung des Milchshake-Deckels auf und ab. »Ich weiß nicht einmal sicher, ob es wirklich Zoë ist, aber ich wüsste nicht, wer sonst dahinterstecken könnte.«

»Natürlich ist es Zoë«, sagt Nikki. »Ich hab schon damals vermutet, dass sie nicht so dumm ist, wie sie aussah.«

Babet kneift mich sanft in den Arm. »Was steht denn in den Briefen?«

»Im ersten, ob ich weiß, wie es ist, ausgelacht zu werden.« Ich schweige kurz. »Am selben Tag hat jemand in Sport in der Umkleide meine Hose mit Sirup vollgeschmiert.«

»Wie fucking kindisch.« Nikki wischt sich mit dem Handrücken über den Mund. »Sirup in der Hose? Wie hat sie das denn hingekriegt?«

»Keine Ahnung«, sage ich. »Herr Banen hat mich nach der Stunde kurz aufgehalten, und als ich zurück in die Umkleide kam, waren alle schon weg und meine Hose war voll Sirup.«

»Und so bist du dann in die Klasse gegangen?«

»Mir blieb nichts anderes übrig.«

Nikki lacht. »Wie peinlich!«

Babet lehnt sich langsam zurück. »Zoë hat immer Sirupbrote gegessen, erinnert ihr euch? Manchmal, wenn sie in die Klasse kam, hatte sie noch braune Flecken in den Mundwinkeln.«

Ich nicke. »Genau das Gleiche habe ich auch gedacht.«

»Sie hat sich aber auch echt wie ein Kleinkind benommen, oder?« Nikki zieht ein genervtes Gesicht. »Als ob sie irgendwo in der vierten oder fünften Klasse hängen geblieben wäre mit ihren öden Klamotten.«

»Und diese Haare! Trocken und strähnig wie Stroh.« Ich sehe, wie Babet zusammenzuckt, als ihr klar wird, wie sie gerade über Zoë abgelästert hat. Es ist, als wären wir in die Zeit vor vier Jahren zurückgefallen. Sie dippt ein Pommes in meinen Ketchup. »Und was stand in den anderen Briefen?«

Ich ziehe meine Handyhülle ab und lege den gefalteten Zettel auf den Tisch. »Lest selbst.«

Nikki kommt Babet zuvor und reißt ihn an sich.

»›Was, wenn du niemandem mehr trauen kannst?‹«, liest sie vor. Dann reicht sie den Zettel an Babet weiter und sieht mich an. »Das ist alles? ›Was, wenn du niemandem mehr trauen kannst?‹«

»Wann hast du den gekriegt?«, fragt Babet.

»Gestern Abend. Er hat unter meiner Fahrradklingel gesteckt.«

In knappen Sätzen erzähle ich, wie die Jajas nach Ladenschluss ins Fifties platzten und dass Finn Nachrichten von meinem Handy bekam, die ich nicht geschrieben hatte. Den Teil, als ich heimlich in Finns Telefon herumschnüffelte und sie mich dabei erwischte, lasse ich weg.

»Aber bisher ist nichts passiert?«, fragt Babet. »Keine neue Sirup-in-der-Hose-Aktion?«

Mit einem Pommes male ich ein Muster in die Ketchuplache. »Das nicht. Aber gestern Abend war Zoë auf einmal ganz dicke mit meiner besten Freundin.«

»Also eine schöne Retourkutsche«, folgert Nikki. »Echt, dieser Zoë kann man wirklich nicht trauen. Genau das meinte sie in dem Brief, wetten? Ich konnte das Mädchen noch nie leiden.«

»Vermutlich sagt sie genau dasselbe über uns.« Babet zupft den Schal in ihren Haaren zurecht. »Und sie hatte allen Grund dazu.«

»Aber das hier ist doch superkindisch.« Nikki schnippt mit dem Fingernagel gegen den Zettel. »Jemandem die beste Freundin ausspannen! Also echt, das habe ich das letzte Mal gemacht, als ich sechs war.«

»Als ob wir uns so wahnsinnig erwachsen benommen hätten«, sagt Babet. Sie weicht Nikkis Blick aus und sieht mich an. »Ich meine, haben wir es nicht irgendwie auch verdient? Ich verstehe natürlich, wie mies es für dich ist, aber wenn du bedenkst, was wir ihr alles angetan haben ... Wann immer ich an sie denke, krieg ich Schuldgefühle.« Sie dippt einen Nugget in ihre Mayo, ohne davon abzubeißen. »Im Grunde haben wir sie sogar von der Schule gemobbt.«

Nikki schlürft vernehmlich ihren Milchshake. »Sagt wer?«

»Keiner.« Ich zucke die Achseln. »Aber alle denken es.«

»Ihr wisst schon, was ich meine.« Babet hält ein Pommes zwischen Daumen und Zeigefinger. »Die Beschimpfungen, unsere ganzen Schikanen ... Da sind ein paar Drohbriefe und ein bisschen Sirup in der Hose nichts dagegen.«

Nikki lehnt sich zurück. »Okay. Das Video über sie, das ging echt zu weit. Aber wir können doch auch nichts dafür, dass es immer noch im Netz kursiert? Wie lange haben wir es stehen gelassen, einen Tag? Höchstens, wirklich nicht länger. Also ist es doch nicht unsere Schuld.«

Meine Kehle ist sofort wie zugeschnürt vor lauter Fremdschämen. Das RIP-Video, natürlich. Wie konnte ich das nur vergessen?

Nikki steckt sich drei Pommes gleichzeitig in den Mund und betrachtet mich mit seltsamem Blick. »Du bist ja leichenblass geworden«, sagt sie und lächelt. »›Leichenblass‹ – weißt du noch?«

»Ich will nicht darüber reden. Das ist wirklich nicht lustig!«, sage ich mit einer Stimme, die nicht mir zu gehören scheint.

»Ach komm, Jade. So schlimm war es nun auch wieder nicht.«

»So schlimm war es nicht?« Babet sieht Nikki an. »Die ganze Schule hat davon geredet. Was könnte denn schlimmer sein?«

»Du bist ganz schön scheinheilig«, sagt Nikki. »Ich kann mich erinnern, dass du es damals ziemlich witzig fandst.«

»Ich war zwölf.«

»Ja und? Willst du behaupten, du wusstest damals nicht, was Mobbing bedeutet?«

»Du gibst also zu, dass es Mobbing war?«

»Natürlich war es das. Genau wie ich diese Jamie oder Jannie, oder wie sie hieß, im Schuljahr davor gemobbt habe.

Oder ich von dieser kleinen Schlampe in der Grundschule gemobbt wurde. So etwas tun Menschen nun mal.«

Babet schüttelt den Kopf. »Das meinst du doch nicht wirklich.«

»Worauf du einen lassen kannst.«

»Bereust du denn gar nichts?«

»Ich war zwölf«, sagt Nikki, indem sie Babets Tonfall nachahmt.

»Im Ernst jetzt.«

»Im Ernst?« Nikki zieht den Milchshake zu sich und nimmt ein paar Schluck nacheinander. »Kann schon sein, dass es nicht richtig war. Aber wir haben es nun einmal getan. Was ändert es heute noch, darüber zu jammern?«

In ihren Augen steht noch der gleiche harte Blick wie damals. Pech, scheint er sagen zu wollen. Dickes, fettes Pech. Zoës Pech, dass sie so ein Loser war.

Ich spüre, dass Babet mich ansieht, aber meine Kehle ist noch immer wie zugeschnürt. Die Tränen brennen mir in den Augen. Ich habe das Gefühl, dass jeder uns hören kann, dass alle Gäste mitkriegen, wie die drei gemeinsten Schlampen der Unterstufe versuchen, sich ihre Taten schönzureden. *Das tun Menschen nun mal. Ich war zwölf! Was ändert es heute noch?*

»Jade? Alles in Ordnung?« Nikki zwinkert mir zu. »So schlimm ist es nun auch wieder nicht. Sie hat sich bestens entwickelt und offensichtlich kein Trauma davongetragen.«

»Woher willst du das wissen?« Babet schüttelt den Kopf. »Du hast seit vier Jahren nicht mehr mit ihr gesprochen. Mehr noch, du hast noch nie mit ihr gesprochen, sondern sie immer nur beschimpft und ausgelacht.«

»Sie hatte Depressionen«, sage ich tonlos. »Und musste eine Therapie machen, ein ganzes Jahr lang.«

Nikki und Babet erwidern nichts. Ich sehe, wie Nikki den

Mund öffnet und ihn wieder schließt, als ich sie ansehe. Schließlich ist es Babet, die das Wort ergreift. »Woher weißt du das?«

»Von Evi. Sie hat in einem Internetforum über Zoës Geschichte gelesen.«

»Evi Braams? Meine BFF aus der Grundschule?« Den zweiten Satz sagt Babet in spöttischem Ton.

»Ja«, sage ich. »Sie hat sich letzte Woche bei mir gemeldet. Sie hatte die Sache mit dem Sirup mitgekriegt und sofort geahnt, dass Zoë dahintersteckt. Und sie fürchtet, dass sich Zoë jetzt auch an ihr rächen will.«

»Und?«

»Soweit ich weiß, ist bisher nichts passiert.« Ich sehe erst Babet an, dann Nikki, aber die beiden wissen offenbar auch nicht mehr als ich. »Wie es scheint, bin ich die Einzige, an der Zoë Rache nimmt.«

Nikki und Babet schweigen noch immer.

»Und, ja, ich weiß«, fahre ich fort. »Ich soll mich nicht so anstellen. Was wir getan haben, ist zehn, hundert Mal schlimmer gewesen, ist schon klar. Wir hätten all das nie zu ihr sagen dürfen, hätten das mit dem Film und dem Clearasil und all die anderen fiesen Dinge niemals tun dürfen. Aber so einfach ist das für mich nicht. Die Zoë von damals war ein erbärmlicher, hoffnungsloser Fall ohne ein Fitzelchen Selbstvertrauen. Die Zoë von heute ist dagegen eine Bitch. Sie macht mich vor der ganzen Klasse lächerlich, bringt andere Mädchen dazu, mir Prügel anzudrohen, und schnappt mir meine beste Freundin weg. Manchmal habe ich regelrecht Angst, dass ich verrückt werde. Muss ich das alles über mich ergehen lassen? Habe ich es verdient? Soll ich einfach nur stumm dastehen, wenn sie mich fertigmachen, ohne mich zu wehren? Aber war nicht genau das der Grund, weshalb wir uns Zoë früher vorgenommen haben? Weil sie alles über sich ergehen ließ? Weil sie selbst in die Opferrolle geschlüpft ist und beinahe darum gebeten hat, von uns schikaniert zu werden?«

Ich bin so außer Atem, als wäre ich eine lange Strecke gejoggt. Nervös sauge ich durch den Strohhalm meinen Milchshake leer, bis nur noch Luft kommt.

»Entschuldigung«, sage ich. »Aber das musste mal sein ...«

»Schon gut«, sagt Babet. »Du hast genau das ausgesprochen, was ich mich die ganze Zeit nicht zu sagen getraut habe: Wenn wir es nicht gewesen wären, wäre sie von einer anderen Clique aus der Klasse gemobbt worden.«

Ich bemühe mich, meine Atmung wieder unter Kontrolle zu kriegen. Babet hat recht. In jenem Jahr wurde Zoë langsam, aber sicher zum Spielball der Klasse. Wir waren nicht die Einzigen, die sie nicht dabeihaben wollten, alle haben sie ausgeschlossen. Am Anfang versuchte sie vielleicht noch dazuzugehören, aber gegen Ende des Jahres gab sie komplett auf. Es interessierte sie nicht mehr. Man sah es ihr regelrecht an. Es war, als ob jemand das Licht in ihren Augen ausgeknipst hätte: Es wurde dumpfer und dumpfer, bis es schließlich ganz erlosch.

»Und jetzt?« Nikki sammelt die leeren Pommestüten und Mayobeutel ein und stapelt sie auf ein Tablett. »Sollen wir uns jetzt gemeinsam bei ihr entschuldigen? Ihr einen Brief schreiben? Einen Fernsehsender einschalten?«

Ich ignoriere Nikkis genervten Tonfall. Für sie ist das Ganze noch immer ein großer Witz und Zoë eine, die sich anstellt.

»Wohl kaum«, sage ich. Ich werfe meinen leeren Ketchupbeutel zu den anderen leeren Packungen. »Ihr bekommt ja keine Drohbriefe, also will sich Zoë offenbar auch nicht an euch rächen, oder?«

Einen Moment habe ich die Hoffnung, Nikki und Babet würden jetzt zugeben, dass auch sie ähnliche Botschaften von Zoë bekommen haben. Aber im Grunde weiß ich es besser.

»Offensichtlich nicht, nein«, sagt Nikki. »Aber wir sind natürlich auch nicht auf ihrer Schule.«

»Das spielt keine Rolle«, sage ich. Ich nehme Zoës Zettel vom Tisch und stecke ihn wieder in meine Handyhülle. »Die letzte Nachricht habe ich nicht in der Schule bekommen.«

»Dann weiß ich auch nicht«, sagt Nikki. »Gehen wir?«

»Tut mir leid«, sagt Babet und legt ihre Hand auf meine.

Ich ziehe ein Gesicht, das sowohl »Mir auch« als auch »Schon gut« bedeuten kann. Die Frage rutscht mir gegen meinen Willen heraus. »Warum ich? Warum ausgerechnet ich?«

Babet beugt sich vor. Sie lächelt entschuldigend, als wenn sie lieber nicht antworten würde, und tätschelt mir besänftigend die Hand. »Du weißt genau, warum, Jade. Weil sie dachte, dass sie dir vertrauen kann.«

17

In der allerersten Schulwoche der siebten Klasse saß ich ein paarmal im Unterricht neben Zoë. Wie oft, weiß ich nicht mehr und auch nicht, in welchen Fächern – abgesehen von Französisch, weil die Lehrerin uns einen Vortrag darüber hielt, dass Jade und Zoë eigentlich französische Namen seien.

Ich nahm es hin, neben Zoë zu sitzen, weil ich nicht unfreundlich sein wollte, nicht etwa, weil ich sie mochte. Unsere Klasse saß dicht gedrängt, außerdem kannte ich niemanden und Zoë hielt mir jedes Mal einen Platz frei, wenn ich wieder mal auf den letzten Drücker kam. Vielleicht blieb der Platz neben ihr aber auch immer übrig, keine Ahnung. Wir sagten »Hi«, »Auf welcher Seite sind wir?«, »Hast du die Hausaufgaben gemacht?« und »Darf ich mit in dein Buch schauen, ich habe meins vergessen«. Das war alles. In der ersten Woche machte ich mir noch keine Gedanken um meinen Sitzplatz, so überwältigt war ich von der großen Schule, den erwachsen aussehenden Schülern der oberen Klassen – denen man manchmal nicht ansah, ob sie Schüler oder Lehrer waren – und dem wahnsinnig gut aussehenden Jungen, mit dem ich ein paar Mal in der Pause geredet hatte. Erst später, als ein Drittel von uns auf die Parallelklassen verteilt wurde und sich der Nebel verzog, registrierte ich, wer mit mir in einer Klasse war. Ich lernte die Namen und begann, Freundschaften zu schließen. Ich lachte laut über die Witze, die Quinten in der Bank hinter mir riss, und fühlte mich großartig, als Nikki und Babet mich beim Sport in ihrem Team haben wollten. Erst später fiel mir auf, dass Zoë mitten in der Stunde aus der Halle verschwunden war, weil niemand sie gefragt hatte, ob sie mitmachen wollte. Ich nahm mir vor, sie beim nächsten Mal in unser Team zu bitten, ließ es dann aber doch sein. Zoë kam sowieso immer zu spät zum Sport, meldete sich oft mit halbseidenen Entschuldigungen krank und war hoffnungslos ungeschickt. Auch im Unterricht hockte sie immer öfter allein herum. Sie sagte nur etwas, wenn sie aufgerufen wurde, und auch dann nur mit piepsiger Stimme und knallrotem Kopf. Wenn jemand einen Witz machte, lachte sie nie mit. Anfangs sagte ich noch ab und zu »Lass sie doch« oder »Jetzt hör aber auf«, wenn jemand fies zu ihr war. Aber da Zoë nie konterte, wenn sie ausgelacht wurde, sagte ich irgendwann auch nichts mehr. Dann halt nicht, dachte ich mir.

»Hi!«

»Hi!«

Als Finn mich im Foyer des Pathé Tuschinski entdeckt, lächelt sie mir höflich zu. Seit wir uns kennen, gehen wir immer hierher, wenn wir uns einen Film ansehen wollen. In diesem Kino werden schließlich sämtliche Filmpremieren gefeiert. Finn ist aber vor allem verrückt nach den flauschigen Sitzen, in die man sich so schön hineinlümmeln kann.

Heute Morgen habe ich sie per WhatsApp gefragt, ob sie Lust auf Kino hätte. Ich habe geschrieben: *Ich verspreche auch, keine Untertitel zu lesen* – der lahme Versuch, einen Witz zu machen. Finns Antwort fiel steif aus. *Ist gut, such einfach einen Film aus, der so gegen vier Uhr läuft.*

Ich bin nervös, fürchte, dass sie immer noch sauer auf mich ist.

»Hast du schon Karten gekauft?« Finn zeigt auf die Kinotickets in meiner Hand.

»Ja, für irgend so eine romantische Komödie«, sage ich und zeige ihr die Karten. »Ich weiß nicht, ob sie was taugt, aber Channing Tatum spielt mit.«

Finn nickt.

Ich fühle mich schrecklich unwohl. So verlegen. Schließlich hole ich tief Luft. »Bist du mir noch böse?«

Sie sieht mich an. »Wenn ich wirklich sauer wäre, wäre ich gar nicht gekommen.« Finn lässt ihre Tasche auf den Boden fallen und setzt sich neben mich auf die Bank.

»Es tut mir leid«, sage ich leise. »Ehrlich, ich kapier selbst nicht, was ...«

»Warum hast du das getan?« Sie klingt, als ob ihr diese Frage seit Freitagabend im Kopf herumgespukt wäre. »Du weißt genau, dass ich keine Geheimnisse vor dir habe. Von mir aus kannst du alle meine Nachrichten lesen. Aber nicht heimlich. Nicht hinter meinem Rücken, Jade.«

»Du hast ja recht«, sage ich.

»Das bringt mich auch nicht weiter. Ich will den Grund wissen.«

Ich habe mir geschworen, nichts zu erzählen und Finn außen vor zu lassen. Wenn Finn zu viel weiß, kann es nur schiefgehen.

»Weißt du, wie wahnsinnig nervtötend es sein kann, mit dir befreundet zu sein?« Sie lässt sich in den Sitz zurückfallen, dass sie mit dem Rücken gegen die Wand knallt. »Du frisst alles in dich hinein. Meistens erzählst du mir nur die Hälfte oder speist mich mit einem ›Ist schon in Ordnung‹ oder ›Lass gut sein‹ ab. Du trägst dein Herz nicht gerade auf der Zunge.«

Ihr Tonfall wird ein bisschen leichter, als hätte sie gemerkt, dass sie ein bisschen übertreibt. Aber im Grunde hat sie das gar nicht, dessen bin ich mir bewusst.

»Jetzt sag halt einfach«, drängt sie mich. »Ich weiß, dass du dir nicht einfach so mein Handy vornimmst. Sag mir einfach, was das sollte.«

Ich hole tief Luft. »Die Nachrichten, die du am Freitag angeblich von mir gekriegt hast, waren gar nicht von mir.«

»Was?«

Ein paar Sekunden herrscht Stille.

»Ich habe sie nicht geschrieben«, wiederhole ich überflüssigerweise.

»Hey, aber ... wie?« Finn starrt mich an. Ihre Stimme ist plötzlich ein paar Oktaven tiefer gerutscht. »Wirst du auch gemobbt?«

Ich runzele die Stirn. »Wieso auch?«

Finn beugt sich vor. »Ich habe am Freitag bei Zoë übernachtet. Nach dem Theater zwischen uns beiden hatte ich zu viel getrunken und wollte nicht, dass meine Eltern es mitkriegen. Da hat Zoë mir angeboten, mit zu ihr zu kommen. Ist doch lieb, oder? Ich meine: So gut kennen wir uns schließlich noch gar nicht.«

Ich versuche, mir nicht anmerken zu lassen, dass meine Gedanken durch die Decke gehen und ich am liebsten schreien würde, wie absolut gar nicht lieb das von Zoë war. Sie soll meine Freundin in Ruhe lassen!

»Und da kam so manches raus«, erzählt Finn weiter. »Zoë wurde früher auch gemobbt. Ein ganzes Jahr lang. Wusstest du, dass sie früher schon mal auf unserer Schule war?«

Der Moment ist gekommen. Jetzt kann ich mit offenen Karten spielen. Jetzt ist der Augenblick, um ehrlich zu sein und alles zu gestehen.

»Habe ich gehört, ja«, sage ich leise.

»Und damals ist sie gemobbt worden. Kannst du dir das vorstellen? Zoë? Gemobbt?« Sie wartet einen Moment ab. »Vielleicht sind es bei dir dieselben Mädchen wie damals bei ihr. Das müssen richtig fiese Zicken gewesen sein. Kennst du eine Nikki? Eine Babet?«

Mein Mund ist auf einmal knochentrocken. Wenn Zoë von Nikki und Babet erzählt hat, muss sie auch meinen Namen genannt haben.

»Ist auch egal«, sagt Finn, als ich nichts erwidere. »Sie haben ohnehin die Schule gewechselt, dann werden sie es wohl auch gar nicht sein. Aber trotzdem ...«

»Was?«

»Irgendetwas an Zoës Geschichte ist komisch. Es war, als hätte es da noch jemanden gegeben, der sie gemobbt hat. Jemand, dessen Namen sie nicht nennen wollte. Hast du wirklich keine Ahnung, wer mir die SMS geschickt haben könnte?«

Ich bin wie gelähmt, bringe nicht einmal mehr ein Kopfschütteln zustande.

»Gibt es wirklich niemanden, vor dem ihr beide Angst habt? Solche Angst, dass du ihn oder sie nicht verraten willst?«

Es fehlt nicht mehr viel und ich fange an zu heulen oder zu schreien oder beides. Erkennst du es denn nicht, Finn? Kapierst du es wirklich nicht?

»Wusstest du, dass es einen gefakten Film im Netz gibt, der von Zoës Tod handelt?« Finn schüttelt den Kopf. »Das ist auch das Werk von diesen Schlampen gewesen. Eine Art Traueranzeige mit Zoës Foto und trauriger Musik. Sie hat mir den Clip Freitagnacht gezeigt. Mir wird jetzt noch richtig schlecht, wenn ich daran denke, das ist echt Irrsinn! Inzwischen kann sie sich den Film anschauen, ohne zu heulen, sagt sie. Das hat sie in der Therapie gelernt.« Finn schüttelt erneut den Kopf. »Ich wurde ja früher auch gemobbt. Ich weiß, wie es ist, ausgelacht zu werden oder wenn dir jemand Kaugummi ins Haar spuckt oder wie es sich anfühlt, wenn dir die

Leute buchstäblich den Rücken zudrehen, wenn du den Raum betrittst. Oh, ich weiß sehr gut, wie sich das anfühlt. Aber als Zoë mir ihre Geschichte erzählt hat, war es, als würde sie über jemand anderes reden, so ... so emotionslos. Als ob es sie kein bisschen mehr berühren würde. Als ob es nichts mit ihr zu tun hätte.« Finns Augen werden feucht. »Das, was mir passiert ist, war im Vergleich zu dem, was Zoë mitgemacht hat, echt Kindergarten. Bei ihr war es mehr als Mobben. Die haben wirklich versucht, sie fertigzumachen.«

Ich spüre, wie meine Fingerspitzen zu zittern beginnen und ein Schweißtropfen die Wirbelsäule heruntergleitet.

Ich schaffe es nicht. Selbst wenn ich Worte dafür finden würde, hätte ich nicht den Mut, sie auszusprechen. Die harte Wahrheit ist besser als eine schwache Lüge, aber was, wenn man zu schwach ist, um die Wahrheit auszusprechen?

Ich klopfe Finn sanft auf die Hand. »Komm«, sage ich. »Der Film fängt an.«

»Moment noch!« Finn wühlt in ihrer Tasche und zieht ihr Handy heraus. »Wir wissen immer noch nicht, wer mir von deinem Handy aus die Nachrichten geschickt hat. Vielleicht können wir aus der SMS einen Hinweis herauslesen?«

In dem Moment, in dem Finn das sagt, weiß ich plötzlich, dass die SMS nicht mehr da ist. Zoë hat Finn am Freitag nicht grundlos eingeladen, bei ihr zu übernachten. Sie hat Finn nicht grundlos erzählt, dass sie früher gemobbt wurde. Es gibt einen Grund, warum sie zwar Nikkis und Babets Namen genannt hat, aber nicht meinen.

»Hä?« Finn runzelt die Stirn. »Das kann doch nicht sein ...«

»Was?«, frage ich, obwohl ich genau weiß, was sie meint.

Finn schüttelt den Kopf und zeigt mir ihr Handy. »Die Nachrichten sind gelöscht.«

18

Natürlich ist es kein Zufall, dass die Nachrichten von Finns Handy gelöscht sind. Genau wie es kein Zufall ist, dass mein erster Brief weg ist. Und dass beide Briefe als Frage formuliert waren. Dass beide Fragen mit *Was, wenn ...* beginnen.

Manche Fragen brauchen keine Antwort, weil die Antwort schon in der Frage enthalten ist. Rhetorische Frage nennt man so etwas. Zoë will nicht wirklich wissen, wie ich mich fühle, nachdem mich alle ausgelacht haben. Sie kennt die Antwort: einsam und verloren. Allein und ausgeschlossen. Alles andere als gut.

Vielleicht muss ich doch jemanden ins Vertrauen ziehen und darüber reden, dass ich Zoë früher gemobbt habe. Es gibt nämlich durchaus noch Leute, denen ich vertrauen kann. Quinten weiß sowieso Bescheid. Wout weiß es und Evi – die halbe Klasse dürfte sich noch erinnern.

Vielleicht sind die Briefe nicht mehr als der Versuch, mich verrückt zu machen. Genau wie Zoë am Freitag Zweifel bei mir gesät hat, indem sie so getan hat, als hätte sie mit den Briefen nichts zu tun. Aber ich weiß, dass sie nur von Zoë stammen können. Wenn Jamie, Amber, Joelle oder Anne in Zoës Auftrag dahinterstecken würden, hätten sie mir doch sicher keine Nachrichten geschrieben. Warum Briefchen schreiben, wo sie doch meine Telefonnummer haben? Wir via Twitter und Facebook in Kontakt stehen?

Was, wenn ... du niemandem mehr trauen kannst?

Aber was, wenn Zoë die Briefe tatsächlich nicht geschrieben hat? Wenn es tatsächlich jemanden gibt, der mich genau so sehr hasst?

Vielleicht stecken am Ende doch die Jajas dahinter. Und das Ganze ist ein einziges großes Komplott und sie benutzen Zoë als Vorwand.

Es gibt nur einen Weg dahinterzukommen. Ich muss einen Blick in Zoës Notizbuch werfen und ihre Handschrift mit der in den Briefen vergleichen.

»Jade! He, Jade! Warte kurz!«

Ich schließe Facebook und mache mein Handy aus. Hier in der Schule ist das WLAN einfach zum Heulen langsam.

Quinten umarmt mich und drückt mir einen Kuss aufs Haar.

»Und, hast du heute Morgen schön ausgeschlafen? War perfekt, oder? Einfach klasse, dass die ersten zwei Stunden ausgefallen sind. Zum Glück habe ich Jamies Nachricht noch rechtzeitig gekriegt, bevor ich aus der Tür war.«

Ich verziehe das Gesicht.

»Oh, oh!« Quinten lacht auf. »Verstehe schon. Dir hat sie keine Nachricht geschickt? Mann, so ein Pech! Dann hast du also zwei Stunden lang umsonst in der Schule gehockt!«

Ich zeige auf mein Deutschbuch. »Nicht ganz umsonst. So hatte ich wenigstens Zeit, für den Test zu lernen, den wir gleich schreiben.«

Ich verrate ihm nicht, wie stinksauer ich heute Morgen war. Natürlich ist Jamie nicht verpflichtet, mich zu informieren, dass die ersten beiden Stunden ausfallen, aber es fällt schon auf, dass alle in der Klasse Bescheid wussten, nur ich nicht.

»Prima, dann bist du ja bestens vorbereitet!« Quinten hält mir die Hand hin. »Ich setze mich neben dich. Deal?«

Ich schlage ein. »Deal.«

»Weißt du, von wem ich dich noch grüßen soll?« Quinten wartet meine Antwort gar nicht ab. »Von Nikki. Nikki Koopman, du weißt schon.«

Erschrocken blicke ich mich um, um mich zu vergewissern, dass Finn nicht in der Nähe ist. Ich wüsste nicht, wie ich ihr erklären sollte, dass ich jetzt auf einmal doch eine Nikki kenne.

»Ich hatte sie seit einer Ewigkeit nicht mehr gesehen.« Quinten hält mir die Tür zum nächsten Gang auf. »Und ich habe sie kaum wiedererkannt. Sie sieht richtig gut aus, hatte mal was anderes an als diese ewige rote Adidas-Jacke.«

Ich versuche, so gelassen wie möglich zu reagieren. »Wie schön! Wo hast du sie denn getroffen?«

»Im Kino am Leidseplein. Sie war mit irgendeinem ziemlich hässlichen Typen da. Und das sage ich nicht, weil ich etwa eifersüchtig wäre, sondern weil der Typ echt hässlich war.«

»Am Samstag?«, frage ich. »Samstagabend?«

»Ja.« Quinten runzelt die Stirn. »Warum?«

»Weil ...«, beginne ich. »Ich habe sie selbst am Samstagnachmittag getroffen. Komisch, dass sie mir dann Grüße bestellt ...«

»Ach ja? Hat sie gar nicht erzählt. War das wirklich letzten Samstag?«

»Ja, bei Mac. Babet war auch dabei.«

»Na ja, wir haben auch nicht viel geredet. Sie hat mich gefragt, wie es mir geht, und Grüße an dich bestellt. That's it.«

»Wen solltest du grüßen?«

Aus dem Nichts taucht Jamie hinter uns auf. Flankiert von Joelle und Zoë. Zoë scheint sich immer mehr den Jaja-Stil anzueignen. Ihre Haare sind glatter gestylt als vorher und sie trägt fast die gleiche schwarze Lederjacke wie Joelle.

»Mich, Quinten? Solltest du mich grüßen?«

Quinten wirft einen Blick über die Schulter. »Ja, ich soll dir schöne Grüße von den Goth People bestellen. Sie wollen ihre Klamotten zurück.«

»Na so was!« Jamie lacht. »Habt ihr das gehört? Da war ich nun so nett, ihm heute Morgen eine Nachricht zu schicken, und das ist jetzt der Dank! Ach, sorry übrigens noch.« Jamie legt mir eine Hand auf die Schulter. »Ich hätte dir natürlich auch eine geschickt, aber ich hatte deine Nummer nicht.« Ihr Parfum kitzelt mich in der Nase. Es ist eine Mischung aus süßlichem Blumenduft und Vanille mit einem Hauch Scheinheiligkeit.

»Kein Thema.« Ich lächele sie freundlich an und zucke die Achseln. »So habe ich wenigstens Zeit zum Lernen gehabt.«

Quinten zwinkert mir zu.

Herr Verhansen steht schon an der Tür des Klassenzimmers und klatscht in die Hände als Zeichen, dass wir uns beeilen sollen. »Leute, eure Taschen lasst ihr bitte vor der Tür. Eure Handys könnt ihr in das Körbchen auf dem Pult legen. Das Einzige, was ihr braucht, ist ein blauer Stift. Keinen schwarzen. Einen blauen.«

Als ich Zoës Tasche vor dem Klassenzimmer liegen sehe, beginnt mein Herz, schneller zu klopfen. Eine Ecke ihres Notizbuchs ragt heraus. Das ist meine Chance. Meine Chance, mit einem schnellen Blick ihre Handschrift mit dem auf dem Zettel zu vergleichen. Ich nehme einen blauen Stift aus meiner Tasche und schließe sie sorgsam. Ich vergewissere mich, dass mich Zoë aus dem Klassenzimmer nicht sehen kann, und lege meine Tasche neben ihre. Diese Chance kommt nie wieder. Ich muss dafür sorgen, dass ich nach der Deutscharbeit vor ihr das Zimmer verlasse.

Im Klassenzimmer sind schon die Tische auseinandergeschoben. Quinten und ich suchen zwei Plätze in der Mitte der rechten Seite. Laut Quinten kann man dort am besten abschauen, weil die meisten Lehrer dazu neigen, die Leute ganz hinten im Auge zu behalten.

»Extra groß schreiben, okay?«, flüstert Quinten mir noch zu.

Zu meinem Erstaunen weiß ich die Antwort auf die erste Frage sofort. Und auf die zweite auch. Auch auf die dritte. Nach einer Weile macht mir der Test sogar Spaß. Ich – die mit den Fällen im Deutschen immer auf Kriegsfuß stand – weiß auf einmal die Antwort auf alle Fragen. Und selbst als es darum geht, einen kurzen freien Text zu schreiben, leiere ich mir ein paar Wörter aus den Rippen, die ich erst heute Morgen gelernt habe.

»Noch fünf Minuten. Noch fünf Minuten.«

Ich schrecke hoch. Was? Wo ist denn die Zeit geblieben? Sind die fünfundvierzig Minuten wirklich fast vorbei?

Als ich mich umblicke, sehe ich, dass über die Hälfte der Klasse schon weg ist. Quintens Tisch ist verwaist und ich brauche mich gar nicht umzusehen, um zu wissen, dass auch Zoë nicht mehr da ist. Ich habe meine Chance verstreichen lassen. Wie konnte ich nur so blöd sein!

Wie auf Autopilot kreuze ich bei den untersten fünf Auswahlfragen überall A an. Bestanden habe ich auf jeden Fall und ich habe absolut keine Lust, noch länger hier herumzusitzen.

Ich gebe Herrn Verhansen mein Arbeitsblatt und fische mein Handy aus dem Körbchen auf dem Pult. Quinten hat mir schon eine Nachricht geschickt. *Danke, dass ich bei dir abschauen durfte.*

Ich antworte mit einem Smiley.

Als ich vor der Tür bin, sehe ich sofort, dass jemand an meiner Tasche gewesen ist. Der Reißverschluss steht offen und mein Notizbuch ragt ein Stück heraus. Vor Zorn trete ich dagegen. Ich weiß nicht, auf wen ich wütender bin: auf Zoë oder auf mich.

Als ich mein Notizbuch aufschlage, fällt mir ein Briefchen entgegen. Ein blauer, rechteckiger Zettel von einem Memo-Block.

Ich wusste es. Und trotzdem erschrecke ich erneut. Es ist, als hätte man mir mitten ins Gesicht geschlagen. Wir hatten also genau den gleichen Gedanken. Wie unheimlich ist das denn?

Ein eiskalter Schauder überzieht meinen Rücken bei der Vorstellung, dass Zoë an meinen Sachen gewesen ist. Sie hat meine Tasche aufgemacht, in meinem Notizbuch geblättert, vielleicht sogar im Schminktäschchen gewühlt und an meinem Parfum geschnuppert. Und ich habe rein gar nichts geahnt.

Mit einer Hand falte ich den Zettel auf. Die geschwungene Handschrift ist mir allmählich vertraut, das breite W und das ovale A, mit denen der Satz beginnt.

Im Kopf höre ich Nikki wieder sagen, dass es nur ein Scherz war. Es sei nicht unsere Schuld, dass der Film immer noch im Netz kursiert. Und dass die ganze Schule darüber gelacht hat. Oh doch: Es war unsere Schuld.

Was, wenn … alle über dich lästern?

19

Vier Jahre zuvor

Hast du noch etwas Dip für die Paprikachips, Jade? Er ist leer.« Nikki fährt mit dem Zeigefinger am Schüsselrand entlang. »Seht ihr?«, sagt sie. »Komplett leer.«

Babet verzieht angewidert das Gesicht. »Jetzt, wo du die Schüssel ausgeschleckt hast, will ich eh nichts mehr daraus essen. Im Übrigen war es kein richtiger Dip, sondern nur Mayo mit Curry und einem bisschen weißem Pfeffer. Dafür aber die reinste Kalorienbombe.«

Nikki schenkt uns Cola nach. »Na und? Ist völlig egal, was ich esse, ich nehme nie zu.«

»Ja klar«, sagt Babet. »In ein paar Jahren sprechen wir uns wieder.«

Ich blicke von meinem Laptop auf.

In meinem Zimmer herrscht immer Chaos, aber seit Nikki und Babet überall ihren Schlafkram für heute Nacht verteilt haben, sieht es aus, als wäre eine Bombe eingeschlagen. Alles ist voller Klamotten, Kissen, Schminksachen, Zeitschriften, DVD-Hüllen, Nagellackfläschchen, Chipstüten und Colaflaschen. Als meine Mutter vor einer Stunde hereingeschaut hat, um uns eine Schüssel Popcorn zu bringen, hat sie nur schallend gelacht.

»Bin ich froh, dass ich hier morgen nicht aufräumen muss«, hat sie nur gesagt.

Als meine Mutter weg war, hat sich Nikki fast nicht mehr

eingekriegt. »Ernsthaft jetzt? Mehr kommt da nicht von ihr? Meine Mutter würde mich auf der Stelle umbringen, wenn mein Zimmer so verwüstet wäre.«

Ich habe nur die Achseln gezuckt. »Na ja, wenn sie das tun würde, müsste sie ja doch aufräumen.«

Gott sei Dank hat meine Mutter kein Theater gemacht, weil ich zwei Mädels zum Übernachten einladen wollte. Mein Vater fand es »Unsinn« und »absolut unnötig«, an einem Donnerstagabend Übernachtungsgäste im Haus zu haben, aber meine Mutter hat es zum Glück verstanden. »Danach haben sie doch Sporttag in der Schule. Da müssen sie nicht besonders ausgeschlafen sein, oder?«

»Aber ich muss trotzdem früh raus«, maulte mein Vater.

Meine Mutter wischte seine Argumente weg und noch in derselben Minute schickte ich Nikki und Babet eine Nachricht, dass die Sache klarging.

In hohem Bogen werfe ich Nikki eine Tüte Lakritze zu. Sie fängt sie mit Mühe auf.

»Also gibt's keinen Dip mehr?« Sie reißt die Tüte auf. »Macht nichts, das hier laufe ich mir morgen auch wieder runter.«

»Bäh!« Babet lässt sich auf ihre Luftmatratze plumpsen. »Vielen Dank, dass du mich daran erinnerst. Ich habe null Bock auf diesen blöden Sporttag morgen. Welcher Idiot denkt sich bloß so einen Mist aus?«

»Dann geh halt nicht hin.« Ich logge mich bei YouTube ein und scrolle auf meinem Kanal durch meine Lieblingsvideos. Viel Gaga, Beyoncé und Rihanna. Nach dem Zufallsprinzip klicke ich ein Video an.

»Wie meinst du das? Soll ich krankfeiern?«

Ich zucke die Achseln. »Warum denn nicht? Du bist garantiert nicht die Einzige, die sich eine Entschuldigung ausdenkt.«

»Zoë, meinst du?«

Meinte ich nicht, aber egal.

»Ich glaube, sie hat dieses Jahr höchstens zweimal beim Sport mitgemacht.« Nikki steckt sich zwei Lakritzteile gleichzeitig in den Mund. »Meistens sitzt sie am Rand. Bauchweh, Kopfweh, Was-auch-immer-Weh. Und immer kommt sie damit durch.«

»Was für eine Story soll ich bringen?«, fragt Babet. »Und was, wenn sie meine Eltern anrufen?«

»Keine Ahnung.« Nikki lacht. »Am besten, du fragst Zoë, mit welchen Geschichten sie so durchkommt. Haarschmerzen vielleicht?«

Ich lache nur verhalten mit.

Seit der Frankreichfahrt habe ich Zoë gegenüber ein ziemlich schlechtes Gewissen. Als sie am nächsten Morgen mit dem viel zu kurzen Pony auftauchte, wäre ich am liebsten im Boden versunken. Sie sah aus, als wäre sie neun, höchstens zehn Jahre alt. Sie war früher aufgewacht als wir und saß mit nassen Haaren und verquollenen roten Augen auf dem Bett, als der Rest von uns aufstand.

Tess war die Erste, die die Sprache wiederfand. »Zoë, was hast du mit deinen Haaren gemacht?«

Eine nach der anderen schnappte nach Luft oder kreischte los. Alle starrten sie an wie ein Tier im Zoo. Währenddessen verharrte Zoë regungslos auf ihrem Bett, mit einem Handtuch und einem nassen Waschlappen in der Hand.

Auch Nikki gab ihren Senf dazu: »Zoë! Was hast du dir bloß dabei gedacht?«, und tat genauso überrascht wie die anderen Mädchen aus dem Schlafsaal. Später warf sie Babet und mir vor, wir hätten uns verdächtig gemacht, weil wir nichts sagten. Aber ich konnte es einfach nicht. Ich konnte an dem schiefen, ausgefransten Pony, der nur noch die halbe

Stirn bedeckte, nichts Lustiges entdecken. Wenn ich Zoë ansah, bekam ich Bauchschmerzen.

Zoë tat so, als nähme sie uns gar nicht wahr. Mit mechanischen Gesten bürstete sie sich das Haar, zog sich an, machte das Bett und packte ihre Tasche. Dann ging sie, ohne ein Wort zu sagen. Und auch später hat sie nie ein Wort darüber verloren.

Nur das Mädchen, das mit Quinten geknutscht hatte, merkte an jenem Morgen lachend an: »Ich weiß genau, wer dahintersteckt.« Dann zwinkerte sie Nikki auffällig zu.

»Ach ja?«, antwortete diese nur. »Warum erzählst du es nicht Zoë, wenn du es so genau weißt? Kannst ja auch gleich die ganze Woche mit ihr verbringen.«

Daraufhin traute sich das Mädchen nichts mehr zu sagen.

Das Bizarre war, dass einige Mädchen Zoë sogar zu ihrem neuen Look gratulierten. *Steht dir gut, der Pony,* sagten sie. *Hättest du schon längst mal machen sollen. Cool, dass du dich das getraut hast.* Zwar wussten alle ganz genau, dass sich Zoë den Pony nicht selbst geschnitten hatte, aber es schien sicherer, sich an diese kollektive Lüge zu halten. Am Ende der Fahrt machte sogar die Französischlehrerin Zoë ein Kompliment auf Französisch: dass ihre blauen Augen – *les yeux bleus* – jetzt so schön zur Geltung kämen, da der Pony weg sei.

Nach einer Weile waren Zoës Haare wieder nachgewachsen und es war, als wäre nichts gewesen.

»Soll ich Zoë anrufen? Damit sie mir Krankfeiertipps gibt?« Babet wedelt kichernd mit dem Telefon. »Ach, ich hab ja gar nicht ihre Nummer.«

»Vielleicht ist sie ja auf Facebook«, sage ich.

»Als ob sie meine Freundschaftsanfrage akzeptieren würde.« Babet verdreht die Augen. »Woher willst du eigentlich wissen, dass sie auf Facebook ist?«

»Das ist doch jeder, oder?«

Nikki tippt mir auf die Schulter. »Lässt du mich mal nachsehen? Dann könnte ich auch gleich für andere Musik sorgen. Dieses neue Rihanna-Album macht mich ganz depressiv.«

Ich räume meinen Schreibtischstuhl und lasse mich aufs Bett fallen. »Loggst du mich bitte erst mal aus?«

Nikki hebt die Brauen. »Oh, tauschst du etwa heimlich Nachrichten mit Ewoud?«

»Schön wär's«, murmele ich.

»Nee, oder? Das Kind ist tatsächlich auf Facebook!«

Nikki dreht den Laptop so, dass Babet und ich vom Bett aus mitgucken können. Auf dem Bildschirm ist Zoës Facebook-Seite zu sehen. Mit gespitztem Mund blickt sie auf ihrem Profilbild in die Kamera. Weil ihr die Haare ins Gesicht fallen, sind ihre Augen kaum zu sehen. Wahrscheinlich hat sie das Foto mit der Webcam aufgenommen, die Auflösung ist ziemlich schlecht. Hinter Zoë sind ein Stück Bücherregal und ein ungemachtes Bett zu sehen.

»Mist! Ihr Profil ist geschützt. Wie lästig. Schaut mal, wie wenige Freunde sie hat. Einundzwanzig, meine Güte!« Nikki sieht uns an. »Ich schicke ihr eine Freundschaftsanfrage.«

»Was?« Ich springe auf. »Aber nicht von meinem Account aus!«

»Ja, was hast du denn gedacht? Meine eigene Anfrage würde sie eh nicht akzeptieren.«

Bevor ich etwas dagegen tun kann, hat Nikki die Freundschaftsanfrage bereits verschickt.

»Hallo!«, sage ich wütend. »Jetzt bin ich also mit Zoë befreundet, vielen Dank!«

»Bloß keine Panik.« Nikki grinst mich breit an. »Wir wollen doch nur ihre Fotos anschauen. Danach kannst du sie ja wieder rausschmeißen.« Sie dreht sich mit dem Schreibtischstuhl um sich selbst. Als ihr Gesicht wieder mir zugewandt ist, schüttelt sie den Kopf. »Drama Queen.«

Ich ringe mir ein Lächeln ab. Ich sollte mich wirklich nicht so anstellen. Die Wahrscheinlichkeit, dass Zoë die Freundschaftsanfrage annimmt, ist ohnehin klein.

»Ist noch Lakritze übrig oder hast du schon alles ...«

»Bestätigt! Sie hat bestätigt!« Nikki klatscht begeistert in die Hände.

Ich verziehe das Gesicht. »Und wer ist jetzt hier die Drama Queen?«

»Echt jetzt?« Babet richtet sich auf und stellt sich hinter Nikki. »Hat sie echt innerhalb einer Minute bestätigt? Hat die Tante denn nichts Besseres zu tun?«

Nikki und ich sehen sie grinsend an.

»Bei uns ist es was anderes.« Babet wedelt mit der Hand. »Wir sind zu dritt. Sie hingegen hockt wahrscheinlich den ganzen Abend allein da und wartet auf Freundschaftsanfragen. Jetzt lasst uns mal die Fotos anschauen.«

Nikki klickt Zoës Bilder an. »Das wird lustig.«

Ich lache nervös, habe das Gefühl, als würden wir eine unsichtbare Grenze überschreiten und etwas Verbotenes tun. Obwohl das Quatsch ist. Zoë hat meine Freundschaftsanfrage schließlich selbst akzeptiert, also muss sie auch damit rechnen, dass ich ihre Fotos anschaue.

»Guckt euch das an«, sagt Nikki. »Sie hat nur zwölf Fotos, davon eins, zwei, drei, vier, fünf ... fünf Fotos von einer Katze.«

»Von Zoës Katze?« Babet lacht spöttisch.

»Und guckt euch das mal an.« Nikki zeigt auf ein Foto, auf dem Zoë mit offenen Augen in die Kamera blickt. Das Foto ist am selben Abend aufgenommen wie das Profilbild, sie trägt die gleichen Klamotten und sitzt beinahe gleich da. Trotzdem ist dieses Foto völlig anders als das, auf dem ihr das Haar vor den Augen hängt. Auf diesem Bild schaut sie direkt in die Kamera. Ihr starker Blick erschreckt mich. So habe ich sie noch nie gesehen.

»Sie hält sich wohl für hübsch«, sagt Nikki.

Ich tippe mit dem Finger auf den Bildschirm. »Klick mal weiter.«

Auf dem nächsten Foto hat Zoë den Mund weit geöffnet und fliegende Haare. Es ist, als wäre es mitten in einer Headbanging-Session aufgenommen worden: Ihre Augen sind geschlossen, das Gesicht unscharf. Die schlechte Beleuchtung lässt ihre Haut durchscheinend wirken und es sieht aus, als hätte sie Ringe unter den Augen.

»Sie sieht aus wie tot.« Babet spricht aus, was wir alle denken.

»Oh, oh!«, lacht Nikki. »Das schreit ja förmlich nach einem Video.«

In letzter Zeit ist es ein ziemlicher Hype, RIP-Videos zu drehen und ins Internet zu stellen. Vor allem, um Rache an Exfreunden und -freundinnen zu nehmen. Man wandelt einfach ein paar Fotos in Schwarz-Weiß um, hängt sie aneinander, unterlegt sie mit trauriger Musik – und stellt das Ganze bei YouTube ein. *RIP, meine betrügerische Ex. 12.07.2007–06.04.2008.* Aber es kursieren nicht nur RIP-Videos über Exfreunde: auch über Lehrer (sehr beliebt), frühere BFFs und den tollen Typ, der jetzt auf einmal eine Freundin hat. Diese Woche habe ich sogar schon ein paar RIP-Videos über verschlissene Turnschuhe gesehen. *Ihr habt mich überall hingebracht, ihr ließt mich schweben. Aber jetzt muss ich ohne euch weiterleben.*

Ohne groß nachzudenken, kopiert Nikki Zoës Bilder auf meinen Desktop und konvertiert sie in Schwarz-Weiß-Fotos.

»Hat jemand eine Idee für ein Lied? Bitte nicht *Amazing Grace*, das kommt in jedem zweiten Video vor.«

Sofort sehe ich uns wieder im Schlafsaal in Paris stehen. Ich fühle das kalte Metall der Schere in meiner Hand. Ritsch. *Haare wieder ankleben, geht nicht, haha.*

»Abschied ist ein scharfes Schwert?«, fragt Babet.

»Das können wir echt nicht bringen«, höre ich mich selbst sagen.

»Da hast du recht«, sagt Nikki. »Diese Schnulze ist zum Weinen, in jeder Hinsicht. Was anderes?«

Aber das meinte ich gar nicht. Ich finde, dass wir das überhaupt nicht bringen können. Nicht mit diesem Lied und auch nicht mit irgendeinem anderen.

»Oh!«, sagt Babet. »Wie wäre es dann mit *My heart will go on?«*

Nikki verdreht die Augen in meine Richtung und lacht. »Ach, diese Oberschnulze.« Sie verpasst Babet einen Klaps gegen das Bein und sieht mich an. »Weißt du keins? Du bist doch immer gut in solchen Sachen.«

Ich weiß nicht, ob ich die Idee wirklich so gut finde, Mädels. Können wir jetzt nicht einfach damit aufhören?

»Ich weiß nicht ...« Ich hole tief Luft. »Keine Ahnung.«

Babet schüttelt den Kopf. »Kein Grund, so tief zu seufzen! Google doch mal die Top 100 der Beerdigungslieder, Nikki.«

Ich sehe zu, wie Nikki etwas ins Suchfeld eintippt und sich gleich darauf durch eine Songliste klickt. »Die meisten kenne ich nicht«, murmelt sie. »Fast nur altes Zeug.«

»Versuch mal das.« Babet tippt mit dem Finger auf einen Titel. »Ist das vielleicht was?«

»Time to Say Goodbye von Sarah Brightman und ... Wie spricht man den Namen aus?«

»Andrea Bocelli«, sagt Babet mit italienischem Akzent.

Nikki dreht den Lautstärkeregler hoch. Klassische Musik erklingt, düstere, mitreißende Musik, die mir sofort Bilder von einem Begräbniszug und dunkler Erde auf einem hölzernen Sarg vor Augen ruft.

»Das klingt aber sehr dramatisch.« Nikki lacht.

»Also das ist doch lustig, oder? Zwischendrin spielen wir ein paar Fotos von Zoës Katze ein.«

Nikki und Babet lachen.

»Zeit, ihr Auf Wiedersehen zu sagen!«

Halbherzig stimme ich in ihr Lachen ein. »Die Beerdigung von Zoës Katze.«

Babet zieht ein feierliches Gesicht. »Und was für ein langweiliges Leben sie geführt hat!«

»Hat einer von euch einen YouTube-Account?« Nikki sieht erst Babet und dann mich an. »Schon gut, ich richte einen neuen ein. Machst du vielleicht doch noch ein bisschen Dip, Jade? Ich könnte gut ein paar Extrakalorien gebrauchen.«

Nachdem ich hinausgegangen bin, bleibe ich einen Moment vor meiner Zimmertür stehen. Wieder einmal habe ich das merkwürdige Gefühl, das ich schon letztens hatte: eine Art unsichtbare Hand, die mir die Kehle zuzudrücken scheint. Unsinn, natürlich, aber das Gefühl der Beklemmung ist real.

Durch die Tür höre ich Nikki und Babet lachen.

»... selber bescheuert ...«

»Geht noch ...«

»Sie macht ... Wir machen ...«

Ich fasse mir an die Kehle und massiere sie. Reden sie über Zoë? Oder über mich?

Stop, Jade! Sie sind deine Freundinnen!

Ich versuche, so leise wie möglich zu sein, aber von der anderen Seite der Tür ist nichts mehr zu hören. Also laufe ich die Treppe hinunter und rühre in der Küche einen Dip mit extraviel weißem Pfeffer zusammen. Ein unruhiges Gefühl beschleicht mich, aber ich traue mich nicht, die Fragen in meinem Kopf zuzulassen. Stell keine Fragen, auf die du keine Antworten hören willst. Sie haben recht, ich sollte endlich aufhören, die Drama Queen zu spielen. Es ist doch nur Spaß, oder nicht?

Mit dem Ellenbogen drücke ich die Türklinke zu meinem Zimmer herunter.

»Gutes Timing!« Nikki dreht mir den Laptopbildschirm zu. »Wir haben gerade das Video hochgeladen.«

Auf dem Bildschirm ist das Titelbild zu sehen. Es ist das Foto, auf dem Zoë direkt in die Kamera schaut. Darunter steht in großen weißen Druckbuchstaben: *RIP, ZOË.*

Sofort läuft es mir kalt den Rücken herunter. Was ist mit der Beerdigung von Zoës Katze passiert?

»Ist ja gruselig«, sage ich.

»Wie immer der passende Kommentar.« Nikki lacht. »Gruselig. Das ist genau das richtige Wort dafür.«

»Also, worauf warten wir noch?«, fragt Babet. »Stell das Ding online! Ich maile es dann an die Klasse.«

»Aber dann weiß doch jeder, dass wir das waren?«

Babet sieht mich an. »Keine Angst. Wir tun natürlich, als wüssten wir nicht, wer den Film eingestellt hat.«

Ich will noch mehr sagen, aber mein Hals ist wie zugeschnürt.

»Jade, stellst du den Film ins Netz?« Nikki sieht mich mit unschuldigem Blick an, aber der herausfordernde Ton in ihrer Stimme ist nicht zu überhören.

Ich bin auf der Stelle hellwach. »Mach es doch selbst.«

»Okay! Also, soll ich?« Nikkis Finger schwebt über der Maus. Nur ein Klick, und der Film steht im Internet. Nur ein Klick, und das RIP-Video über Zoë ist für jeden zu sehen.

Unmöglich. Das geht zu weit.

»Los!«, kreischt Babet.

Ich spüre, wie aus meinem Innern etwas hochsteigt, aus dem Bauch in die Brust und weiter in die Kehle. Ich weiß nicht, ob es Galle ist oder ein Schluchzen.

»Los! Jetzt«, kreischt Babet wieder.

Nikkis Finger schwebt noch eine Sekunde über der linken Maustaste, bevor sie ihn senkt und sanft die Taste drückt.

Klick.

Nikki und Babet brechen in schallendes Gelächter aus und ich kann nichts anders: Ich lache mit.

20

Am Montag gehe ich gleich nach dem Essen in mein Zimmer. Mir ist nicht entgangen, wie meine Mutter mich beobachtet und geseufzt hat, als ich während des Abendessens meinen Teller mit Lasagne lustlos zur Seite geschoben habe. Und wieder hat sie gesagt, dass sie, wenn ich reden wolle, jederzeit für mich da sei.

Lieb, dachte ich.

Aber es gibt Dinge, die man von jemandem, den man liebt, niemals hören möchte.

Und darum erzähle ich nichts. Ich wüsste nicht, wie. Ich wüsste nicht, wie meine Mutter jemals wieder etwas Gutes in mir sehen soll, wo ich so viele schlimme Dinge getan habe.

In meinem Zimmer klappe ich den Laptop auf.

Mein Schreibtisch steht noch immer an der gleichen Stelle wie vor vier Jahren. Das Einzige, was sich verändert hat, sind die Poster über meinem Bett. Statt Gaga, Rihanna und Beyoncé hängt dort jetzt eine Fotocollage, die Finn mir letzten Sommer geschenkt hat. Es sind Fotos von uns beiden: abends in der Stadt, in der Schule, in der Umkleidekabine und mit Starbucks-Tassen in den Händen. Unter den Fotos steht ein Zitat: *You have a heart of gold.*

Sie hätte nicht weiter danebenliegen können. So bin ich absolut nicht. Ich bin nicht die, für die mich Finn oder Wout halten oder wie meine Eltern und Sofie mich gern sehen würden. Ich habe nicht immer das Beste für alle im Sinn, will nicht jedem helfen, habe nicht ständig ein offenes Ohr für alle Welt. Ich bin scheinheilig, eine, die nur den Mund aufmacht, wenn es ihr zupasskommt. Ich bin ein Feigling, gehe allem Unangenehmen aus dem Weg. Wenn es leichter ist zu schweigen, dann schweige ich. Und wenn ich befürchte, dass meine Meinung nicht gut ankommt, ich nicht mehr als cool und nett gelte oder ich mich gar unbeliebt mache, wenn ich sie äußere? Kein Problem, dann behalte ich sie eben für mich. Vertrete ich eine Einzelmeinung? Auch gut, dann passe ich meine Meinung halt den anderen an. Oh nein, ich habe kein Herz aus Gold, wirklich nicht. Ich habe ein Herz mit einem großen klaffenden Loch, ein Herz mit einem schwarzen Rand.

Mobben ist so viel mehr, als jemandem ein Bein zu stellen. Mobben heißt auch zu lachen, wenn jemand anderem ein Bein gestellt wird. Nichts zu sagen, wenn man es beobachtet. Zu filmen, wie jemand einem anderen ein Bein stellt. Jemanden dazu aufzufordern, ein Bein zu stellen. Und Mobben ist auch, sich im Hintergrund zu halten, wenn man weiß, dass jemand vor allen Leuten in sein Verderben rennt.

Im Dunkeln stöpsele ich meine Kopfhörer in den Laptop und suche auf YouTube das Video von Zoë. Es steht schon längst nicht mehr auf dem Kanal, den Nikki eingerichtet hat, wurde aber gleich am ersten Tag unendlich oft kopiert. Irgendwer hat sogar eine Jumpstyle-Version davon gemacht.

Ich ziehe die Beine an und lege den Kopf auf die Knie. Dann klicke ich den Film an. Als das erste unscharfe Bild von Zoë langsam scharf wird, schließe ich reflexartig die Augen. Ich zwinge mich, die Augen wieder zu öffnen. Ich bin es Zoë gegenüber schuldig, dieses eine Mal den ganzen Film anzuschauen. Auf dem Urlaubsfoto steht Zoë in Shorts und ärmelloser Bluse auf einer Brücke. Ursprünglich muss noch eine Person auf dem Foto gewesen sein, aber sie wurde weggeschnitten – wahrscheinlich ihr Vater oder ihre Mutter, denn Zoës Bein endet in einem seltsamen Winkel.

Als die düsteren Klänge des Songs ertönen, stellen sich mir sofort die Härchen auf den Armen auf. Bisher bin ich jedes Mal weggelaufen oder habe den Ton ausgestellt, wenn der Refrain eingesetzt hat. Es war für mich einfach unerträglich, Zoë auf einem Schwarz-Weiß-Foto mit verschwommenem Trauerrand zu sehen, während die Musik immer melodramatischer wird.

Langsam verschwindet das Urlaubsfoto mit einem eleganten Dreheffekt in den Hintergrund und macht Platz für Zoës Schulfoto aus der siebten Klasse. Dann folgen ein Foto von ihrer Katze, Zoës Profilfoto, auf dem ihr die Haare vor den Augen hängen, ein Foto von einer abgeknipsten Rose und das Bild, auf dem Zoë direkt in die Kamera blickt.

Ich heule lautlos, ohne etwas zu fühlen. Das hier hat nichts, aber auch gar nichts mit einem Scherz zu tun. Mein Herz weiß das und mein Kopf weiß es auch, denn zum ersten Mal seit Jahren versucht er nicht, gleich eine Ausrede zu suchen. Meine Wangen werden nass, die Tränen laufen an meiner Nase herab und über mein Kinn.

Die Musik schwillt immer mehr an und die Geigen scheinen ebenfalls zu weinen. Zoë hingegen lacht weiter auf den Fotos und stellt sich in Pose, als wenn nichts wäre. Sie hat immer so getan, als wenn nichts wäre. Als wenn es ihr nichts ausgemacht hätte, dass andere Leute sie als Punchingball missbrauchten, als Straßenköter, dem man ungestraft einen Tritt verpassen kann. Sie schien es in Ordnung zu finden, dass wir uns an ihr abreagierten, sie schikanierten, wenn uns langweilig war. Es war, als hätte es sie nicht interessiert, dass über sie gelacht wurde, als hätte es ihr nichts ausgemacht, anderen als Prügelknabe zu dienen. All die Male, die ihr Papierkügelchen an den Kopf geschossen wurden, all die Male, die sie übergangen wurde, wenn in der Klasse etwas reihum ging, all die Male, die wir seufzten und leise »Buh« riefen, wenn sie mal etwas sagte. Auch nachdem wir das RIP-Video online gestellt hatten und die ganze Klasse, ja die ganze Schule bis tief in die Nacht Kommentare dazu schrieb, ließ sie sich nichts anmerken. Sie sagte kein Wort dazu, auch nicht, als sich am nächsten Morgen beim Sporttag eine Gruppe Achtklässler beim Volleyballturnier »Team RIPZ« nannte. Der Lehrer hatte bei dem seltsamen Namen zwar kurz die Stirn gerunzelt, aber nicht weiter nachgehakt. Und Zoë stand an der Seite und sagte kein Wort.

Ich balle eine Hand zur Faust und beiße hinein.

Fuck, Zoë! Warum hast du nie etwas gesagt? Warum hast du alles über dich ergehen lassen? Warum hast du all das ertragen?

Aus meiner Kehle dringen seltsame Geräusche.

Warum hast du dich nie gewehrt? Du hättest doch sagen können, dass ich das Foto von dir gemacht hatte, das dann als Karikatur in der Schule aufgehängt wurde. Du hast doch mitgekriegt, wie ich dich mit dem Handy fotografierte. Warum hast du es Frau van Lammeren nicht gesagt? Warum hast du zugelassen, dass ich damit durchkomme?

Als sich vorsichtig eine Hand auf mein Haar legt, schrecke ich hoch. Ich will mich umdrehen, aber die Hand beginnt, mir übers Haar zu streichen, und ich werde sofort ruhiger. *Das macht nichts,* sagt die Hand. *Ich wusste es längst.*

Ich weiß sofort, wer es ist. Sie hat es die ganze Zeit geahnt und mir nie etwas vorgeworfen.

Mit dem Zeigefinger ziehe ich den linken Ohrstöpsel raus und schmiege den Kopf in ihre Handfläche. Wie kann sie mich noch ertragen, nachdem sie das da gesehen hat? Wie kann jemand noch etwas mit mir zu tun haben wollen, nachdem ich so skrupellos war?

»Ach, Mädel«, höre ich sie sagen. »Ach Mädel.«

Und da zerreißt etwas in mir. Ich fange so heftig an zu weinen, dass ich befürchte, nie wieder aufhören zu können.

Ohne etwas zu sagen, stellt Sofie mir ein Glas Wasser hin. Sie hat die Jacke ausgezogen und sitzt auf meiner Bettkante. Auf ihrem leuchtend blauen Pullover prangt eine Zahl.

Ich wage es nicht, sie anzuschauen. Ich habe all ihre Nachrichten und Anrufe der letzten Tage ignoriert, als hätte ich sie nicht bemerkt. Noch ein Beweis für meine Skrupellosigkeit.

Ich lasse das Wasser im Glas kreisen und nehme einen Schluck. Und würde es am liebsten gleich wieder ausspucken.

»Was ist?«, fragt Sofie erstaunt. »Das ist doch einfach nur Wasser.«

Ich verziehe das Gesicht. »Es schmeckt irgendwie salzig.«

Sofie lacht. »Kommt von deinen Tränen.«

»Was ist das für ein Glas? Das von meinem Waschbecken?«

»Klar, woher soll ich es sonst genommen haben?«

»Sofie! Darin setze ich jeden Abend eine Salzlösung an.«

»Wofür das denn?«

Ich tippe mir mit dem Finger gegen die Wange. »Ist gut für die Haut.«

»Kann ich doch nicht riechen.«

Wir sehen uns an und prusten los. Sofie zwinkert mir zu. »Und, geht es wieder?«

Ich halte das Video mit dem Pause-Button an und drehe mich zu ihr zurück. »Ja.«

»Du musst dich nicht selbst so quälen mit diesem Video.« Sofie steht auf, nimmt mir das Glas aus der Hand und geht damit zum Waschbecken.

Ich sehe auf. »Du weißt, was es ist?«

»Ich war zwei Klassen über dir, als der Film im Netz aufgetaucht ist, erinnerst du dich? Jeder auf der Schule kannte ihn.«

Sofort schnürt sich mir wieder die Kehle zu. »Aber du wusstest nicht, dass ich dahinterstecke.«

Sofie spült das Glas aus. »Ganz ehrlich? Diese Nikki, mit der du damals befreundet warst, der habe ich das durchaus zugetraut. Die hatte so was ... so was Gnadenloses an sich.«

»Aber du warst dir nicht sicher.«

»Nein. Und meine Vermutung habe ich auch schnell wieder unter den Tisch gekehrt. Wie in unserer Familie halt üblich. Augen zu und hoffen, dass alles von selbst vorbeigeht.«

Sofie reicht mir ein neues Glas Wasser. Eine Weile schweigen wir.

»Es frisst mich auf, weißt du?« Ich starre blicklos auf das Glas. »Ich habe keine Ahnung mehr, wer ich bin. Wie kann ich wissen, wer ich bin, wenn mir von der, die ich mal war, übel wird? Ich hasse mich. Ich hasse es, dass ich ständig über andere urteile, aber selber kein bisschen besser bin. Ich hasse es, dass es mich wütend macht, wenn im Fernsehen etwas über Mobbing kommt oder ich mitkriege, dass wieder ein Mädchen vor den Zug gesprungen ist, weil sie so heftig gemobbt wurde. Ich hasse es, dass ich mir dann wünsche, die Täter würden für alle Zeiten mit Schuldgefühlen herumlaufen. Dabei bin ich selber Täter! Wie blöd bin ich eigentlich, dass ich jedes Mal aufs Neue eine Sekunde brauche, bis mir klar wird, dass Zoë das Mädchen ist, das gesprungen ist, und ich sie geschubst habe?«

Sofie betrachtet mich mit sanftem Blick. »Warum sagst du ihr das nicht?«

»Ich habe mich bei ihr entschuldigt.« Ich wische mir grob die Tränen von der Wange.

»Ich meine nicht einfach eine Entschuldigung nach dem Muster: Tut mir leid, was ich gemacht habe. Nein, eine echte, von Herzen kommende Entschuldigung. Erzähle ihr das, was du gerade gesagt hast. Erklär ihr, warum du sie gemobbt hast.«

»Aber wie soll ich das tun, wo ich es doch selbst nicht weiß?«

Wir sehen uns an.

»Du weißt es ganz genau, Jade. Wenn du ehrlich bist, weißt du es.«

Ich schlucke ein paar Mal, damit der Kloß in meinem Hals verschwindet.

»Und du?«, sage ich dann. »Willst du nicht wissen, warum ich nicht auf deine Nachrichten geantwortet habe? Warum ich nicht zurückgerufen habe?«

Sofie zieht eine Braue hoch. »Weil du eine egoistische Zicke bist, schätze ich? So, und jetzt los. Schmink dich ein bisschen und zieh dir etwas anderes an. Heute Abend steigt die offizielle Housewarming-Party in meiner Mini-Hütte und du bist eingeladen.«

21

Die ganze Nacht habe ich wach gelegen und darüber nachgedacht, wie ich mich bei Zoë entschuldigen könnte. Ich muss es besser angehen als beim letzten Mal, als ich sie ohne Vorwarnung nach dem Unterricht angesprochen habe. Vielleicht sollte ich sie zu Hause abpassen. Oder ihr vielleicht vorab eine Mail schicken. Im Kopf habe ich jedenfalls schon ganze Gespräche mit ihr geführt.

Eine Variante sieht so aus: Ich zerreiße vor ihren Augen die Briefchen. »Lassen wir die Vergangenheit nicht unsere Zukunft bestimmen«, sage ich dann oder etwas anderes Tiefsinniges. Und dann entschuldige ich mich. Bitte für jede einzelne Tat um Verzeihung und gebe Antworten auf ihre Fragen. Ein anderes Gespräch beginnt damit, dass ich in Tränen ausbreche und Zoë weint mit. In einem weiteren Szenario wird Zoë zunächst wütend und erklärt, dass wir niemals Freundinnen werden würden. »Brauchen wir auch nicht«, sage ich dann, »Hauptsache, wir sind nicht länger Feindinnen.« In jeder dieser Varianten, die ich im Kopf durchspiele, weiß ich auf alles eine Antwort und Zoë akzeptiert letztendlich meine Entschuldigung.

Doch am nächsten Vormittag in der Schule bin ich immer noch keinen Schritt weiter. Es ist die zweite Stunde und Zoë hat mich noch keines Blickes gewürdigt, seit sie das Zimmer betreten hat. Und die Jajas machen sich nicht einmal mehr die Mühe, ihr hämisches Lachen zu unterdrücken. Es ist, als wäre offiziell der Kalte Krieg ausgebrochen.

»Vorsicht«, hörte ich Jamie sagen, als ich meinen üblichen Platz in der hintersten Reihe gegen einen Tisch ganz vorne eintauschte. »Hat jeder sein Handy bei sich? Gut festhalten! Manche hier können sich nämlich nicht beherrschen und schnüffeln heimlich in anderer Leute Telefonen herum!«

»War ein Scherz, Jade«, fügt Joelle hinzu. »Kannst du doch ab, oder?«

Ich tue, als hätte ich nichts gehört, und zwänge mein Handy in die Hülle. Seit ich auch den dritten Brief hineingestopft habe, geht sie nicht mehr richtig zu.

Was, wenn .... alle über dich lästern?

Es überrascht mich absolut nicht, dass Zoë die Jajas weiter gegen mich aufgehetzt hat. Wahrscheinlich hat sie jedem, der es hören wollte, erzählt, dass ich die Nachrichten auf Finns Handy gelesen habe. Als wäre ich irgend so ein Stalker.

Einmal hat eine Psychologin im Fernsehen erklärt, wie man auf solche Lästereien reagieren sollte. Wenn man etwas Blödes gemacht hat – sie gab als Beispiel Sex mit dem Ex auf der Toilette eines Clubs an –, sollte man seine eigene Version der Dinge erzählen, und zwar so vielen Leuten wie möglich. Ja, stimmt, aber ich war betrunken. Stimmt schon, was du gehört hast, aber ich schäme mich auch so schon genug, ihr müsst euch nicht auch noch das Maul darüber zerreißen. Bei allen Unwahrheiten gilt hingegen: einfach ignorieren. Ein Gerücht, das auf einer Lüge basiert, ist wie ein kleines Flämmchen: Sie wird erst zu einem Lauffeuer, wenn sie Sauerstoff bekommt. Achte also darauf, dass du kein Wort darüber verlierst.

Aber was, wenn es halb wahr ist? Was, wenn über etwas gelästert wird, was man zwar getan hat, aber aus völlig anderen Gründen?

Hinter mir höre ich Jamies und Ambers fieses Lachen.

»Anne! Gib mir sofort mein Handy zurück! Du bist doch nicht Jade.«

»Haha, hör auf zu jaden! Der ist gut!«

Hinter mir wird abgeklatscht. High five! Ich presse die Lippen zusammen. Je weniger ich sie beachte, desto schneller verlieren sie das Interesse.

Frau Galis teilt Zettel mit Rechtschreibregeln aus. Mein letzter Test ist miserabel ausgefallen. Aber es ist ein Wunder, dass ich während der Stunde überhaupt irgendwas zu Papier gebracht habe.

Die Klassenzimmertür wird geöffnet.

»Klasse 11c.«

In der Tür steht ein Mann mit grau melierten Schläfen. Er trägt ein grünes Hemd und ein Cap, auf dem »Fleurop Blumen« steht. In der Hand hält er einen riesigen Blumenstrauß, ein handgebundenes und mit Band umwickeltes Bukett. Es erinnert an einen Brautstrauß, wenn auch an den traurigsten, den man sich vorstellen kann: Er besteht aus großen grünen Blättern und ein paar weißen Lilien. Zwischen den Lilien spitzen außerdem einige langstielige blassgelbe Zweige heraus.

»Ich habe hier Blumen für ...« Er blickt auf eine Karte. »Jade Verschuur?«

Erschrocken sehe ich auf. Mein Magen zieht sich zusammen. Aus dem Mund des Boten klingt mein Name wie der einer Fremden.

Von allen Seiten wird auf mich gezeigt.

»Da sitzt sie!«

»Jade!«

»Uhhhhh!! Hast du einen neuen Lover, Jade?«

»Moment!« Frau Galis wedelt mit ihren Blättern in der Luft. »Ich möchte eigentlich nicht, dass mein Unterricht auf diese Weise gestört wird!«

Nachdem der Bote mich als Empfängerin identifiziert hat, kommt er lächelnd auf mich zu. »Jade Verschuur?« Er drückt mir das Blumenbukett in die Hände. Es fühlt sich schwerer an als erwartet. Ein süßer, schwerer Geruch steigt davon auf, den ich nicht zuordnen kann.

Frau Galis klopft dem Boten auf die Schulter. »Guter Mann, haben Sie mich gehört?«

»Tut mir leid, gnädige Frau«, sagt der Mann und tippt sich an das Cap. »Ich mache nur meine Arbeit. Schönen Tag noch.«

Hinter mir kriegen Jamie und Joelle einen Lachflash. Mit verstellter Stimme äffen sie ihn nach. »Tut mir leid, gnädige Frau.«

Ich drehe den Blumenstrauß und suche nach einer Karte. Die mit Band umwickelten Stängel fühlen sich nass und kalt an. Die Lilien ragen mit geknickten Köpfen aus dem Bukett heraus. Es ist der seltsamste Strauß, den ich je gesehen habe. Wer bitte schön schickt mir einen Brautstrauß? Soll das ein dummer Witz sein?

Dann entdecke ich eine Art aufgerolle Schärpe, die mit einer Sicherheitsnadel am Papierrand befestigt ist. In meinem Kopf geht irgendwo eine Alarmglocke an, aber ich bin zu neugierig, um sie zu beachten.

»Jade! Jade! Von wem sind die Blumen?«

»Ist eine Karte dabei? Lies vor!«

Langsam öffne ich die Sicherheitsnadel und entrolle die Schärpe. Sie ist weiß mit Goldrand. Als Erstes springt mir mein Name entgegen, noch bevor ich den Rest des in einer schwarzen, geschwungenen Handschrift geschriebenen Satzes lese. *Ruhe sanft, Jade Verschuur.* Dies ist kein Brautstrauß. Es ist ein Trauerbukett.

»Oh Jade ...« Frau Galis legt sich eine Hand auf die Brust

und sieht mich mitleidig an. »Ich hatte ja keine Ahnung … Wer ist denn gestorben?«

Um mich herum höre ich aufgeregtes Stühleschaben. Ein paar Jungs neben mir fallen vor lauter Gaffen fast vom Stuhl. Ich schließe kurz die Augen. Der süße Gestank der Blumen hüllt mich ein.

»Niemand.«

Frau Galis runzelt die Stirn. »Niemand?«

»Ich glaube …« Mein Mund fühlt sich trocken an. »Ich glaube, das ist ein Irrtum.« Meine Stimme ist so leise, dass ich sie selbst kaum noch erkenne.

Frau Galis mustert mich erstaunt. Um mich herum höre ich die anderen leise kichern. Ein anschwellender Geräuschpegel wie in einem Bienenstock. Ich spüre, wie mein Gesicht zu glühen beginnt.

»Wer ist gestorben?«

»Keiner, hat sie doch gesagt.«

»Warum kriegt sie dann so ein Trauerteil?«

»Jade? Was steht denn auf diesem Band? Lies mal vor!«

»Willst du damit sagen, dass dir jemand diesen merkwürdigen Strauß geschickt hat, um dir einen Streich zu spielen?« Frau Galis kommt mit großen Schritten zu meinem Tisch, reißt mir das Bukett aus den Händen und hält es in die Luft wie eine Fackel. »Ist das etwa witzig?« Sie platzt beinahe vor Wut. So habe ich sie noch nie erlebt. »Wer war das? Hey? Wer hat Jade diesen Strauß geschickt?«

Ich rutsche immer tiefer auf meinem Stuhl. Am liebsten würde ich im Erdboden versinken. Ich wünschte, sie würde den Mund halten. Mit einem Schlag muss ich an diese Unterrichtsstunde vor vier Jahren denken, als Frau van Lammeren wissen wollte, wer das Foto von Zoë an die Tafel gehängt hat. Kapieren diese Lehrer denn nicht, dass sie das Ganze mit solchen Auftritten nur noch schlimmer machen? Dass sie die Blamage nur noch vergrößern?

»Ist schon gut«, presse ich zwischen zusammengebissenen Zähnen hervor. »Das sollte wohl nur ein Scherz sein.«

»Ein Scherz?« Ich höre, wie Zoë hinter mir die Nase hochzieht. Als ich mich umdrehe, mustert sie mich mit arrogantem Blick. Sie zwirbelt eine Haarsträhne um den Finger und beugt sich über den Tisch nach vorne. »Ein Scherz?«, flüstert sie. »Vielleicht hast du das Trauerbukett ja bekommen, weil deine Liebe gestorben ist?«

Die Klasse hält einen Moment lang schockiert den Atem an, bevor alle zu johlen beginnen.

Das Herz klopft mir bis zum Hals. Hört das denn nie auf? Wann ist endlich Schluss damit?

Zoë lehnt sich wieder zurück. Ihre Augen wirken dunkler als je zuvor. »Nicht dass ich Wout nicht verstehen würde«, fährt sie im Flüsterton fort. »Bestimmt hatte er genug von einer wandelnden Leiche wie dir.«

»Zoë!« Frau Galis, die ein paar Schritte auf Zoë zugemacht hat, verharrt mitten im Gang. »So geht das nicht!«

»Was hat sie gesagt? ›Wandelnde Leiche‹?«

»Jade! Das brauchst du dir echt nicht gefallen zu lassen!«

Zoë öffnet den Mund und sieht mich provozierend an. »Ja, was? Weißt du etwa auf einmal nichts mehr zu sagen?«

Die Jajas sitzen wie Leibwachen um Zoë herum. Ihre Blicke brennen mir ins Gesicht. Ich sehe mich selbst dort sitzen, das lächerliche Trauerbukett in der Hand, mit rotem Kopf, nach Luft schnappend wie ein Fisch. Zoë schüttelt missbilligend den Kopf.

Und da spüre ich, wie ich langsam die Beherrschung verliere, und ich denke: Pack sie dort, wo es am meisten wehtut.

»Glückwunsch, Zoë, dass du es jetzt doch einmal wagst,

den Mund aufzumachen.« Meine Stimme zittert. »Aber weißt du was? Es wäre sinnvoller gewesen, wenn du vor vier Jahren den Mumm dazu gehabt hättest.«

Zoës Gesicht verwandelt sich mit einem Schlag zu einer Maske. Einer kalten, harten Maske. »Was sagst du da?«

»Du hast mich genau verstanden.«

»Fängst du jetzt echt mit früher an?« Zoë richtet sich auf.

Ich recke den Trauerstrauß in die Luft. »Nein, du hast damit angefangen. Nicht ich.«

Zoë starrt mich fassungslos an. Und dann schiebt sie mit einem Ruck den Stuhl nach hinten. Die Stuhlbeine scharren über das Linoleum. Mit Wut im Blick springt sie auf.

»Du wagst es ernsthaft, über früher zu reden?«

»Zoë ...« Frau Galis macht noch ein paar Schritte auf sie zu.

»Jetzt nicht, okay?« Zoës Gesicht ist rot vor Wut. »Das hier ist wichtiger als dieser bescheuerte Rechtschreibtest!«

Sie zeigt mit dem Mittelfinger auf mich. »Vier Jahre lang habe ich auf den Tag gewartet, an dem du endlich erfährst, wie ich mich die ganze Zeit gefühlt habe. Vier Jahre lang habe ich mir gesagt: Weißt du was, es kommt der Tag, an dem die Rollen vertauscht sind. An dem Jade am eigenen Leib spürt, wie es ist, ausgelacht zu werden. An dem ich sie auslache. Es war völlig klar, dass es irgendwann dazu kommt, denn jemand mit so einem fiesen Charakter stellt sich früher oder später selbst ein Bein. Und siehe da, Jade. Da sind wir. Und jetzt, wo dieser Tag da ist und du am Pranger stehst, soll ich mich zurückhalten? Hältst du mich immer noch für eine Idiotin? Du kriegst ein Trauerbukett und ich darf dich nicht auslachen? Fuck you, Jade. Du hast keine Ahnung, wie es ist, immerzu der Klassendepp zu sein. Du hast keine Ahnung, wie es ist, vor jeder Stunde, jeder Pause, jeder Sportstunde

Angst zu haben. Deinetwegen bin ich Tag für Tag mit Bauchschmerzen zur Schule gegangen. Deinetwegen musste ich sonntagabends vor Nervosität kotzen. Deinetwegen bin ich nie auf ein Schulfest gegangen. Deinetwegen bin ich mit der Zeit verstummt. Wusstest du, dass ich an manchen Schultagen kein einziges Wort gesprochen habe? Wortwörtlich kein einziges! Nicht zu Klassenkameraden, nicht zu Lehrern, zu niemandem. So klein habe ich mich gefühlt. So klein, so fucking klein! Und jeden Tag habe ich aufs Neue gehofft, dass ihr endlich aufhört. Dass ihr eure fiesen Kommentare sein lasst. Wie weit wolltet ihr gehen? War es nicht genug, mich jeden Tag auszulachen? Dass ich ausgeschlossen wurde? Dass ich immer, IMMER alleine dasaß? Dass ich kein Klassenzimmer betreten konnte, ohne von irgendwem geschubst zu werden? Dass mich immer jemand an den Haaren zog, mir etwas an den Kopf warf oder Zeug aus meiner Tasche nahm? Wie sehr müsst ihr mich gehasst haben, Jade, dass ihr dieses schreckliche verunstaltete Foto von mir in der Schule aufgehängt habt. Und mir die Haare abgeschnitten habt. Was um alles in der Welt hatte ich euch getan, dass ihr so weit gehen musstet? Hast du eigentlich eine Ahnung, wie es für mich war, nach der Frankreichfahrt mit diesem abgesäbelten Pony nach Hause zu kommen? Was sollte ich denn meinen Eltern erzählen? Ich werde es dir sagen. ICH HABE EUCH AUCH NOCH IN SCHUTZ GENOMMEN! Ich konnte es meiner Mutter nicht sagen, konnte ihr nicht sagen, dass ich wieder eine ganze Woche lang gemobbt wurde, dass ich mal wieder die Außenseiterin war. Also habe ich behauptet, dass ich ein Mädchen aus meiner Klasse gebeten hätte, mir die Haare zu schneiden, und wie lustig es gewesen sei. Natürlich hat meine Mutter mir nicht geglaubt. Aber sie wünschte sich so sehr, ihre Tochter sei tatsächlich eine Woche lang von den anderen akzeptiert worden, dass sie so tat, als würde sie mir glauben. In diesem Moment habe ich mir gewünscht, tot zu sein, Jade. In diesem Moment habe ich einfach keinen Sinn mehr im Leben gesehen. Wenn meine eigene Mutter die Augen vor der Realität verschloss, wie sehr muss sie sich dann für mich geschämt haben? Glaub mir, Jade, ich habe mir tatsächlich gewünscht, tot zu sein. Und ich weiß, dass du es großartig gefunden hättest, wenn ich eines Tages einfach nicht mehr in die Schule gekommen wäre. Aber es fehlte mir der Mut, um den letzten Schritt zu tun. Denn weißt du, wovor ich am meisten Angst hatte? Dass dann alles herauskommen würde. Dass meine Mutter, mein Vater und meine Schwester dann doch noch erfahren würden, wie sehr ich die ganze Zeit gemobbt wurde. Und genau das konnte ich ihnen nicht antun. Das hatten sie nicht verdient. Niemand verdient so ein Kind wie mich. Du glaubst, du hast mich verachtet? Das war nichts, verglichen damit, wie sehr ich mich selbst verachtet habe! Und so ungern ich es auch zugebe, aber ich habe mir nichts sehnlicher gewünscht, als dass du mich nett findest. Du hättest mich nicht einmal zu deiner Freundin machen müssen, nett finden, hätte völlig gereicht. Dass du einfach ganz normal mit mir umgingst. Und jeden Abend dachte ich aufs Neue: Wenn ich einfach nur zurücklächele, dann werden sie mich vielleicht mögen. Wenn ich sie nicht bei den Lehrern verpetze, kommen sie nachher vielleicht zu mir und bedanken sich. Wenn ich nicht zeige, dass es mir etwas ausmacht, bekommen sie garantiert Respekt vor mir. Wenn ich mich ganz still verhalte, bemerken sie mich gar nicht und lassen mich heute in Ruhe. Kannst du dir vorstellen, wie es ist, wenn man sich selbst verachtet? So sehr, dass man versteht, warum andere es auch tun?«

Sie keucht leise auf und sieht mich noch immer voller Wut

an. In ihren Mundwinkeln haben sich Spuckebläschen gebildet, so sehr hat sie sich in Rage geredet.

»Ich ...«

Ich blinzele mehrmals. Ich bin wie gelähmt, wie festgenagelt. Es ist, als hätte ich einen Faustschlag nach dem anderen ins Gesicht gekriegt.

»Ich ...«

Zoë steht so dicht vor mir, dass ich ihren Atem im Gesicht spüre.

»Hast du etwa gedacht, ich hätte Mitleid mit dir? Wirklich, Jade? Du erwartest Mitleid von mir? Von dem Mädchen, das du tagaus, tagein zu Boden geworfen hast?« In ihren Augen blitzt ein Hauch von Wahnsinn auf. »Der Einzige, mit dem ich Mitleid habe, ist der, der die Blumen geschickt hat. Denn selbst, wenn du wirklich tot wärst, wäre es schade ums Geld.«

22

Ich schaffe es nicht mehr ganz bis zur Kloschüssel. Der Tee, den ich heute Morgen getrunken habe, klatscht in einem sauren Strahl auf den Boden. Das meiste landet auf den grünen Fliesen neben der Schüssel.

»Shit!«

Ich lasse den Kopf über der Toilette hängen. Kneife die Augen zusammen. An meinem Kinn mischen sich Tränen und Erbrochenes. Das Zwerchfell tut mir vom Sodbrennen weh.

In meinem Kopf hallen immer noch Zoës Worte nach. *Ich habe euch auch noch in Schutz genommen! Ich wollte einfach nur, dass ihr mich normal behandelt. Wie sehr müsst ihr mich gehasst haben, Jade?*

Es ist der reinste Horror. Die ganze Zeit habe ich mir weisgemacht, dass alles nicht so schlimm ist, wenn ich es nur bereue. Weil ich aus meinen Fehlern gelernt habe und es nie wieder tun werde. Wie bei einer Matheaufgabe. Schuld minus Reue ist gleich Entschuldigung angenommen.

Was für ein Bullshit, wie ich jetzt weiß. Zoë hasst mich für den Rest ihres Lebens für das, was ich ihr angetan habe. Und Hass ist der beste Motor, den es gibt. Von Hass kann man jahrelang zehren. Hass ist geduldig, geduldiger als Rache. Rache will sofort ein Ergebnis, will den blauen Fleck sehen, den der Faustschlag hinterlassen hat. Hass ist subtiler, kann jahrelang lauern und Zwietracht säen, bis die Saat eines Tages aufgeht. Wenn Zoë hätte Rache nehmen wollen, hätte sie mich schon am ersten Tag fertigmachen können. Stattdessen hat sie sorgfältig kleine Erniedrigungen ersonnen und Zweifel gesät, hat dort zugeschlagen, wo es am meisten wehtut: Sie hat mir meine beste Freundin genommen, meine große Liebe, mein Selbstvertrauen. Während sie sich mit Engelsgeduld auf das große Finale vorbereitete, bei dem der gesamte Hass mit einem Schlag herausgeschleudert wird. Warum soll man das Karma seine Arbeit verrichten lassen, wenn es viel befriedigender ist, selbst nachzuhelfen?

Der Gong zum Stundenende ertönt. Von ferne höre ich, wie sich die Gänge mit Schülern füllen. Schnell erhebe ich mich vom Boden, klappe den Deckel zu, kauere mich mit hochgezogenen Füßen darauf und lege die Arme um meine Tasche. Als die ersten Mädchen in die Toilette schwärmen, halte ich automatisch die Luft an.

»... also habe ich ihm gesagt, dass er verschwinden soll. Wenn er mich auf Twitter blockt, will ich ihn auch nicht auf WhatsApp. Ist doch klar, oder?«

»Logisch! Vergiss den Typ!«

Langsam atme ich aus. Von den Stimmen her kenne ich die Mädchen nicht.

»Wisst ihr, was er mir dann geschrieben hat? Dass er mich wieder zulassen will, aber dass ich ihm nur private Nachrichten schicken darf. Geht's noch?«

»Hat er was am Kopf oder was?«

»Aah!« Eine dritte Stimme kreischt aufgeregt. »Hört mal, was ich gerade gekriegt habe! Offensichtlich ist Zoë Kramer, die Neue aus der Elften, in der letzten Stunde total ausgetickt! Man konnte sie bis ins Nachbarzimmer hören.«

»Zeig!«

»Was! Die kenne ich.«

»Aber was hatte sie denn? Was war mit ihr los?«

Ich schlage die Hände vors Gesicht und drücke mir die

Nägel tief in Stirn und Wangen. Der Körper kann nur an einer Stelle Schmerz registrieren. Solange ich mich auf diesen Schmerz konzentriere, kann ich nichts anderes spüren.

»Warte, es geht noch weiter.«

Jetzt kommt's.

»Es ging wohl um eine gewisse Jade.«

»Jade? Die Ex von Wout?«

Ich bohre mir die Nägel noch tiefer ins Gesicht.

»Wenn ich das richtig verstehe, hat Jade Zoë früher mal gemobbt.«

»Ja, das klingt so, stimmt.«

»Na, dann braucht sie sich nicht zu wundern, dass Zoë so ausgeflippt ist. An ihrer Stelle würde ich ihr einfach ein paar Schläge auf ihre große Nase verpassen.«

Wie elektrisiert lasse ich die Hände sinken. Denken die Leute tatsächlich so hinter meinem Rücken über mich?

»Diese Jade tickt sowieso nicht richtig. Vor Kurzem habe ich gehört, dass sie mit Durchfall in der Hose in den Unterricht gekommen ist.«

»Nee!«

»Doch, echt! Da geht man doch nach Hause? Seltsame Tante.«

Auf einmal wird heftig an der Türklinke gerüttelt. Vor Schreck ringe ich nach Luft.

»Ist das Klo schon wieder kaputt? Ich werde noch verrückt.«

»Nein, da ist jemand drin. Wetten?«

»Du immer mit deinen Wetten. Hallo? Kannst du dich vielleicht mal beeilen?«

Das Geruckel an der Klinke wird stärker. Ich mache mich so klein wie möglich. Sie wissen nicht, dass du hier bist, Jade, rede ich mir ein.

»Dann geh halt in die Kabine nebenan.«

»Da ist kein Klopapier mehr.«

»Dann frag halt die da drin. Hallo? Kannst du bitte etwas Klopapier durchgeben?«

Ich rühre keinen Muskel. So leise wie möglich versuche ich auszuatmen.

»Warte mal.«

Ich höre, wie die Tür der Nachbartoilette aufgerissen wird. Höre das Klappern von Absätzen, einen Klodeckel, der zugeschlagen wird. Bevor ich kapiere, dass sich nebenan jemand auf den Deckel stellt, guckt oben schon ein blonder Kopf über die Trennwand.

»He! Bist du taub oder was? Kannst du nicht mal kurz ... Shit. Jade.«

Das Herz springt mir fast aus der Brust. Hastig greife ich nach dem Riemen meiner Tasche und schlage aus Versehen mit dem Kopf gegen die Klotür. Hektisch fummele ich an dem glatten Drehknauf herum. Geh schon auf, du blödes Teil!

Als ich beinahe buchstäblich aus der WC-Kabine falle, sehen mich vier Mädchenaugen überrascht an. Das dritte Mädchen steht immer noch auf der Kloschüssel in der Nachbartoilette. Die drei wechseln Blicke und meine Wangen glühen vor Scham.

Ich schlage die Augen nieder und schleiche mit gesenktem Kopf zur Tür. Es kommt mir wie eine Ewigkeit vor, bis ich endlich die Klinke gefunden habe. Mit einem Ruck reiße ich die Tür auf.

Hinter mir höre ich Gekicher.

»Also so was!«

»Ich habe doch gesagt, dass jemand auf dem Klo ist!«

Dann fällt die Tür hinter mir zu und die kühle Luft vom Gang schlägt mir ins Gesicht. Während ich mich im Strom der Schüler in Richtung Cafeteria treiben lasse, halte ich mich so dicht wie möglich an der Wand. Gehirn auf null und Blick auf unendlich. Solange ich keinen Blickkontakt suche, spricht mich hoffentlich auch niemand an. Hauptsache, ich schaffe es bis zur Cafeteria, wo ich meine Jacke aus dem Schließfach holen und dann möglichst schnell verschwinden will. Dann ist alles gut.

»Jade! He, Jade!«

Eine Hand umklammert meinen Oberarm. Reflexartig versuche ich, mich loszureißen, als mir klar wird, wer mich da festhält.

»Ist das wahr, das mit dir und Zoë? Bis du echt diejenige, die sie gemobbt hat? Hast du den RIP-Film von ihr gemacht?«

Finns Gesicht taucht vor mir auf und lässt mich in mich zusammensinken. Ihr Blick drückt nur eins aus: Ungläubigkeit.

Um uns herum bleiben andere Schüler stehen, stoßen sich an und zeigen auf mich.

»Können wir vielleicht weitergehen?«, sage ich leise. »Alle starren uns an.«

Finn schüttelt heftig den Kopf. »Warum hast du mir das nie erzählt? Wir haben doch erst am Sonntag darüber geredet, Jade! Und die ganze Zeit hast du es mir verschwiegen! Wusstest genau, wer Zoë gemobbt hat, weil du es selbst warst.«

Tränen schießen mir in die Augen. »Finn, bitte. Können wir woanders reden?«

»Guck mal, da ist sie!«

»He, Jade, wo hast du deine Blumen gelassen?«

»Heult sie jetzt oder was?«

»Sagt mal, habt ihr nichts Besseres zu tun?«, höre ich eine bekannte Stimme. »Der reinste Kindergarten. Verschwindet!«

Als ich aufblicke, sehe ich, dass Wout wütend auf eine Gruppe Schüler zuläuft. Er klatscht in die Hände, als wollte er eine Viehherde verscheuchen. »Die Show ist vorbei. Weitergehen, tschüss.«

»Wieso denn«, höre ich ein Mädchen sagen. »Sie hat jahrelang eine Mitschülerin gemobbt. Jetzt weiß sie endlich mal, wie sich das anfühlt.«

Ich dachte, dass ich mich nicht noch mehr schämen könnte, aber mein Kopf beginnt, immer heftiger zu glühen. Es fehlt nicht mehr viel und ich breche hier in laustarkes Geheule aus, vor Scham, vor Ohnmacht.

»Ja«, sagt Wout zu einem Mädchen. »Und was tust du jetzt? Genau! Fehlt nicht mehr viel zum Mobben. Du bist keinen Deut besser!«

Das Mädchen will etwas erwidern, doch der Stundengong kommt ihr zuvor.

»Geht es einigermaßen?« Wout legt mir eine Hand auf den Rücken. Mein Körper reagiert prompt, wird ganz schlaff. Ich will jetzt nichts lieber, als dass er seine Arme um mich legt und ich mein Gesicht an seine Brust schmiegen kann. Ich kneife ganz fest die Augen zusammen. Wenn ich jetzt zu weinen beginne, ist das reiner Selbstmord.

»Ja, alles gut«, sage ich. »Wirklich.«

»He, Amöbe.« Finn rümpft genervt die Nase. »Ich war gerade mit ihr im Gespräch.«

»Was? Hier auf dem Gang? Merkst du nicht, dass es ihr schon mies genug geht?«

»Oh, auf einmal weißt du wieder, was gut für sie ist?« Finn macht eine Pause. »Wusstest du das am Samstag auch? Als du Zoë geküsst hast?«

Wie in Zeitlupe kommen die Wörter der Reihe nach bei mir an. Als. Du. Zoë. Geküsst. Hast.

Sie wendet sich wieder mir zu. »Guck nicht so, ich war genauso fassungslos wie du, als ich gestern davon gehört habe.«

Finn macht eine wegwerfende Handbewegung. »Und weißt du was, ich habe dich sogar noch in Schutz genommen! Denn so was tun Freundinnen bekanntlich.« Langsam beginnt sie, die Kontrolle zu verlieren. »Ich habe Zoë sogar eine Nachricht geschrieben, wie fies ich es von ihr finde. Dass du mir leidtust. Dass du mir leidtust, weil sie mit dem Ex einer Klassenkameradin rummacht. Wie naiv von mir!«

Ich will sagen, dass das absolut nicht naiv war. Dass Gutgläubigkeit keine schlechte Eigenschaft ist. Sie soll weiter an mich glauben. Sie soll mir glauben, wenn ich sage, dass ich alles bereue: das von damals, meine Heimlichtuerei der letzten Zeit, einfach alles.

»Weißt du was?« Finn macht einen Schritt auf mich zu. »Nie im Leben hätte ich es für möglich gehalten, dass du so eine Bitch bist.«

23

Die Geschichte mit dem Trauerbukett verbreitet sich in der Schule wie ein Lauffeuer. Ab und zu spricht mich jemand an und sagt, dass ihm das Ganze für mich leidtue und ich mir nichts daraus machen solle. Die meisten aber höre ich hinter vorgehaltener Hand lästern. Stimmen, die sagen, ich solle mich nicht so anstellen und dass ich endlich meinen verdienten Lohn bekommen hätte. Erstere lächele ich freundlich an, den anderen drehe ich den Rücken zu. Wenn sie heimlich über mich lästern wollen, kann ich es auch nicht verhindern. Ich zähle die Stunden bis zum Ende des Schultags und die Tage bis zum Wochenende. Die anstehenden Herbstferien sind mein Rettungsanker. Diese eine Woche Ruhe wird mir bestimmt guttun und danach ist alles anders. Dieser Gedanke hält mich aufrecht.

Finn geht mir aus dem Weg. Sie sagt zwar, dass wir noch einmal über alles reden müssen, aber wann immer ich sie anspreche, hat sie keine Zeit. Diese kurzen Gespräche fühlen sich ungut an, es gelingt uns nicht mehr, normal miteinander umzugehen. Es ist, als würden wir ein Theaterstück aufführen. Als ich sie gestern am Schließfach angesprochen habe, fing sie mitten im Schülergewühl auf dem Gang zu heulen an. Alle Erinnerungen an ihre Zeit an der Highschool seien bei ihr wieder hochgekommen, hat sie gesagt. Sie habe nachts einen langen Brief an ihre Peiniger Megan und Ashley geschrieben und ihn öffentlich auf Facebook gepostet. »Über all die Erniedrigungen, darüber, wie ich mich durch sie wie der letzte Dreck gefühlt habe, über alle Gemeinheiten, die sie mir entgegengeschleudert haben. Und weißt du, was das Schlimmste ist?«

Sie brauchte es mir gar nicht zu sagen. Ich weiß genauso gut wie sie selbst, was das Schlimmste ist. Das Schlimmste ist, dass ich keinen Deut besser bin als Megan und Ashley. Ich lachte, als eine andere weinte. Ich hatte Spaß daran, eine Mitschülerin am Boden liegen zu sehen, damit ich selbst obenauf war.

»Es gibt da drei Gruppen von Menschen«, hat Finn erklärt und es klang, als hätte sie sehr lange darüber nachgedacht. »Da sind diejenigen, die mobben, die, die gemobbt werden, und die Mitläufer. Und wenn man selbst der zweiten Gruppe angehört, kann man mit Mitgliedern der anderen beiden nicht befreundet sein. Das geht einfach nicht. Das versteht du doch, oder?«

Ich habe nicht einmal zu nicken gewagt. Natürlich verstand ich sie, hatte aber das Gefühl, wenn ich es zugeben würde, mich nur noch weiter von Finn zu entfernen.

»Ich weiß zwar, dass du dich geändert hast, dass du jetzt eine andere bist«, fuhr Finn fort. »Aber ich kriege es nicht aus meinem Kopf. Wäre ich damals schon auf dieser Schule gewesen, wäre ich dann dein Opfer gewesen und nicht Zoë? Hättest du mich gemobbt und nicht sie?«

Dann hat sie ihr Schließfach zugesperrt und ist ohne ein weiteres Wort gegangen.

Wenn ich ihr eine Nachricht schicke, antwortet sie mir erst Stunden später. Wenn ich ihr auf dem Gang begegne, sagt sie »Hi« und sieht zu, dass sie weiterkommt. Ich weiß, dass ich sie in Ruhe lassen und ihr Zeit geben muss. Aber ich sehne mich so sehr danach, wie wir bis vor Kurzem noch waren und wie wir vielleicht nie wieder sein werden.

Jedes Mal wenn ich Zoë jetzt in der Schule treffe, winkt sie mir zu und sagt ganz laut: »Hiiii!« Wenn die Jajas dabei sind, tun sie es ihr gleich. Ich versuche, möglichst normal zu reagieren, was auch immer das in meiner Situation heißt: mit einem vorsichtigen Lächeln und möglichst neutralem Gesichtsausdruck. Ich habe das Gefühl, von allen Seiten beobachtet zu werden, als ob alle Welt mein Verhalten unter die Lupe nimmt. Egal, was ich tue, es kann falsch gedeutet werden: Wenn ich den Kopf gesenkt halte, sieht es aus, als würde ich um Mitleid heischen und auf Opfer machen. Laufe ich hingegen mit erhobenem Kopf herum, bin ich eiskalt und rücksichtlos gegenüber Zoës Gefühlen.

Der Einzige, der sich mir gegenüber normal benimmt, ist Quinten. Er findet es unfair, dass ich dreifach die Schuld für etwas kriege, was ich nicht allein getan habe. Warum rächt sich Zoë nicht auch an Nikki? Und an Babet? Die hätten sie schließlich genauso gemobbt wie ich. Warum bekomme ich allein die Schuld?

Ich sage ihm nicht, dass ich genau weiß, warum Zoë sich an mir rächt und nicht an Nikki und Babet. Weil sie mich zu packen kriegt. So einfach ist das. Weil sie mir tagaus, tagein in der Schule begegnet und ich sie immer wieder aufs Neue an damals erinnere. Wären Nikki und Babet noch auf unserer Schule, hätte sie es ihnen genauso heimgezahlt.

Oder auch nicht. Ganz sicher bin ich mir doch nicht. Aber vor allem habe ich keine Ahnung, was ich jetzt tun soll. Ich weiß nur, dass es noch nicht vorbei ist. Irgendetwas stimmt nicht; was auch immer dieses »irgendetwas« ist. Da kommt noch etwas auf mich zu, dessen bin ich mir sicher. Ich werde noch gebeugter gehen, noch tiefer im Dreck liegen müssen, um zu beweisen, dass ich es wirklich bereue.

Ich habe hin und her überlegt: ein offener Brief in der

Schülerzeitung. Ein offener Brief in einer der großen Tageszeitungen. Ein Schuldeingeständnis vor der versammelten Schülerschaft in der Aula. Ein Schuldeingeständnis im Fernsehen.

Lauren meint, eine Handvoll Aspirin wäre am wirkungsvollsten. Damit würde ich Zoë unmissverständlich zeigen, wie ernst es mir ist. Mit ein bisschen Glück werde ich im Krankenwagen abtransportiert, sodass die ganze Schule davon erfährt. Angst, dass der Selbstmordversuch aus Versehen glücken könnte, bräuchte ich nicht zu haben. »Vertrau mir einfach«, hat sie lachend gesagt. »An einer Überdosis Aspirin ist noch niemand gestorben.«

Ich weiß, dass es ein Witz sein soll, aber der Plan hat sich in meinem Kopf bereits eingenistet. Ich will, dass alle wissen, wie ernst es mir ist, dass ich alles bereue.

Als wir letzten Freitag nach der Arbeit noch zusammen in die Stadt gingen, bestellte Lauren einen Tequila nach dem anderen. Ich war noch nie ein Fan von dem bitteren Zeug, aber an diesem Abend schüttete ich es runter. Nach jedem Glas fühlte ich mich besser, leichter, freier, konnte wieder klar denken. Und so erzählte ich ihr alles: angefangen von dem Tag, als wir Zoës Foto in der Schule aufgehängt hatten, über die Frankreichfahrt und was wir mit Zoës Pony anstellten, bis zu dem RIP-Video. Von sämtlichen Schikanen, die wir uns hatten einfallen lassen.

Als ich fertig war, leckte ich mir über die Handfläche und streute zum x-ten Mal an diesem Abend Salz darauf. »Prost«, sagte ich dann und stieß mit Laurens Glas an.

Sie prostete nicht zurück.

»Was ist?«, sagte ich und trank den Tequila allein.

Lauren sah mich an. »Du klingst nicht so, als ob du es wirklich bereust.«

An diesem Abend hatte sie sich die Haare glatt aus dem Gesicht gekämmt und fuchsiaroten Lippenstift aufgelegt. Irgendwie erinnerte sie mich an jemanden, aber ich kam nicht darauf, an wen.

Ich biss in die Zitrone. Ich fühlte mich so gut wie seit Ewigkeiten nicht mehr. »Wie meinst du das?«, fragte ich. »Ich habe dir doch gerade erzählt, wie leid mir alles tut.«

Lauren fuhr mit dem Zeigefinger über den Rand ihres vollen Glases. »Du hast vor der ganzen Klasse ein Trauerbukett gekriegt, Jade. Und trotzdem gehst du immer noch einfach so in die Schule und zur Arbeit und sitzt am Freitagabend zusammen mit mir hier in der Kneipe.« Sie lächelte. »Ich meine, macht dir das denn alles gar nichts aus?«

Ich sah sie irritiert an. Was hätte ich denn tun sollen? Mich ins Bett legen und mir die Decke über den Kopf ziehen? Mich vor der Welt abschotten? Würde das dann als echte Reue durchgehen?

»Was erwarten denn bloß alle von mir?« Ich setzte erneut das Tequilaglas an die Lippen und leckte den letzten Tropfen heraus. »Dass ich am Boden liegen bleibe, wenn mich jemand tritt? Dass ich mich zertrampeln lasse? Tut mir leid, dass ich mich wieder aufrappele, wenn mir jemand einen Stoß versetzt hat. Tut mir leid, dass ich so ticke.«

Lauren leerte mit zusammengekniffenen Augen ihr Glas und wischte sich mit dem Handrücken über den Mund. Ein paar Salzkrumen blieben in ihrem Mundwinkel haften.

»Vielleicht wurdest du einfach noch nicht heftig genug geschubst und kannst deswegen so leicht wieder aufstehen.«

»Wie bitte?«

Lauren machte eine wegwerfende Handbewegung. »Schon gut. War eine doofe Bemerkung. Willst du noch einen Tequila? Oder wollen wir etwas anderes trinken?«

Aber ihre Bemerkung war ganz und gar nicht doof. Sie war genau das richtige Stichwort für mich. Denn in dieser Nacht erinnerte ich mich plötzlich.

Ein Teil unseres Gehirns schläft nie. Er ist immer wach, bereit, auf Angriff umzuschalten, wenn mitten in der Nacht auf einmal Gefahr droht. Manche Menschen wachen schon auf, wenn der Einbrecher noch an der Hintertür ist, bevor er tatsächlich eingebrochen hat. Dieser Teil meines Gehirns war unzählige Nächte wach gewesen, ohne mich zu wecken. Aber in dieser Nacht saß ich auf einmal senkrecht.

Gefahr, sagte es. Vorsicht. Jetzt.

Und da wusste ich es wieder.

Man fällt nicht einfach so auf einer Brücke vom Fahrrad. Nicht ohne dass es glatt ist, nicht ohne dass Steine auf dem Weg liegen, nicht ohne dass man plötzlich einen Platten hat. Der Grund, weshalb ich am ersten Tag der achten Klasse vom Rad fiel und am Knie mit drei Stichen genäht werden musste, war, dass ich Zoë plötzlich erblickte.

Ich hatte sie die ganzen Sommerferien nicht gesehen. Seit sie mich an jenem Freitag in der Schule auf dem Treppenabsatz angesprochen hatte.

Sie stand am Ende der Brücke, die auf meinem Schulweg liegt, als ob sie auf mich gewartet hätte. Sie trug ein langes hellgelbes Sommerkleid und ihre dunklen Haare wehten sanft im Wind. Sie sah aus wie ein Geist, wie der Geist eines Mädchens in einem Kinofilm, der noch Jahre nach ihrem Tod durch die Straßen geistert. Während sie sich ihren Rucksack über der einen Schulter zurechtrückte, verzog sie das Gesicht, als hätte sie Schmerzen. Sie verzog das Gesicht nicht etwa, weil sie gesehen hatte, wie ich hingefallen war, und Mitleid mit mir empfand. Sie sah mich nicht einmal, blickte einfach durch mich hindurch. Zoës Gesicht war schmerzverzerrt, weil sie selber Schmerzen hatte. Schmerzen von einer Verletzung, die auch nach Wochen noch nicht ausgeheilt war. Ihr Arm lag eingegipst in einer Schlinge. Und dass er gebrochen war, war meine Schuld.

Jetzt, wo ich diese Szene wieder klar vor Augen habe, bin ich nicht erstaunt, dass ich heute, nach wochenlanger Pause, wieder eines dieser Briefchen finde. Der Zettel liegt in meinem Schließfach, genau wie der erste. Und dieses Mal habe ich keine Angst, ihn zu öffnen. Dieses Mal weiß ich, dass ich es verdient habe. Ein Schlag, mit dem man nicht rechnet, tut am meisten weh. Doch dieses Mal bin ich gewappnet.

Was, wenn … du den Gnadenstoß nicht kommen siehst?

24

Vier Jahre zuvor

Es gibt Momente im Leben, die schöner nicht sein könnten. So wie jetzt. Wout hat heute mit mir geredet. Mindestens zehn Minuten. Wir haben uns vor dem Schwarzen Brett getroffen und er hat gefragt, ob ich in Urlaub fahre. Italien, habe ich gesagt, wie jedes Jahr. Drei Wochen, und dass ich mich richtig darauf freue. Und er? Frankreich, sagte er, zum ersten Mal, zwei Wochen, und dass er keine Lust hätte. Weil er sich ziemlich sicher sei, dass wir heute Abend gnadenlos von den Franzosen weggeputzt würden.

»Wir« ist die niederländische Fußballnationalmannschaft, die heute in der Gruppenphase gegen Frankreich spielt.

Nun mal den Teufel mal nicht an die Wand, sagte ich lachend. Schließlich hätten wir die Italiener drei zu null besiegt, da würden wir die Franzosen doch erst recht umpusten.

»Ich hoffe, du hast recht«, sagte Wout und lächelte mich so lieb an, dass ich ein Kribbeln im Bauch spürte.

Doch als der Stundengong ertönte, wurde mir mit einem Schlag bewusst, dass wir uns den ganzen Sommer nicht sehen würden. »Ich schicke dir eine Freundschaftsanfrage auf Facebook, okay?«, rief ich in blinder Panik.

Er hob den Daumen und weg war er.

Immer wieder gehe ich unser Gespräch in Gedanken durch. Erneut ist mir klar geworden, wie wahnsinnig gut Wout aussieht und wie lieb er ist.

»Jade! Du musst noch einen Euro für die Fußballwette zahlen!«

Quinten sieht mich hinter einer riesigen Sonnenbrille hervor an. Die Gläser haben die Form zweier riesiger Fußbälle mit orange-weißer Einfassung. *Europameister Niederlande!* steht in großen, grellen Buchstaben darauf. Ich frage mich, ob er mit dem Teil auf der Nase überhaupt etwas von der EM mitkriegt.

»Was? Jetzt?«

»Ja, natürlich jetzt.« Er hält die Hand auf. »Fast die ganze Schule macht mit. Wenn du als Einzige den richtigen Tipp abgibst, gewinnst du vierhundert Euro!«

»Echt?« Ich hole meinen Geldbeutel aus der Tasche. Schon stelle ich mir vor, was ich mir für vierhundert Euro alles kaufen könnte.

»Ja«, sagt Quinten. »Aber dann müsstest du natürlich einen ganz ungewöhnlichen Tipp abgeben. Also?«

»Vier zu eins für die Niederlande«, sage ich. Das ist genau der Tipp, den mein Vater bei der Arbeit abgegeben hat, und er irrt sich beinahe nie.

»Vier – eins für die Niederlande?«, wiederholt Quinten. »Dann kannst du den Euro auch gleich in die Tonne kloppen. Das schaffen die nie im Leben!«

»Ach nein? Und was hast du getippt?«

Quinten grinst. »Null – zwei. Wir gewinnen sowieso nicht, dann kann ich doch wenigstens daran verdienen.«

Ich drücke Quinten einen Euro in die Hand. »Wann treffen wir uns heute eigentlich?«

Fast die ganze Schule will sich das Spiel heute Abend gemeinsam auf dem Museumplein ansehen. Mein Vater hält zwar gar nichts davon, aber meine Mutter versteht, dass ich keine Lust habe, es mit ihnen anzuschauen. Ich musste ihr allerdings versprechen, dass ich direkt nach Spielende mit Nikki und Babet nach Hause radele.

»Keine Ahnung. Wollen wir vorher in der Stadt was essen? Ich habe ab drei Uhr Zeit.«

»Ich habe noch Kunst bis Viertel vor vier. Kannst du bei den Fahrrädern auf mich warten?«

»Geht klar.«

Niemand außer mir ist in der Mediathek. Ich lege meine Tasche weg und logge mich bei Facebook ein. Wir durften in Kunst früher gehen, also habe ich noch ein paar Minuten, um Wout eine Freundschaftsanfrage zu schicken.

Nikki hat mir eine Nachricht hinterlassen. *Für jedes Tor, das unsere Jungs schießen, lade ich zu Chicken Nuggets bei Mac ein, okay?*

Als ich Wouts Namen eingebe, sehe ich, dass ihn auf diesem Computer vor mir schon andere gesucht haben, da automatisch »van Ravensteijn« hinzugefügt wird. Ich lasse den Cursor einen Moment lang über dem Button »FreundIn hinzufügen« verharren.

Auf seinem Profilfoto sieht er richtig gut aus. Statt direkt in die Kamera zu schauen, blickt er schräg nach oben. Er lächelt geheimnisvoll.

»Jade?«

Vor Schreck schließe ich automatisch die Facebook-Seite. Ich habe keine Ahnung, ob ich die Anfrage verschickt habe oder nicht.

Zoë sieht mich mit entschuldigendem Lächeln an. Ihre Hand wandert zu ihrer Sonnenbrille – einem Riesending mit knallorangener Fassung und hellorangenen Gläsern –, als wolle sie sie absetzen, aber sie überlegt es sich anders. Ihre Hand schwebt noch einen Moment in der Luft, bevor sie sie sinken lässt.

»Zoë! Du hast mich total erschreckt!«

»Tut mir leid«, sagt sie. »Das wollte ich nicht.«

Ich drehe mich wieder zum Bildschirm um, logge mich aus dem Computer aus und nehme meine Tasche vom Stuhl.

»Was ist denn?«, frage ich.

»Ich ... äh ...«

Sie hält eine Flasche Clearasil in der Hand. Es ist die, die Nikki gestern mit rotem Geschenkband kunstvoll verziert hat.

»Ich weiß, dass ihr das wart.« Ihre Stimme ist kaum mehr als ein Flüstern.

Ich fühle mich ertappt.

Zum Schuljahresende hatte sich unser Werklehrer überlegt, wie nett es wäre, wenn wir uns gegenseitig Geschenke basteln würden. Jeder sollte ein Los ziehen und anonym etwas für denjenigen basteln, dessen Namen er aus dem Lostopf herausgefischt hatte. Alles war erlaubt, solange wir eine der Techniken anwendeten, die wir bei ihm gelernt hatten.

Abgesehen von Herrn Wieten selbst war niemand von dem Plan begeistert. Ich zog Evis Namen und Nikki und Babet zogen die von zwei Jungen, mit denen wir nichts am Hut hatten.

»Na prima«, sagte Nikki. »Muss ich jetzt echt für irgend so einen Typ, den ich gar nicht kenne, etwas aussägen?«

Zum Glück kam Babet schnell die Idee, gekaufte Sachen zu verzieren. Schließlich zählten auch das Bestempeln, Bekleben und Bemalen zu den handwerklichen Techniken, auch wenn wir uns gerade einmal eine Unterrichtsstunde lang damit befasst hatten.

»Babet, du bist brillant«, sagte ich.

Statt nach dem Unterricht irgendwelches Zeug zusammenzuleimen, zu löten oder zu zimmern, gingen wir zu McDonald's.

Am nächsten Tag kam ich mit einem alten Schminktäschchen in die Schule, das ich für Evi mit Aufklebern verziert hatte. Nikki und Babet hatten Tennisbälle in Alufolie gewickelt und mit Geschenkband dekoriert.

»Und jetzt schaut mal her.« Nikki stellte eine Flasche Clearasil auf den Tisch in der Cafeteria. Die Flasche war dutzendfach mit buntem, gekräuseltem Geschenkband umwickelt. »Ein Extrageschenk für Zoë.«

In letzter Zeit hatte sich Zoës Pickelproblem noch verstärkt. Bis zu unserer Frankreichfahrt hatte sie wenigstens die auf der Stirn hinter ihrem Pony verbergen können, aber der war noch längst nicht wieder nachgewachsen. Jetzt konnten alle die Pickelnester auf ihrer Stirn sehen – und die auf ihrem Kinn sowieso.

Babet rümpfte die Nase. »Du weißt schon, wie schlecht das Zeug für die Haut ist? Davon kriegst du nur noch mehr Pickel.«

»Stimmt«, sagte ich lachend. »Ich will mit dem Zeug nichts zu tun haben.«

Nikki sah uns irritiert an. »Das soll doch nur ein Scherz sein. Mit einem passenden Gedicht dazu.« Sie strich die Geschenkbänder glatt. »Ihr werdet auch immer unlustiger. Wollt ihr etwa nachher brav mit den anderen im Kreis sitzen, während wir uns gegenseitig bescheuerte Geschenke überreichen?«

»Debil!« Babet hob den Finger. »Du wolltest doch ein Gedicht? Debil reimt sich auf Clearasil!«

Nikki riss eine Seite aus ihrem Notizbuch. »Na also, geht doch. Hast du auch einen Stift?« Mit der Zungenspitze zwischen den Zähnen schrieb sie die ersten zwei Zeilen. »Okay, bisher habe ich: Mit Pickeln im Gesicht wirkst du reichlich debil, darum von uns eine Flasche Clearasil.«

»Reptil«, murmelte ich. »Reptil passt besser.«

Nikki sah mich an. »Du findest immer die richtigen Worte. Danke, Jade.«

Wie erwartet war die Geschenkstunde im Werkunterricht zum Heulen erbärmlich. Die Dinge, die alle gebastelt hatten, sahen aus, als hätten Kindergartenkinder sie gemacht. Ich bekam einen getöpferten Blumentopf mit einem Rand aus Wäscheklammerhälften. Hässlicher ging fast nicht. Und als Herr Wieten die Flasche Clearasil vom Geschenkstapel nahm, wusste ich nicht, wo ich hingucken sollte. Alle merkten sofort, dass etwas nicht stimmte, dass dieses Geschenk eine Verarschung sein sollte. Aber Herr Wieten fing unerschütterlich an, das Gedicht vorzulesen.

Mit einer Haut wie von einem Reptil
ist es Zeit für Clearasil ...

Zoë wurde binnen einer Sekunde erst knallrot und dann kalkweiß. Sie riss Herrn Wieten die Flasche aus der Hand und rannte aus dem Klassenzimmer. Er versuchte noch herauszufinden, wer Zoë das angetan hatte, aber als Quinten meinte, dass es »nur ein Scherz« sei, bohrte er nicht weiter nach.

Aber Zoë kann nicht darüber lachen. Sie steht mit einem Gesichtsausdruck vor mir, als ob sie jeden Moment losheulen würde. Und das zu Recht, muss ich insgeheim zugeben.

»Ihr müsst damit aufhören«, sagt sie mit zitternder Stimme. »Ihr müsst wirklich ...«

»Moment. Ihr?« Mein Handy piepst. Eine neue Nachricht. »Ich hatte damit nichts zu tun, okay?«

Sogleich fühle ich mich wie eine Verräterin. Versuche ich jetzt wirklich, Zoë gegenüber die Schuld von mir zu weisen?

»Ich muss los.« Mit großen Schritten eile ich an ihr vorbei ins Treppenhaus. Nichts wie weg. Weg von Zoë. Ohne mich noch einmal umzudrehen, öffne ich die Nachricht.

Wo bist du? Warte bei den Fahrrädern auf dich.

Ich bleibe kurz stehen, um auf die SMS zu antworten. Ich kann viele Dinge gleichzeitig tun: Fernsehen gucken und Nachrichten schreiben, Hausaufgaben machen und Nachrichten schreiben, aber im Gehen Nachrichten schreiben, das kann ich nicht.

»Und der Film? Hast du mit dem auch nichts zu tun?«

Mir entschlüpft ein Schrei. »Zoë! Jetzt hast du mich heute schon zum zweiten Mal erschreckt!«

Zoë fixiert einen Punkt hinter mir und blinzelt heftig. Hat sie gerade geweint? Ihre Augen sind rot und glasig. Oh Shit. Ich kann das nicht, ich kann das echt nicht. Warum muss die ausgerechnet jetzt den Mund aufmachen?

Sie presst die zu Fäusten geballten Hände gegen den Körper. »Der Film. Über mich. Ihr müsst wirklich damit aufhören ... Ihr müsst ...«

»Wir müssen ihn aus dem Netz nehmen, meinst du?«, unterbreche ich sie. »Das haben wir schon längst getan, okay? Wir haben ihn gleich am nächsten Tag rausgenommen. Was kann ich denn dafür, wenn ihn jemand anders wieder online gestellt hat?«

Shit. Ich beiße mir auf die Zunge. Wie konnte ich nur zugegeben, dass wir hinter dem Video stecken? Zoë konnte nicht hundertprozentig wissen, dass wir es waren. Na toll, jetzt geht alles schief. Wie konnte ich nur so blöd sein?

»Meine ... meine Schwester hat gesagt, dass ich zur Polizei gehen soll.«

Polizei? Mir stockt der Atem. Würde die Polizei wirklich etwas unternehmen? Nein, oder? Ich will hier einfach nur noch weg, ich will das alles nicht hören.

»Dann soll deine Schwester das halt tun, Zoë. Ich habe jetzt wirklich keine Zeit für so etwas.«

Ich will weitergehen, steuere in Richtung Treppe, doch plötzlich stellt sich mir Zoë in den Weg.

»Ihr müsst ...«, sagt sie mit jämmerlicher Stimme. Ihre Lippen beben. »Ihr müsst wirklich damit aufhören.«

»Zoë, nur weil du es sagst, höre ich bestimmt mit gar nichts auf. Aber du könntest mal aufhören, dich so kindisch aufzuführen.«

»Nein«, brüllt sie los. Es klingt wie ein Urschrei. »Neeeein!«

In Panik packe ich sie an der Schulter und schüttele sie.

»Hör auf zu flennen!«

»Neeein! Lass mich los! Lass mich ...«

Und dann, ohne weiter nachzudenken, schubse ich sie. Heftig. Heftiger, als ich wollte. Es geht so schnell, dass ich gar nicht begreife, was passiert ist, bis ich einen dumpfen Schlag höre. Und noch einen. Und noch einen.

Sie rollt die Treppe hinunter, die Arme schützend um den Kopf gelegt, die Beine zappelnd in der Luft.

»Zoë!«

Endlich kriegt sie mit einer Hand das Geländer zu fassen und kommt zum Stillstand. Mehr schlecht als recht kriecht sie die letzten Stufen hinunter und bleibt an die Wand gelehnt sitzen.

Meine Hände zittern wie verrückt und mein Mund fühlt sich staubtrocken an. Ich will nicht hinschauen, aber mein Blick wird automatisch von dem Mädchen am Boden angezogen. Ich muss fragen, wie es ihr geht. Muss fragen, ob sie sich wehgetan hat. Ich habe sie die Treppe hinuntergeschubst. Ich habe sie die Treppe hinuntergeschubst!

Auf einmal schallt mein Klingelton durch das leere Treppenhaus.

Mit zitternden Fingern starre ich auf das Display. Ich hatte das Handy die ganze Zeit in der Hand, ohne es zu merken.

Mit dem Daumen drücke ich auf die grüne Taste.

»Q-q-quinten?«

»Jade! Mann, wo bleibst du denn? Ich fahre jetzt los!«

Ich muss ihm sagen, dass er herkommen soll. Muss ihm erzählen, was passiert ist. Dann kann er sich mit mir gemeinsam um Zoë kümmern, sie fragen, ob ihr etwas fehlt. Aber ich bringe keinen Ton heraus.

»Jade! Ich meine es ernst! Ich haue jetzt ab.«

Zoë sitzt mit dem Rücken an die Wand gelehnt da und hält sich mit schmerzverzerrtem Gesicht den Unterarm. Sie weint leise, ohne jedoch zu schluchzen.

Was soll ich tun? Was um alles in der Welt soll ich tun?

Ich drehe mich um und renne los, den Gang entlang und durchs Foyer. Zoë wird schon klarkommen. Wenn sie wirklich Schmerzen hätte, hätte sie etwas gesagt.

25

Die Schließfachtür rutscht mir aus Versehen aus der Hand, sodass sie krachend zufällt. Das Geräusch hallt in dem leeren Gang wider und beschert mir eine Gänsehaut am Rücken. Außer mir hatten heute nur noch wenige andere in der achten Stunde Unterricht.

Es ist Wochen her, dass ich den letzten Drohbrief bekommen habe, und ich hatte in letzter Zeit keine Angst mehr. Zwischen Zoë und mir scheint eine Art Waffenstillstand zu herrschen. Vielleicht, weil sie das Gefühl hat, mich endlich besiegt zu haben. Oder vielleicht ist sie auch viel zu verliebt, um sich über mich Gedanken zu machen. Noch immer tut es weh, wenn ich sie über ihre Dates mit Wout reden höre. Es tut weh, aber nicht mehr so wie am Anfang. Diesen Wout, der neuerdings mit Zoë zusammen ist, der mit Nicole am Telefon Schluss gemacht und noch am selben Abend seinen Beziehungsstatus von »ist kompliziert« zu »in einer Beziehung mit Zoë Kramer« verändert hat, diesen Wout kenne ich nicht mehr. Meine Mutter hatte recht. Es ist besser so, denn auf diese Weise fällt es mir leichter, Wout dorthin zu stecken, wo er hingehört: in die Vergangenheit.

Mit dem Daumen tippe ich eine Nachricht an Finn, dass ich in einer halben Stunde bei ihr bin. Die Antwort, dass die DVDs und das Popcorn schon bereitstehen, kommt postwendend. Ich bin froh, dass zwischen uns beiden wieder alles im Lot ist. Dass ich ihr endlich alles erzählen konnte. Seit ich keine Geheimnisse mehr vor ihr habe, fühle ich mich wie befreit.

Ich stöpsele mir die Hörer ins Ohr und gehe zum Treppenhaus im rechten Flügel. Normalerweise meide ich diesen Weg, wo sich in den Pausen jede Menge Schüler drängen. Ich scrolle in meinem iPod nach einem bestimmten Song und drehe ihn lauter. Die Zeit der traurigen Lovesongs ist vorbei. Zwei Stufen gleichzeitig nehmend, laufe ich die Treppe hinunter.

»We are never ever!« Ich singe leise mit. *»Getting back together!«*

Ich gehe so in der Musik auf, dass ich beinahe mit einem Mädchen zusammenstoße, als ich um die Ecke biege.

»Hilfe!« Vor Schreck mache ich einen Satz nach hinten. »Du hast mich zu Tode erschreckt.«

Das Mädchen bleibt unbeirrt auf dem Treppenabsatz stehen. Sie trägt eine Lederjacke und steht mit dem Rücken zu mir da. Ihr kurzes hellblondes Haar ist nach oben gekämmt und an den Seiten abrasiert. Ich erkenne sie auf Anhieb. Mit einem Ruck ziehe ich mir die Stöpsel aus den Ohren. »Lauren?«

Langsam dreht sie sich um. Sieht mich an. In ihren Augen liegt ein seltsames Glühen.

»Was machst du denn hier?«

Sie verschränkt die Arme und trommelt mit den Fingern auf ihren Oberarmen. »Hallo Jade. Damit hast du nicht gerechnet, was?«, sagt sie kühl. Mit einem Mal wirkt sie wie eine Fremde.

»He?« Ich lache nervös auf. »Was ist denn, Lauren? Was tust du hier?«

Erst jetzt sehe ich, dass sie ein Briefchen in der Hand hält. Ein gelbes, gefaltetes Viereck, einen Zettel von einem Memoblock.

»W-was ist das?«

Lauren faltet den Brief auf und blickt mich unverwandt an. Ich erkenne die vertraute Handschrift sofort. »Ich brauche dir nicht zu erzählen, was hier steht, oder?«

Und ich brauche nicht zu antworten. Es ist der allererste Brief, den ich von Zoë bekommen habe. Der Brief, in dem stand: *Was, wenn ... alle dich auslachen?*

»Wo hast du den her?« Ich suche Halt am Geländer. Und verstehe gar nichts mehr. »Wie kommst du dazu ...? Hast du ...?«

»Die Briefe geschrieben, meinst du?« Lauren sieht mich triumphierend an und nickt heftig. »Gut geraten, Jade. Du bist in der nächsten Runde!«

Meine Gedanken rasen, während ich versuche, die fehlenden Puzzleteile zusammenzusetzen, ohne Ahnung zu haben, wie das fertige Puzzle aussehen muss.

»Aber warum?«

»Warum?« Lauren kneift die Augen zu schmalen Schlitzen zusammen. »Warum, fragst du?«

»Ja, warum? Was habe ich dir denn getan?« Ich höre die Ohnmacht in meiner Stimme.

Auf einmal holt sie aus. Ich ziehe blitzschnell den Kopf ein und ihre Nägel verpassen mich um ein Haar.

»What the fuck, Lauren.«

»What the fuck, Lauren«, äfft sie mich nach und kneift dabei die Augen erneut zusammen. »Fragst du mich jetzt ernsthaft, was du mir getan hast? Machst du jetzt auf Opfer?« Sie beugt sich zu mir vor. »Was hatte Zoë dir denn getan? He? Ich höre?«

»Zoë? Aber ...«

»Aber was, Jade? Aber was? Kapierst du es denn immer noch nicht? Du bist wirklich schwer von Begriff.«

Nein, ich kapiere es nicht. Ich kapier es wirklich nicht. Ich habe nicht die geringste Ahnung, wie das alles zusammenhängt.

»Schöne Scheiße, was? Du hast gedacht, du hättest eine Freundin gefunden. Du hast gedacht, du hättest jemanden gefunden, der dich mag. Dreimal darfst du raten, Jade! Das war alles nur Show! Ich habe dich nie, niemals nett gefunden.«

»Ich ... ich kapier nicht ...«

»Ich bin ihre Schwester, Jade! Ich bin Zoës Schwester!«

Irgendwo in meinem Kopf macht es klick.

»Du hättest nur nach meinem Nachnamen fragen müssen und schon hättest du Bescheid gewusst. Aber was interessiert es dich schon, wie andere Leute heißen oder wie es ihnen geht? Es dreht sich doch immer nur alles um Jade in ihrer kleinen Jade-Welt, nicht wahr?«

Sie packt mich am Oberarm. Erst jetzt fällt mir auf, dass ihre Augen die gleiche blaue Farbe haben wie Zoës. Wie konnte ich die ganze Zeit so blind sein?

»Weißt du«, sagt sie. »Ein Schlag, den man nicht kommen sieht, ist besonders schmerzhaft. Wenn man keine Zeit hat, sich darauf einzustellen.«

Ich muss versuchen, Zeit zu schinden, schießt es mir durch den Kopf.

Ich schlucke. »Diese Briefe«, sage ich. »Der Sirup in meiner Hose. Wie hast du das hingekriegt?«

Sie lässt meinen Arm los, als hätte sie sich verbrannt. »Wie wohl? Indem ich es einfach getan habe, natürlich. Während du dir panisch die Hände gewaschen hast, stand ich die ganze Zeit im Duschraum.« Sie schnieft und schüttelt den Kopf, als würde sie mit einem kleinen Kind reden. »Die Chance, erwischt zu werden, war extrem klein. Wer duscht schon nach dem Sportunterricht?«

Ein klaustrophobisches Gefühl überkommt mich, jetzt, wo ich weiß, dass sie die ganze Zeit in meiner Nähe gewesen ist. Ich versuche, ruhig zu atmen, aber die Angst schnürt mir die Kehle zu. Ich fühle mich wie ein in die Enge getriebenes Tier. Eine falsche Bewegung und ich bin erledigt.

»Und hast du auch die Nachrichten an Finn geschickt?«

Lauren zieht langsam die Mundwinkel hoch. »Was glaubst du denn? Du bist echt dämlich, dein Handy einfach so herumliegen zu lassen. Du hast es mir wirklich einfach gemacht. Dann legst du auch noch deine Tasche im Gang direkt neben die von Zoë!«

»Und der Trauerstrauß?« Meine Lippen zittern.

»Ach komm, Jade. Jetzt check es halt endlich. Klar war ich das auch.«

Meine Beine fühlen sich wie Gummi an. Aber ich reiße mich zusammen. »Okay.« Ich nicke. Ich muss zeigen, dass ich sie verstehe und auf ihrer Seite bin. »Ich habe es verdient. Alles, die Briefe, den Sirup in meiner Hose, das Trauerbukett. Ich habe daraus gelernt, okay?«

Lauren packt mich wieder am Oberarm und zieht mich zu sich. Sie hat erstaunlich viel Kraft. Ich strauchle kurz, versuche aber, das Gleichgewicht wiederzufinden. Ich darf ihr nicht zeigen, wie schwach ich bin.

»Du hast daraus gelernt?«, äfft sie mich mit kindlicher Stimme nach. »Aber bei manchen Leuten reicht das nicht. Da heißt es Auge um Auge, Zahn um Zahn. Und in diesem Fall vielleicht Arm um Arm. Zoë ein gebrochener Arm, du ein gebrochener Arm, was hältst du davon?«

Ihr Gesicht ist meinem jetzt so nah, dass ich ihr Shampoo riechen kann. Kiwishampoo, es ist dasselbe, das auch Zoë benutzt.

Vorsichtig kneift mir Lauren in den Oberarm, als ob sie die

Spannkraft testen will. Ihre Pupillen sind so groß, dass ihre Augen beinahe schwarz wirken.

Tränen treten mir in die Augen. Das kann sie doch nicht bringen, oder? Bitte nicht, flehe ich lautlos.

»Nein!«, sage ich. »Bitte. Ich werde ... ich habe ...«

Ihr Mund ist jetzt meinem so nah, dass ich ihre Lippen an meinem Ohrläppchen spüre. Mein ganzer Körper verkrampft sich. Bitte ...

»Zu spät, Jade.«

Mit beiden Händen zugleich verpasst mir Lauren einen Stoß. Ich spüre, wie meine Füße den Halt verlieren. Mit dem rechten Arm versuche ich, das Geländer zu fassen zu kriegen, taste aber nur Luft. Anfangs läuft alles wie in Zeitlupe ab. Es ist, als würde ich von oben ein blondes Mädchen fallen sehen. Ihr Mund steht auf seltsame Weise offen, als ob sie mitten im Satz überrascht worden wäre, die Arme wedeln in der Luft. Es dauert ein paar Sekunden, ehe ich erkenne, dass ich selbst das Mädchen bin. Meine rechte Hüfte kracht gegen die Treppe, dann folgen mein Ellenbogen, meine Schulter und mein Hinterkopf. Es tut höllisch weh und dennoch ist es, als beträfe es mich nur indirekt. Als wäre ich von einem Kokon umgeben und würde nur die äußere Hülle die Schläge und Stöße abkriegen. Hier in meinem hauchdünnen Vlies bin ich noch sicher. Ich muss nur noch tiefer hineinkriechen, tiefer, bevor das Gelb und das Rot und das Violett mich zu packen kriegen und ich nie mehr aufhören kann zu schreien.

Jade! Jade! Aufwachen! Jade! Was hast duuu denn bloß gemaaaaacht? Ruf einen Krankenwagen! Sofort!

Jemand scheint mir auf die Wange zu klopfen. Gleichzeitig fühlt sich mein Kopf wie Wackelpudding an. Und ich bin müde. Ich bin so entsetzlich müde.

»Jade? Jade! Gott sei Dank. Sag endlich was!«

Vorsichtig richte ich mich auf. Eine Übelkeitswelle bahnt sich den Weg von meinem Magen nach oben.

»Musst du spucken? Du siehst aus, als ob du spucken musst.«

Aber mein Mund füllt sich lediglich mit kleinen Luftblasen voller Speichel.

»Tut dir was weh? Sag doch was!«

Ich wage es nicht, meine rechte Hand anzuschauen, die sich anfühlt, als ob sie jeden Moment auseinanderbricht. Ich bin mir ganz sicher, dass an dieser Hand etwas kaputtgegangen ist. Warmes Blut sickert auf mein Handgelenk.

»Kannst du den Kopf bewegen?«

»Lass sie liegen! Was, wenn sie sich was gebrochen hat?«

»Jade? Hallo? Sieh mich an. Kannst du den Kopf bewegen?«

Ich lasse die Augen geschlossen und drehe den Kopf nach links und nach rechts.

»Geht es?«

Vorsichtig blinzele ich an mir herunter. Mein rechter Schuh hat sich vom Fuß gelöst und mein Rock ist so weit nach oben gerutscht, dass man meinen Slip sehen kann. Als ich aufschaue, blicke ich direkt in Zoës Gesicht.

»Z-zoë?« Ich lalle, als wäre ich betrunken. Mit der Zunge kann ich spüren, dass rechts unten ein Stück Zahn fehlt.

»Der Krankenwagen muss jeden Moment da sein«, höre ich Frau Galis' besorgte Stimme.

Ich spüre etwas Hartes und Scharfes im Mund.

»Hier.« Zoë hält ihre Hand wie eine Schüssel vor mich. »Spuck einfach aus.«

Während ich den Mund verziehe und das Stück Zahn ausspucke, kullern mir die Tränen die Wange hinab.

Weiter oben schreit Lauren hysterisch: »Sie hat es verdient. Sie hat es selbst so weit getrieben! Jetzt weiß sie endlich, wie sich das anfühlt.« Ein paar Lehrer, die ich nicht kenne, stehen um sie herum und sehen sie entgeistert an.

»Z-zoë?«

»Ja?«

Sie wickelt den abgebrochenen Zahn in ein Papiertaschentuch und säubert sich die Hand.

»Ich ... Wie ...«

Sie sieht auf. »Ich bin Lauren gefolgt. Ich ... ich hatte so eine Ahnung.«

Sie schweigt. Ich sehe, wie ihr tausend Gedanken durch den Kopf schießen. Obwohl eigentlich nur ein einziger wirklich wichtig ist. Die wichtigste Frage überhaupt.

Wenn ein Tier in Not ist, wirft es sich flach auf den Boden und bleibt liegen, bis die Gefahr vorbei ist. So ist das in der Natur: Wenn das Tier einen ungleichen Kampf wittert, ergibt es sich. Legt sich auf den Rücken. Mit den Pfoten nach oben. Augen zu. Kämpft ums Überleben. Aus einem Instinkt heraus.

Warum ich dich gemobbt habe? Ich habe es getan, weil ich es tun konnte. Weil du dich förmlich angeboten hast. Weil du dich nie gewehrt hast. Weil ich dachte, dass du dich wehren würdest. Weil ich hoffte, dass du dich irgendwann wehrst. Weil ich nicht verstanden habe, warum du dich nie gewehrt hast. Ich habe dich gepiesakt und geschubst und an dir herumgezogen, damit du dich – endlich! Endlich! – wehrst.

Aber das hast du nie getan. Du bist am Boden liegen geblieben und hast dich totgestellt. Jetzt weiß ich, dass du dich verhalten hast wie jeder, der in Not ist. Still liegen bleiben. Einfach abwarten. Zähne zusammenbeißen, bis es vorbei ist.

Verzeih mir. Bitte. Verzeih mir, dass ich dich ausgeschlossen habe. Dass ich dich beschimpft habe. Dass ich dich erniedrigt, kleingemacht und verspottet habe. Dass ich über dich gelästert habe, hinter deinem Rücken und vor versammelter Klasse. Dass ich Geschichten über dich in die Welt gesetzt habe. Dass ich dich wegen deiner Klamotten ausgelacht habe, wegen deiner Schuhe, deiner Tasche, deiner Haare, deiner Stimme. Verzeih mir, dass ich mich über die Fragen, die du im Unterricht gestellt hast, lustig gemacht habe, über die Antworten, die du gegeben hast. Verzeih mir, dass ich dich mit meiner Häme verfolgt habe.

Es tut mir so leid, dass ich dir keinen Zentimeter Raum gewährt habe, damit du dich wehren konntest. Und es tut mir so leid, dass ich nicht verstanden habe, warum du dich nicht gewehrt hast. Und dass ich dich weiter gepiesackt und herumgeschubst habe, bis du dich endlich, endlich wehren würdest.

Verzeih mir.

Ich bin froh, dass du nie aufgegeben hast.

Ich bin froh, dass es dich noch gibt.